狼と駆ける大地

イーライ・イーストン
冬斗亜紀〈訳〉

How to Run with the Wolves

by Eli Easton
translated by Aki Fuyuto

Monochrome Romance

How to Run with the Wolves
by Eli Easton

How to Run with the Wolves

狼と駆ける大地

ジウス

マッドクリーク捜索救助隊のメンバー
セント・バーナードの血統

How to Run w
CHARA

ティモ

アラスカに住むクイック
ハスキー

MAP

北極海
アラスカ
［アメリカ合衆国］
アンカレジ
カナダ
ケベック
五大湖
ニューヨーク
アメリカ
本土 48州
（Lower48）
カリフォルニア州

プロローグ　町への帰還

2019年3月
カリフォルニア州マッドクリーク

「駄目よ、ほら、もう」

母親が、くるりと背を向けようとしたジウスの腕をつかんだ。

「ジウス、行《ステイ》くな！」と父が厳しく言い渡す。それから冗談でも言ったかのようにニヤッとした。

どんな冗談なのか、ジウスにはわからない。ジウスにとどまってほしいわけじゃないのか？

ユーモアを理解するのは彼には骨が折れる。

「でも、ひとがあんまりたくさんいるから……」

ジウスは諦め気味にもそもそと言った。

「何週間もずっと言い訳ばっかりじゃないの、あなたは」母親に言い聞かされる。「もう言い訳はなし。みんながあなたに会いたがってるんだから。せめて顔を見せて挨拶はしてあげて。あなたはこの町と群れの一員なんだから、そう振る舞うのが大事なの」

ジウスと右腕を組み、左腕は父親と組んでジウスの逃げ道をふさいでから、母はリリー・ビューフォートの小ぶりな家まで地獄の行進を始めた。

家には明かりがともり、窓の輝きは冷える三月末の夕焼けにも負けないくらいだ。車やバイク、スクーターが、おもちゃのように散らばって停められている。家の中からは騒音、音、また騒音。大量の会話による不協和音に、時おり「キャン」という吠え声や、唸るような笑い声がはさまる。弾むような音楽が流れ、皿やフォークがガチャガチャ鳴った。おまけに木の床に爪が当たる音までしていて、本物の犬か、犬の姿のクイックたちが歩き回っているようだ。

ジウスの耳は、とりわけ鋭敏だった。犬の姿をしている時は垂れ耳のおかげでいくらか緩和されるが、ヒトの姿ではそうもいかない。だから人混みが苦手だ——空港、バス、都会。そう、バーやナイトクラブも。無理無理無理！

生まれ育ったマッドクリークを、これまでやかましい場所だなんて思ったことはなかった。ただ近頃、住民が一気に増えたせいで、町はロックバンドのコンサートなみになってしまった。

両親がジウスをつれてポーチの階段を上がっていく。母はピーナツバターの香ばしい香りがするマフィンの入ったバスケットを片手でうまく抱え、父はサイダーの六本パックを空いた手に持っている。ジウスが抱えているものなんて恐怖だけだ。できることならこの美しい夜、ただ時間を超越した木々や、野生動物の素敵なにおいや囁きに包まれてすごしていたい。

だがジウスはクイックで、野生動物ではない。だから、こういうヒトっぽいこともしないといけないのだ。

（しっかりしろ。さっさとすませてしまえ）

ジウスの母がドアを開け、三人で順繰りに入った。バークリー家は三人とも大柄だ。母も父もセント・バーナードの血筋だが、ジウスはふたりのどちらよりも大きい。肩幅が広く胸板も厚く、脚も長いし太腿はとてもたくましい。玄関も頭を下げてくぐった。

子供の頃にこの家には何度も来ていたし、においや眺めはなつかしくて、落ちつくものだった。ほとんど昔どおりで、ただ壁の色が空色になり、紺のチェック柄の大きなカウチがあった。焼き菓子の香りが立ちこめて（砂糖の香り）、ビューフォート家っぽい香りもした（スパイシー）。だが、昔とは違っていた。

この夜、家は混み合っていた。あらゆるタイプのクイックたちが（小さいの、大きいの、若いの）いて、子供たちが足元やテーブルの下ではしゃいで駆け回り、白髪交じりの老いたクイックたちはおだやかなまなざしをしている。群れは肌の色も様々で、白、黒、褐色、薄黄色、茶味がかった灰色の肌までいる。全員の髪がふさふさと、ヒトにしては奇妙なくらいに濃い。鼻も長い鷲鼻から、短頭種ならかなりの鼻ぺちゃだ。

この大集団を見ると、人間たちのほとんどが犬変身能力者《シフター》の存在すら知らないなんて、とても信じがたい。もっとも、こんなに大勢が一堂に会するのも珍しいのだ。ひとりだけなら、ジウスが大学に行っていた時もそうだが、彼らの特徴はそれほど際立ちはしない。だがこんなふうに何十人も集まると、人間種《ホモ・サピエンス》とどこか違うのは見るも明らかだった。

じつのところ、ここには幾人かの人間たちもいる。クイックたちの秘密のとばりの内側へ、それぞれのきっかけでたどりついた希少な仲間たち。とは言え、ここにいる大多数は、ジウスにしてみればひたすら見知らぬ顔ばかりだ。

ジウスは床に視線を落として、うっかり誰かを挑発したりじゃれあいに誘ってしまわないようにした。こうしていれば誰にも気付かれずに――。

「ジウス！」

リリーの声だ。彼女は聞き違えようがない。

顔を上げると、小柄な黒髪の女性が両腕をつき出して駆けてきた。ジウスの腕にとびこんできた彼女は、小さいのだが、あふれる活力が感じられた。もう五十代だと思うのだが、長い髪はわずかな白い筋以外は黒々として、昔どおりの鮮やかな青い目は聡明で、好奇心満々の表情も相変わらずだ。

ジウスはリリーを抱きしめて、心からの幸福感に胸をときめかせた。自分の群れ、子供の頃に絆を結んだ群れの仲間。

「ジウス、久しぶりねえ！　六年ぶり？　十年だっけ？　お母さんに会うたびにいつも聞いていたから、あなたが森林管理の学位を取って林業会社で働いてることも全部知ってるわよ。なんて会社だったかしら？」

ジウスに下ろされると、リリーは自分の顎をつついて、目をきらめかせた。

「そうよ、カーディフル、そうよね？」

「それは、そうなんだけど、今はもう――」

「もうそこでは働いてないのよね、知ってるわ！　そこでの仕事が嫌になったのよね」眉をひそめる。「昔からの森を切り開くなんて。チェンソーでバサバサと！　あとから植林したところでかわりになるわけないじゃない。でしょう？　あなたが嫌がる気持ちもわかるわ。それに足首を傷めたんでしょ、そう、たしか二年前よね。それに時々おなかの具合が悪くなる。かわいそうに！」

リリーがポンポンとジウスの腕をなでた。

ジウスは母親にむすっとした顔を向けた。たしかに、母はリリーに全部しゃべっているようだ。

「今はカリフォルニア州の森林局で働いてるのよね」リリーが数え上げるように続けた。「前の仕事より好きなのよね、でしょう？　お母さんはそう言ってたわ」

「好きです」

ジウスは恥ずかしくなって肩を丸めた。上目遣いに視線をとばし、駄目な人生の話を皆に聞かれていないかとうかがう。だがほとんどは自分たちの会話に夢中のようだ。助かった。

「そしてこうやって、あなたはマッドクリークに帰ってきてくれた！　でももう何ヵ月も前に帰ってきてたわよね、悪い子！　群れの集会にもこれが初めて。どうしてずっと来てくれなかったの？」

「えー、その、パーティーが好きじゃなくて……？」

リリーは悪臭でも払うかのように手を振った。

「バカ言わないの、ジウス！　あなたはクイックでしょ。クイックたちはみーんなパーティーが大好き！」

疑いもしない言い方だった。ジウスは眉を寄せる。

「みんな？　でも――」

「いたな、ジウス！」

リリーによる『ジウス・バークリーの人生について』の演説から逃れるためならどんな割り込みも歓迎だ。だが、笑顔でやってくるランス・ビューフォートの姿は、とりわけ大歓迎だった。

ランスがそばにやってくると、お互いに肩や上腕を擦り合わせながらすれ違い、反対側もくり返した。こうも本格的な群れの挨拶は久しぶりで、ジウスの胸に、ランスへのなつかしさや感傷がこみ上げた。

やっとランスに会えてうれしい！

ランスは、ジウスの仲良しの幼なじみだ。ずらりといるビューフォート兄弟のひとりで、その全員が黒髪と青い目、白い肌をして、平均的な身長と引き締まった体つきをしているのだ。ジウスはひとりっ子だ。ランスと彼は相手に必要なものを与えあった――ジウスは群れへの所属感を、ランスは家の狂騒から逃れる避難先を得た。自転車を何時間も乗り回したり、川辺や森の中を延々と歩いた。義兄弟として、子供っぽい儀式で誓い合ったこともある。映画で見たように手のひらをナイフで切るのではなく、犬の姿になって、相手のうなじを慎重に血が少し出るくらい噛み合ったのだ。犬シフター同士だからできたことだ。ずっとクールだし！

思い出の中のランスは、初めての変身に緊張し、自制を失ってしまうことを恐れていた。ジウスが寄り添って、そばでずっと励ましてやったのだ。ふたりはそれぞれ得意なことが違っていて、それでうまく補い合っていた。

たとえばランスは、とにかく群れのことで頭がいっぱいだ。その群れに、まるで当然のように新入りをどんどん受け入れている。一方のジウスは……一匹狼というわけではないが、心を許す相手はほんの一握り。両親、大学にいたわずかな友人、ランスとビューフォート一家。ランスのためなら何だってできる。子供の頃からどれだけ時間が経とうが、この友のためなら、何だろうと。

ランスは群れ風の挨拶を終えて、下がった。だがジウスは背をかがめてハグで抱きこむ。ランスを宙に持ち上げることだってできたが、あまり威圧的に見られたくないのでやめておく。ただ自分のでかい体にあふれてくるぬくもりを、ハグにこめずにはどうしてもいられなかった。

ランスもハグを返し、ジウスの広い肩を叩いた。少しの後、ふたりは離れる。ランスがやや気まずそうな顔をしていたので、やり過ぎだったのかもしれないが、ジウスはうれしくて気にするどころではなかった。

「まったく、ジウス、いい加減会える頃だと思ってたよ。町に戻ったって聞いてたぞ、何だ、数ヵ月前か？」

「クリスマスに」

「クリスマス！　なのに今日やっと会えたときた。何だってんだ、駄目だろ」ランスがジウスの母親に向けてウインクをした。「まだ人混みが苦手なのか」

「大勢いるところは好きじゃないんだ」

ジウスは本音を言った。リリーの言葉がよぎる。『クイックたちはみーんなパーティーが大好き』。またもや、はぐれものの疎外感を覚える。

「せめて事務所には寄れよな。顔を見せに」

「そのつもりだったんだけど」ジウスはジーンズに両手を突っ込んだ。「ただどうも……車で通るたび、いつも忙しそうだったから。邪魔をしたくなくて」

マッドクリークの変化は、ジウスにとってありがたいものではなかった。のどかでのんびりしていたメイン通りは、自転車に乗ってたって一、二台の車とすれ違うくらいだったのだ。それが今や、町の中心部に車で行くたびに、公園やデイジーのダイナー周りに何十人ものクイックたちがたむろしている。母の話だと、配送センターが建設されて大勢が仕事に就くまではるかにたくさんの、何百人もがうろうろしていたという。想像だけでゾッとする。

ランスが苦い顔になった。

「まあな、ここんとこ忙しい。でも俺のオフィスの中は静かだから大丈夫だ。肉汁《ブロス》やコーヒーもある。お前が帰ってきてくれてうれしいんだよ」

ランスのまなざしはやわらかく、瞳は明るく、心からの笑顔にジウスの心がパタパタと尻尾を振った。

「わかったよ、行く。仕事場を見せてもらいたいしね？　保安官の友達なんて、なかなか持てるもんじゃないし」

ランスと一緒にオフィスでのんびり、というのはいい。ランスがマッドクリークの保安官になっていたことに驚きはなかった。前代の保安官を務めたのはランスの父親だったし、子供の頃からランスが町に抱いていた猛々《たけだけ》しいほどの愛とひたむきな忠誠は、歳に似つかわしくないほどのものだった。

「なあ」とランスは言った。「前と変わったことといえばだ、俺の夫と娘を紹介させてくれ。こっちだ。怖い相手じゃないから、本当に」

ランスはジウスの手をつかみ、人ごみの中に入っていった。

ジウスは友人だけに集中し、すれ違うにおいや声に気を取られまいとがんばった。大変だった。犬の本能が、においを嗅いで記録したいと騒いでいる。ジウスはぐっと口を結んでランスの手を握りしめた。

ランスの足が止まった。

「ジウス、彼がティムだ」

ティムは人間だった。ひょろっとして背が高く、優しい顔立ちで、もさもさとした前髪が目の上にかかっている。とてもいいにおいがした。大地や何かが育つにおいのような、太陽のような。曇りのない目だ。ジウスは一目でティムが気に入った。

「はじめまして、ジウス！」ティムが温かな笑顔で手を差し出した。「ランスがあなたのことをよく話してくれて。高校の頃のいろいろ楽しかった話とか。やっと会えてうれしい」

ジウスはその手を握り返す。自分の前足がティムのものに比べて巨大で、ほてっているように感じられた。

「はじめまして、ティム。母さんから、ランスが結婚したって聞いたよ。ランスがそこまで気に入ったならいい人だろうって思ってた」

「それはありがとう」

ティムの笑みが広がる。

「モリー、ちょっとダディのところにおいで」

ランスがビュッフェテーブルの下でかくれんぼ中の幼い少女を呼んだ。少女は豊かにカールした肩までの黒髪で、小さなジーンズとブーツ、〈犬のおきて〉と書かれた赤いウエスタン調のTシャツを着ている。遊び相手の少年たちと同じく、見るからにビューフォート一家の血筋だ。髪は夜のような漆黒で、目はコマドリの卵のように青い。ビューフォート一族はボーダーコリーが先祖で、それを示す聡明さが顔にも現れていた。ジウスが母から聞いた話だと、このモリーはランスの兄とその妻の子で、ランスとティムが養女にしたのだという。

幼いクイックの少女がやってくると、ランスはさっと彼女を抱え上げた。あまりにも慈しむような表情が、別人のようだ。

「このひとはダディのお友達だよ。ジウスだ。ご挨拶できるかな？」

モリーが大きな目でジウスを見上げた。ジウスに怯える子供もいるのだが、モリーはまるきり動じていない。

「よろしく、ジウス！　ふしぎなおなまえ。あなたからは、木のにおいがするね」

ジウスの顔が熱くなった。

「それは、ええと、一日中森にいたからだね。きみは素敵な鼻をしているんだな、モリー」

「だれにもまけないおはなだよ！」モリーは鼻をこすってみせた。「ダディ、もうあそびにいっていい？」

ランスに下ろされて彼女は即座に走り去った。

「きみは幸せそうだね」

ジウスはランスに言った。ジウスだって、ランスが幸せでうれしいと思う。つがいと子供を持つ――とても大人なことに思えたし、人生に〝意味〟を与えるようなことでもあると思う。おかげで、自分がとても老いたような、それでいて半人前のような気持ちになっていた。胸が重く痛む。ランスとは同い年で、三十四歳なのだが、ジウスはつがいへの衝動を感じたことがなかったし、これからもきっと縁がない。

「幸せだよ」ランスの声には深い充足があった。「こんな暮らしを想像したこともなかったが、ありがたくもツキに恵まれたんだ。さて、ほかの皆にも紹介させてくれ。わかってる、ちゃんとわかってるさ、知らない相手は苦手なんだろ。でもこいつらには会っていってくれ。この町にはすごくいい奴らがいるんだよ」

ランスは、ジウスを保安官助手のローマンに紹介した。ローマンは軍用犬上がりのジャーマンシェパードだ。ローマンのパートナー、マットにも会った。マットはジウスと同じ森林局で働いていて、ジウスはマットのことは聞いていたが会うのは初めてだった。

ラヴという人間にも会った。新しい大規模な配送センターの責任者で、大勢のクイックを雇っているのだ。そしてラヴのパートナーのサミー。驚くほど美しいクイックだ。ふさふさしたチョコレート色の髪とやわらかな褐色の肌、金色の瞳、とても甘い微笑み。チョコレート色のラブラドールは、クイックとしては初めて見た。

　さらにジェイソン・クーニック博士、クイックを研究している遺伝学者で生まれついてのアラスカン・マラミュートのクイック。ジウスも学生時代の彼を覚えてはいたが、親しかったことはない。

　そのジェイソンのパートナー、マイロ。ラブラドゥードルのクイックで、とりわけふさふさした金茶色の巻き毛だった。

　ジウスは、においを覚えるのをあきらめた。情報が多すぎる。ランスはうれしそうにジウスを皆に紹介していたし、水をさしたくはなかった。ランスの言うとおり皆とても素敵な相手なのだろうが、ジウスは追いついていけなかったし、いたたまれなかった。どうしようもなく不器用な相槌しか打てない自分がいた。舌が、何百キロもあるように重い。肌がチクチクして、口が渇く。腰がひけて、耳がしょんぼりと少し下がっていた。犬の姿をしていたならすっかりしっぽを垂れ下げていたはずだ。

　やっと――やっとランスが、疲れきったジウスに気付いた。ビュッフェテーブルのほうへつれていき、顔をじっとのぞきこむ。

「ごめんな、俺ばっかり先走っちまったな。何か食ったらどうだ？　ビールを取ってくる。ビール飲むだろ？　少し気が楽になるぞ」とランスがジウスの腕をさする。

「いいね。ビールはいい。二本？」

唇が鈍く、ランスが歩き去ると、つい目で逃亡経路を探していた。ビュッフェテーブルのそばに窓があって、夜気を取り入れるために開いている。だがジウスの肩幅では狭すぎるかもしれない。

皿を前にためらった。料理はいいにおいだったし、彼の犬はかぶりつきたがっている。だが食べるべきか、チャンスがあるうちに逃げ出すべきだろうか？

つらい決断だ。とても悩ましい。

「トリの手羽はうまいけど、俺なら卵のディップはつけないかな。親子だし」

声をかけてきたのはマットだった。ローマン保安官助手のパートナーだ。後半は声をひそめて、思わせぶりに眉を上下させながら囁く。

何が親子だって？　これはジョークか？　あまりにストレスがかかりすぎていて解き明かす気にもなれない。

「そうか。うん」と、バカになった気分で答えた。

「マットだ。俺の名前はマット」肘でつついてくる。「気にするな。名前をまともに覚えるまで何ヵ月もかかるよ」

「名前は覚えてるよ、マット。忘れていない」

「そうか？」マットがジウスの顔をのぞきこんだ。「ずいぶん背が高いんだな！　きみのことはよく聞いてるよ、ジウス」

「そうなんだよ。一緒の森林局に勤めてるからってだけじゃなく。でも同じ職場なのは……イケてるよな、ホント」

拳を出されて、ジウスはひるんでから拳を合わせた。

「うん。……イケてる」

「ただ、それだけじゃなくてさ。もう聞いたかはわからないけど――」マットが親指で鼻をかく。「俺たちは捜索救助隊の活動を始めてるんだ。フルタイムじゃない、どっちかと言うと有志での消防団に近いやつ。伝わるかな？　災害現場に出向いて、救助活動をする。いずれはいろいろなタイプの災害に対応できるよう訓練したいけど、今のところは市街地の捜索救助だけだ。地震やハリケーンの犠牲者は市街地に集中しやすいしね。都市部や郊外の」

「捜索救助？」

ジウスの背がのび、頭の両側で耳がピンと立った。

「そうだよ。メンバーは何人か選考済みだけど、スキルをうまく補い合える組み合わせとか、この仕事に向いたメンバーをじっくり選んでいきたいんだ。それで、ランスが言ってたけど、きみは……」

マットが咳払いをした。

「セント・バーナードの血を引いてるそうだけど。合ってるかな？」

ジウスを上から下まで眺めて、小さく首を振る。その畏敬のまなざしがジウスの心をくすぐった。

ジウスはきっぱりうなずいた。

「そのとおり！　母方の曾祖父はスイスで、アルプスにあるセントバーナード救護宿《ホスピス》で生まれたんだ。とてもすごかった。雪崩に埋もれた人々を探し出せた。六メートル下からだろうとね。僕も物を探すのは得意なんだ。森によくいるだろ、何だって探し出せるよ。つまり、においがわかるもので、大まかな場所がわかってれば」

あまり勢いよく首を振ったものだから、頭がもげそうになった。先祖がしていた仕事についてよく思いめぐらせたものだ。森で遊んでいた子供の頃、行方不明の旅人を探すふりをしたこともあった。ウサギにその役をさせて。ネズミとか。

父は、先祖の仕事を誇らしげに語った。曾祖父――やはりジウスという名だった――の銅像がスイスのどこかのホテルにあるのだという。その曾祖父が、一族で初めての〝種火《スパーク》〟を得て、ヒトの姿になれる能力を手に入れたのだ。三世代前のことだが、バークリー家は今でも血統に誇りを持っていた。父方のほうの先祖もそこまで有名ではないにせよ、同じく能力に秀でていた。

マットがニヤッとした。

「そいつは凄い！　しかもめっぽう強そうだ」ジウスの腕をつかんで、ギュッと力をこめながらおどけた顔になる。「こいつはまさに動かぬ物的証拠《ブツ》だね」

ジウスには意味がよくわからなかった。ブツって何だ?

「ああ、えっと、体が大きいのは遺伝で」

「その遺伝子に万歳三唱だ」とマットがウインクをした。

突然ローマンがその場に現れ、マットのそばに立ってジウスをじろりとにらみつけた。

マットが手を下ろす。

「よお、ベイブ。ジウスが、捜索救助チームに興味あるかもって言ってくれたぞ」

ローマンがジウスを冷たく値踏みした。

「そうなのか?　まずは試験コースに合格してからだな」とても低い声で、うなるような響きがあった。「障害物コースもある。時間内での周回、嗅ぎ当て試験、体力テスト、持久力テスト。軍用犬が受ける訓練を元にしたものだ。だがヒトの姿で受けることになるぞ、捜索チームは大体の場合ヒトの姿で働くからな」

「今週来て、試してみないか?」マットがジウスを誘う。それからローマンへ向き直って軽くにらんだ。「何曜日ならいい、ベイブ?」

ローマンはふんと息をついたが、肩から力を抜いたようだった。

「水曜なら、多分。ああ、水曜だったら」

「水曜は空いてるかな、ジウス?」

マットに期待の目を向けられる。

ジウスはまばたきした。

「僕は……六時まで仕事だ」

「完璧だ！」マットが両手を打ち合わせた。「保安官事務所で六時半に会おう、それからやろうじゃないか。じゃあまた！　ぶっち禁止な」

マットとローマンが去っていく。

ぶっち？　どういう意味だろう？　宙ぶらりんのわからない状態が、ジウスは苦手だ。どうして皆、言いたいことをもっとはっきり言わないのだろう。どうして地雷原のように嘘や言い訳を散りばめたり、ジウスには理解できない裏の含みやジョークを使うのか。

混乱したあまり、自分が町の中心部にある保安官事務所に行く約束をしたばかりか、捜索救助隊の入隊テストを受けることになった事実に頭が追いつくまで少しかかった。いや、興味はある――とりわけ内なる犬にとっては――だがじっくり考える余裕もなくこんなことになってしまった。ジウスはじっくり、ゆっくり、とことん考えるのが好きなのだ。とりわけ、人生を変えたり多くの時間をとられるような物事については。

戻ってきたランスが、ビールを二本手渡してきた。

「どうしたんだ？　顔がプードルみたいに白いぞ」

「ああ……」ジウスはうなった。「捜索救助隊のテストを受けると言ってしまった。何も知らないのに。最初そんなつもりはなかったんだけど、気がついた時には――」

「わかるぞ」ランスが笑いをこぼした。「相手はマットだろ」

「うん、マットだった」

「俺のせいだ。マットに、お前なら隊にぴったりだと言ったんだ。本気だぞ。お前もきっと気に入るよ。いや絶対気に入る。保証するよ。凄くいいじゃないか。もし向いてないと思ったらいつでも手を引いていいから」

ジウスはランスの顔をじっと見つめた。

「本当に？」

「かまわないよ。絶対だ」

それで少し、追い詰められていた気分がやわらいだ。

「ならいいよ。うん」

「よし。庭に行ってみないか。外の空気を吸いに。お前の仕事の話をたっぷり聞かせてもらいたいし、近況も聞かせてほしい。それでいいか？」

ジウスはこの人だかりから出られるなら何でも飛びつく気分だったし、旧友がちゃんとそれをわかっていてくれることがうれしかった。

ふたりは外に座って何時間も話しこんだ。優しい夜の風と、遠い虫や鳥の声に包まれて。

『それでいい』なんて言葉じゃとても足りない時間だった。これこそ故郷だ。

PART I
アラスカ

1　断層線

8月
アラスカ州アンカレジ
ジウス

「よーしみんな、忘れるな。自分の担当区域を外れず、パートナーと一緒に動け。何が起ころうとだぞ。無線をオンにしておくんだ、連絡が取れるように。チェックしてみてくれ、ちゃんとオンになっているな？」

スイッチは間違いなく入れてあるが、ジウスはマットの言うとおりに自分の無線をチェックした。ほかの八人のクイックたち、マッドクリーク捜索救助隊の皆も同じようにする。よし、赤いランプがついている。

「スイッチ入ってるよ！」

　サミーが、ほとんど興奮を抑えきれずに声を上げた。ほかからも声が上がる。チームは一刻も早く始めたくてうずうずしているのだ。ジウスだってそうだ。走って嗅いで見つけたい、その衝動で肌がチクチクする。

　だが隊長のマットが、まだ彼らを行かせてはくれない。腰に手を当て、全員をいかめしく見回した。険しい顔はただの見せかけだとジウスにはわかる。隠れた誇りが透けて見えるし、何なら表に出てきそうだ。

　マットはいい隊長だった。純血の人間なので、ほかのクイックたちのように仕事に熱中しすぎてしまうこともないし、災害現場にいるほかの救助チームの人間たちの相手もうまい。もし誰かにマッドクリークのチームが奇妙だと思われたら、マットがどうにかして対応し、クイックたちの秘密を、そう、秘密のままに保ってくれるのだ。

「よし、マッドクリークチーム」マットがサミーの背中を叩いた。「命を救ってこい！」

　皆は散った。全員走っている。オレンジのキャンディみたいだ、とジウスは思った。捜索救助隊のユニフォームを着込んでいるからだ——蛍光オレンジの分厚い帆布のズボン、オレンジ色のTシャツ、黒くてゴツいハイキングブーツ、小さな灰色のベスト。それに応急手当セットや道具の入った袋を持っている。

　血が荒く騒いだ。マッドクリーク捜索救助隊に加わってから、チームと一緒に三回派遣された。洪水が一回、山火事が二回。加わってからまだ短いが、ジウスは体験したことのない目的意識とやりがいを感じていた。

このために生まれてきたのだ！　自分の潜在能力を発揮できるのはとても気分がいい。

ジウスと、パートナーを組んでいるサミーは、マットに指定された区域へ向かった。デラニー・パークにある本部から、G通りを北へ。南北は3丁目から9丁目まで、東西はH通りからC通りまでが彼らの担当だ。通りの標識は折れたり瓦礫に埋もれていたが、ジウスの脳内には地図が浮かんで、どっちに行くべきかわかっていた。

マグニチュード7・5の地震がアンカレジを襲ったのは八時間前のことだ。朝の九時すぎ、街なかの建物や通りに人があふれている時だった。それからも大きな余震がいくつかあった。街路はひび割れ、あちこちに段ができている。ビルのたわみで窓が割れて、ガラスの破片が至るところに散らばっていた。うずたかい瓦礫が道にまでなだれこんでいる。れんが造りの高い建物たちはぽっかりと歯抜けになって穴が開いたように見え、頭がもげた建物もあった。風景はちぐはぐで、こちらで建物が倒壊していたかと思えば、まったく無事か窓が何枚か割れただけの建物もある。

それに、においがあまりにも多い！　油や煙のような危険なものから、血や恐怖のような悲しいもの——時には死のにおいまでも。

ジウスは少しためらいながらG通りを見やった。どこから始めようか。いっぺんに全部取りかかりたいのに。鳴りわたるサイレンで敏感な耳が痛んだが、集中していて気にもならなかった。

　サミーがそばにやってくると、右側にある、高い二つの建物にはさまれた瓦礫の山を指した。大きなコンクリートの塊や、骨のように突き出した鉄筋。その瓦礫の前には三角形の厚い板が、先端をアスファルトにめりこませて碑のように立っていた。

「見て、ジウス！　あれは駐車場の建物だったんじゃないかな。きっと誰か、埋もれてるひとがいるよ。助けられないか見てみよう」

「わかった！」

　ジウスもうなずき、ふたりは瓦礫に駆け寄った。耳の中で血流が騒ぐ。見つけるんだ、見つけるんだ――。

　コンクリートと砂塵の上へよじ登る。ジウスはヒトのにおいを嗅ぎ取った。崩れた立体駐車場の下に閉じこめられた人間たち――一、二、少なくとも四人はいる。においから脳内に地図を描いた。どこにいるのか、どのくらい深くに、どれほど遠くにいるのか、立体的に把握して。においをくり返し嗅ぎ、弧を描きながら移動していく。肌がざわつき、すべての神経が研ぎ澄まされた。よし、ここだ。そしてここ、とても深いところ。

　ジウスは指さして、何があるのかサミーににおいの分布を説明し、距離や人数を教えた。サミーは小さな旗に数字を書きこむと、ジウスが指示した場所にそれを設置し、無線でマットに連絡を入れた。高齢者がふたり、男性と女性の組み合わせで一緒に、おそらく車の中に閉じこめられている。出血しているようだが多量ではないし、ふたりとも心音はしっかりしている。お互いを励まし合っているのだとジウスは思ったが、やってきたその思いは、ほかのたくさんのにおいや助けなければいけない相手の前に、さっと飛び去っていった。

少し先、三メートル下に死体を二つ見つけた。サミーが悲しい顔で〈2〉と書かれた黒い旗をその上に置く。そばには外階段にあるような古い尿のにおいがかすかにしていた。

ジウスは自分で設定した区域内を嗅いで回り、三回、四回とたしかめて、嗅ぎもらしているものがないか、置かれた小旗が脳内のマップと違っていないか確認した。

サミーが無線連絡を終わらせた。

「マットが消防に連絡するって。大きい機械を持ってきてくれる。悲しいね。生きてるひとたちは怖がってるよね？　怖いに違いないもの」

ツールベルトからバールを抜くと、黄色い〈2〉の旗のそばのコンクリートから突き出た鉄筋を叩いた。

「僕らが来たよ！　ここにいるよ。助けに行くよ！　怖がらないで！」

(怖がらないで) その言葉がジウスの中でこだまする。(怖がらないで)

「ああ、なんてかわいそうなんだろう。僕らが掘ればいいのに！　今すぐ掘りたいよ！　そんなに深いところなのは確か？」

サミーが旗まで頭を下げてにおいを嗅ぎ、耳をすました。

ジウスは「ん」とだけ唸る。たしかだ。

彼はマッドクリーク捜索救助隊の、いろんなところが好きだった。

チームの全員が――リーダーのマットを除いて――クイックで、鋭い嗅覚と聴覚、そして動物的直感をそなえている点が好きだ。

メンバーたちの尽きない情熱とエネルギーが好きだ。

彼らの情の深さと、粘り強さが好きだ。決して苛々しないし不平も言わない。ジウスは生まれついてのクイックではあるが、人間たちと何年も働いてきた経験があるので、そういう前向きさを高く買っていた。

そして、この捜索救助隊の仲間との間に感じる、群れの絆が強まっていく感覚が好きだ。マッドクリーク捜索救助隊は、サミー（チョコレート色の若いラブラドール）、ゴールディ（愛らしくてはつらつとしたゴールデン・レトリーバーの女性、二〇代というところか）、ベーコンという名の中年のジャーマンシェパード、陰気な若いブラッドハウンドのワトソン、そして強そうなピットブルのローラ＝ブルー（がっしりと角ばった顔に小さな黄色い目、灰褐色の肌、犬の時の毛並みと同じ見事な色合いのブルーグレーの髪）、さらに両方ともミックス犬であるジョージアとロスコーがメンバーだった。隊で唯一の人間がマットだ。全部で九名。

要するに、ジウスはこの仕事が気に入っていた。マッドクリークの住民がしんどいほど増えてしまった今、この捜索救助隊くらいがジウスにとっては丁度いい。たとえ時々、自分はマッドクリークの一員という気がしなくとも。

捜索を続け、瓦礫を越え、足場の悪いところは手をついて進んだ。大きな足を包む爪先に金属入りのどっしりした靴のおかげでどこにでも踏みこめるので、一歩ごとに慎重に足場を確かめながら体重をかけていく。体軀の大きさと裏腹に、血管を駆けめぐるアドレナリンのせいで体が軽く敏捷に感じられた。

サミーに、さらに数本の黄色い旗を立ててもらう。

そして――。

「ここだ!」サミーを呼びながら、ジウスは濃いにおいをくんくん嗅いだ。「ここに男が埋まっている。僕らでも届く範囲だ。浅いところだよ」

サミーが地面を嗅ぎ、顔をぱっと輝かせた。

「このひと、生きてるね」

「生きてる」

ジウスもうなずく。膝をつき、手袋の両手で掘りはじめた。

砂利と粉々になったコンクリートが、崩れた壁の前に山を作っていた。こういう小さなかけらだと道具より手のほうが早いし、分厚い手袋は犬の肉球に劣らず手を守ってくれる。サミーも加わって、ふたりで細かなものをすくい取ったり、コンクリートや金属の破片を引き抜いたりしていると、ついに倒れた壁の下にぽっかりと穴が開いた。

その数秒、砂塵が雲のように舞いとんで穴は暗かった。指がぬっと出てくる。男の手で、ザラザして、灰色の埃にまみれていた。

「あ……」声がして、それから咳きこむ。「ハ、ハロー？　誰かいるのか？　助けてくれないか？　どうか……」

その声にはジウスが初めて聞く訛りがあった。

「ハロー！」サミーがうれしそうに呼びかける。「うん、僕らが助けてあげる。怪我はしてない？」

さらに咳をしていた。

「ああ、助かった！　元気とは言えないけど、怪我はなさそうだが、もうこんなところから出たいんだ」

「出してあげるよ、心配しないで！」

サミーがすっかりはしゃいでいる横で、ジウスは状況を確認した。慎重にいかないとならない、瓦礫が崩れたらまずい。だが穴の上にかぶさっている壁は力を加えても安定していた。倒れてくることはなさそうだ。

さらに掘り進んで――男も内側から素手で手伝う――穴の入り口を広げた。サミーがライトで中を照らすと、男の顔が見えた。若く、おそらく二〇代で、肌はすっかり日焼けし、目はやや細い一重で、黒髪は埃にまみれ、口元を緩ませていた。イヌイットかもしれないとジウスは思う。

サミーが水のペットボトルを渡すと、男は蓋を開けてごくごくと飲み、水がつたって青いTシャツに泥の筋をつけた。

ジウスはしゃがみこんだ。男は大した怪我はしていない。サミーとふたりがかりなら引っ張り出して病院へつれていけるだろう。それから捜索に戻ってくるのだ。まだまだ、たくさんの仕事が待っている。まだまだ、見つけないとならないひとたちがいる！　かなうなら今回のように、生きている相手を見つけられたら。こうやって自分たちで助け出せる相手だとなおさらいい。まるで生まれたての赤ん坊のように地上へ出てくる姿を見られるのは、うれしいものだ。命を救ったと実感できるのは。百万年経ったって、色あせることのない感覚だ。

男が水を飲み終えるのを待ちながら、ジウスは瓦礫が散らばる一帯の向こう側へ視線をとばした。ほとんどの瓦礫はよじ登って越えられそうだし――。

その時、男の姿を見た。

十メートルほど先、小さな建物の平屋根に、ひとりの男が立っている。

太陽を背にし、輪郭が光に浮かび上がっている。身長は中くらいだがじつによく締まった細身の体つきで、色あせたジーンズを腰ばきにし、太いベルトを締め、半袖のTシャツごしでも筋肉の盛り上がりがわかる。茶色の髪が陽光に赤くきらめき、とても密生したまっすぐな髪は腰まで長く垂れていた。ゆるい寒風になびく髪が、その姿を包むようだ。瞳は淡い色に見えたが、この距離では何とも言えない。

ジウスは鼻をうごめかせ、新しいにおいをうっすら嗅ぎとった。ほこりや油のねっとりと鼻につくにおいを切り裂くような、そのにおいは、閉ざされていた部屋に新風が吹きこんだかのようだった。その新しいにおいは新鮮で、氷河から吹きつける風のようでもあり、どこか野生的でもある。野生、そして自由。鹿やヘラジカのような、それか……それか――。

狼のような？

逆光で顔はあまりよく見えなかったが、男にはどこかジウスの息を奪うものがあった。しなやかで誇り高いたたずまい。そして、向こうもジウスを見つめていた。ジウスだけを。体には緊張感がみなぎり、間違いなく彼もジウスのにおいを嗅いでいるに違いない。

どうしてこの光景にこれほど心を奪われるのか、ジウスにはわからなかった。だがその男は救助隊員には見えない。会社員にも見えない。これまで見たことのあるどんな相手にも似ていない。まるで幻のように思える――ジウスの心の奥底に埋もれていた何かが形をとったかのような。

すぐそばで、呻く声とガサガサと這う音がした。向き直ると、もうあのイヌイットの男が服の汚れを払っているところだった。

「怪我はありませんか？」とジウスはたずねる。

「ズボンに血がついてる」サミーは心配そうだった。「足、痛くない？　僕によりかかっていいよ」

男は足を振ってみせ、二度、地面をトントンと踏んだ。

「いや、大丈夫だよ。大したことない」

ジウスはあの不思議な男のいた場所を振り返る——だがもう姿はなかった。何も。ただ無人の屋根と、昼下がりのまばゆい陽光が残るのみ。

「今のを見たか？」

ジウスはサミーと、救出した男にたずねた。屋根を指す。

「あそこに男がいた。すぐそこに」

サミーがきょとんとした。

「そう？　僕には何も見えなかったよ、ジウス」

だが褐色の肌の男は顔をしかめて、心当たりがある様子だった。

「キミッグだ」と呟く。

「何て？」

男は咳き込み、口元を拭った。

「部族の名前だ。このあたりにいる。大きなビルで働いてる。建築の仕事をしてる、ってことだよ。それにしても、俺を見つけてくれてありがとう。俺はアプトだ。ふたりとも命の恩人だよ！」

アプトはサミーをハグし、サミーもうきうきとそれに応じていた。それからアプトはジウスのほうへ、両腕を広げて向き直る。知らない相手とのハグが苦手なジウスも、男の笑顔につられてハグを返していた。

「俺は、村に妻と三人の子供がいるんだよ。みんな礼を言いたいはずだよ！　本当に、あのまま死んでしまうかと」

彼は汗ばむ額を手で拭い、顔に汚れを広げてしまう。言葉は元気がよかったが、手は震えていた。

当然だろう。生き埋めなんて恐ろしい目に、それこそ――とジウスは腕時計を見た――地震から七時間近くも遭っていたのだ。

「あなたが生きててうれしいよ！」サミーが言った。「少し座って休んだら？」

だがジウスは先へ進んでもっと多くのひとを助け出したくてたまらなかった。加えて、あの〈キミッグ〉にもう一度会いたい気持ちも否定できない。

「あっちの展示場の建物で応急手当をしていて、水と食料ももらえます。行き方はわかりますか？」

「ああ、わかるよ。そうだあなたたちはどこから？」男はサミーをしげしげと眺め、それからジウスを見た。「アラスカじゃないだろ？」

「違うよ、マッドクリークから来たんだ！」サミーが胸を張った。「カリフォルニアからだよ。

僕らはマッドクリーク捜索救助隊だ」

サミーはくるりと向きを変え、鮮やかなオレンジ色のTシャツの背中に入った黒いロゴを指してみせた。

「僕はサミー。彼はジウスだよ」

「そうか、サミーとジウス。後で会いに行くよ。いいだろ?」

「いいよ!」サミーが答えた。「救護所に着くまで気をつけてね、ガラスが落ちてるから！しりもち突くとお尻がキラキラになっちゃうよ、ハハッ!」

サミーのジョークときたら。ジウスにはそのおもしろさがわからないのだが、これに限っては自分だけではないという自信があった。

ジウスは前へ踏み出し、すべてを心から締め出して、足元の瓦礫に集中した。

2 驚異との出会い

ティモ

その朝、地面がゴロゴロと唸りはじめた時、まるでそれは狼がウサギを振り回しているかのようだった。

そしてティモは、そのウサギにまたがっていた。

ちょうど新しい高層ビルの三〇階部分の鉄骨をボルトで取り付けていたのだ。足元の太い鉄骨が子供のブランコのように揺れ出した。ティモは驚き、不安な気持ちでしがみついていた。群れのふたりは無事かと見やる――ふたりとも十数メートル先の鉄の梁に必死に張り付いていた。

その時だ。唖然としていたティモの目の前で、街が動き出した。そこかしこで建物が煙を巻き上げて崩れ、うねうねと波打つ道はまるで川のようだった。遠くのほうではC通りの橋が風に吹かれた小枝のように揺れ、その一部が水面へ落下した。車が一台、スローモーションのように転げ落ちる。

警報音が上がり、鳴りひびく。まずは眼下の車から、続いて警察や消防のサイレンが重なった。ティモのいる高所でも、その音はやかましく神経にさわる。

ティモと群れの仲間たち、カプンとヌーキは、足場を滑り下りて建設現場に戻った。工事監督（〈毛皮なし〉の男だ）のミスター・ジョンソンは焦り、怯えのにおいを放っていた。作業員がそろっているか頭数を数えると、皆に今日はもう「お払い箱」だと告げた。帰れと大声で言い終わるや、もう電話へ必死に話しかけていた。

ティモとしては、早上がりはいつだって歓迎だ。歩き出し、あちこち見て回ろうと気を逸《はや》らせる。だがカプンとヌーキが不安そうな顔で動かなかったので、結局はそっちへ戻った。

「どうして来ない？」とふたりをせっつく。

ヌーキは首をすくめて、神経質に唇を舐めた。

「巣に戻ったほうがいいよ。まだ崩れかけの建物もあるし、あちこちに警察がいる」

「危ないよ」カプンもかぼそく訴える。「やめようぜ、ティモ。巣に戻ろう」

ティモの心は揺らいだ。ユキは遠い里に残っているから、このアンカレジにいる小さな群れのリーダーはティモだ。皆の安全を確保し、ヒッティの様子もたしかめないと。巣に残る彼女がどうしているか。よきリーダー《アルファ》ならそうするべきだ。

だが、リーダーとしての義務感と、膨れ上がる好奇心がせめぎあう。ティモは、町に何が起きたのか見にいきたくてたまらなかった。里に残っている皆だって、地面が揺れた時に何が起きたか知りたいはずだ。それにティモは話を語って聞かせるのが好きだった。今回の土産話はこれまでで一番の話になるかもしれない。自分の目で見にいかなくては。

どうしよう。正しいことをしたいと思っているのだ、ユキのように。だがいつもながら、それがどれほど難しいか！　ユキのように振る舞うのは全然楽しくないのだ。だからティモは、喜んで兄に群れのアルファをまかせているのだった。自分がアルファになるのではなく。

「地面がこんなに揺れたことはない」ヌーキがそわそわした。「また揺れるんじゃないか？

すごく怖いよ」

　カプンがクゥンと同意した。たしかにこんなのは初めてだ。彼らの里でも時々大地が揺れるが、ここまでの揺れはなかったし、こんなに揺れつづけたこともない。それに里には揺れたり崩落するような高い建物も橋もない。ティモ、カプン、そしてヌーキたちがアンカレジに出稼ぎに来るようになってからこれで三度の夏を数えるが、こっちでは一度も地面の揺れを経験したことはない。じつに恐ろしいものだった。

　だがティモの中で、怖さより好奇心が勝った。

　胸を張る。

「俺が行って、また揺れないかたしかめてくる。とても大事なことだ。お前たちふたりは巣に戻ってヒッティについてやれ。俺は辺りを回って、わかることを全部調べてく」

　カプンとヌーキが顔を見合わせた。納得はしていないようだったが、口ごたえはしない。

「そうする」とカプンが頭を下げ、服従を示す。

「行け！　俺もすぐ巣に戻るから」

　ふたりは今度は力をこめてうなずくと、去った。

　カプンとヌーキのペースに合わせる必要がなくなったので、ティモは影のように街を駆け抜け——早く、早く——瓦礫をとび越え、道をふさぐ車もとび越え、地割れを避けたりまたぎながら、すべての光景を目に焼き付けた。

ヌーキが言ったとおりだ。警察がうようよいるし、消防士やほかの〈毛皮なし〉もたくさんいる。煙が上がっていた。一度など派手な爆発が起きたが、ティモのいる場所からは街をはさんだ反対側で、水辺のほうだった。大きな音にティモの肌がビリビリ震え、髪が揺れた。

ユキは、ティモが街なかをうろついていることにいい顔をしないだろう。「危険だ、危険。ティモは戻れ」と命じるはずだ。

だがそもそも、ユキは彼らがアンカレジに行くのも許したがらなかった。ユキは〈毛皮なし〉の連中を信用していない。ティモが生まれてこの方、いやそれよりずっと前から、キミッグたちは〈毛皮なし〉をきっぱりと避けてきた。

それでもティモには興味があった。〈毛皮なし〉について、そして彼らの暮らしぶりについて、何もかも知りたい。

それにティモの群れには欠けているのだ……何かが。必要な何かが。たとえティモが〈毛皮なし〉の間に混じることが解決法にはならなくても、気晴らしにはなったし、〈毛皮なし〉の金で里に何かを買っていくこともできる。

はじめのうち、都会のアンカレジはあまりにも奇妙で、ティモはくじけて帰りたくなったほどだった。だがその時に通りかかった建築現場が作業員を募集中で、里の木登りの要領で鉄骨をするする登ってみせると、たちまち雇われた。その後、カプンとヌーキが街に来るようになり、この夏にはヒッティもついてきた。

だがユキは来ない！　はっきり言って、夏の間アンカレジにいる一番の利点がそれだ。好き勝手にできる。そして今この瞬間、ティモはもっと街を歩きたい。

何時間もそうしていた。やっと時刻のことを思い出した時には、空の太陽は白っぽい円盤になり、あまり仰がなくてもよく見えた。日が沈むまでの半分はもう過ぎた。ティモは巣に戻って皆の面倒を見なくては。

だが、まだ答えを手に入れてなかった。非日常的でぞっとするような光景は色々と見たが、大地がまたあんなふうに揺れることがあるのかどうか、それがわからない。何人かの〈毛皮なし〉にもたずねてみたが、馬鹿か、冗談を言っているのかという目を向けられただけだった。彼らはあの揺れを『地震』と呼び、まだ『余震』があるかもしれないと言っていた。だが余震が何であるのか、自分のことで忙しくて誰も説明してくれず、ティモはもどかしくて仕方なかった。とりわけ、大地がまた、前ほどではなくとも幾度か揺れたときては。ずっとこんな揺れが続くのか？

ティモは〈毛皮なし〉がよく使っている馬鹿らしい代物、たとえばくだらない携帯電話やら車やらにはほぼ縁がない。あの手のモノは〈毛皮なし〉をこの世界から隔ててしまうのだ、現実ではないどこかにいるように。大地のどこかに移動するのに、自分の足でそれを感じないなんてどうかしてる。その場にいない誰か相手にいつもしゃべっているなんて、馬鹿らしい。見えもさわれもしない相手なのに。

〈毛皮なし〉はイカれているのだ。この世のどんな獣とも違っている。時々、彼らに怒りを感じることもあったが、大抵はいい笑いの種になってくれた。からかうとおもしろいのだ。高い塔の上で一緒に働いているのだが、よそ見の隙に忍び寄ったティモはコップや道具の位置を変えてしまい、彼らが振り向いても、知らん顔で何でもないふりをした。物がひとりでに動いたのか、自分が置き場所を間違えたのかと彼らが首をひねる様子は何回見ても愉快だった。すごく笑える！　ティモは真顔だと真面目に見えるので、〈毛皮なし〉の連中は彼にいたずらされているなんて疑いもしなかった。ハハハ！　時々は〈毛皮なし〉の弁当をくすね、空っぽになった袋や箱に、花や葉を残しておくこともあった。あれは楽しいイタズラだった。しかも、おいしいというオマケ付き。

里でだって、ティモはイタズラ好きだった。たとえば、ユキは木の上のイカれたリスから頭にどんぐりを投げつけられていると思っていたけれど、本当は木にティモが隠れていたのだ。ティモはニヤッとして、ヌーキとカプンがそのティモの悪ふざけを憧れのまなざしで笑っていたのを思い出す。群れの誰もにとって、ティモは一番の人気者だ。ユキよりも！

地震でできた歩道の大きな亀裂をとび越えた。傷のようにぽっかり空いた裂け目の奥に赤土がのぞいている。低い建物の壁をよじ登り、よく見えるだろうと屋根に上がった。下にオレンジ色の二人組が見えた。今日は制服姿の〈毛皮なし〉をたくさん見た——黄色い制服の消防士、黒い服の警官、そしてこのふたりのようなオレンジも幾人か、瓦礫の中を探して怪我人を助けていた。

もう見慣れていたから、はじめ、ティモはこのふたりを見過ごしそうになった。あやうく。眼下で働くふたりを視線がかすめた。

だがその時——何かが目を引いた。ふたりのうち、でかいほうが周囲を歩き回り、身を少しかがめて、なんと——。

においを嗅いでいた。

男は円を描くように動きながら、その円を段々縮め、その間も大地を嗅いでいる。

ティモはまたたいた。〈毛皮なし〉がこれをやっているところなど見たことがない。目を細めて凝視し、観察していると、男は作業を続けて、嗅いだり耳をすましたりして、時には四つん這いになって首を傾けていた。全身の感覚を研ぎ澄まして集中しているのがわかる。そしてその男にはどこか、力強さがあった。川でサケを狩る熊のような、生まれついた本能を発揮しているような。

ティモが目を移すと、もうひとりは手に何本もの黄色や黒の旗を持ってついてきていた。数歩離れたところで、やはりにおいを嗅ぎ、耳をすましている。

ティモの喉が苦しくなり、息もできないほどだった。とてもじゃないが、今見ているものが信じられない。

（ああ、星よ——）

大きいほうの体つきは本当に巨大で、ティモの群れの誰よりも大きく、これより大柄な〈毛皮なし〉をティモはほんの数人しか見たことがない。オレンジ色の半袖シャツとオレンジ色のズボンをどっしりした健康的な体にまとっている。腕は太く、たくましい。上着を着ていない事実も——今日はどんな〈毛皮なし〉だって着ているのに——ティモの心で警報を鳴らす。人間にとっては寒いはずだ。

それだけではない。

男の髪は、ティモの髪と同じくらい密でふさふさしていた。色は穏やかな茶色で、肩のあたりで切られて顔のまわりで整えられた髪型は〈毛皮なし〉のスタイルだが、そう思って見ればその髪が〈毛皮なし〉の髪でないことがわかる。男の肌は白っぽい。南寄りから来た人間たちのように。ユキの肌のように。顔は大きく、鼻と顎はしっかりしていた。なじみやすい顔だ、強いけれども荒々しくはない。

だが一番はその男の身のこなしだ——そう、勘違いのわけがない。

ティモは深く嗅いで、においをとらえようとした。嗅げた、と思う。ひとりぶん、人間のにおいがチリリとしたが、それには汗のにおいが付いていない。目当ての男のとは違って。そして男のにおいの下には……。

犬だ。

ティモは、もうひとりの小さなほうへ凝視を向けた。ふさふさした茶色い髪は、大きいほうの髪より色が暗い。愛嬌のある顔が、ティモにヌーキを連想させる。そして、間違いない、彼の目は金色に光っていた。

　金色だ。

　金の目をした〈毛皮なし〉なんて、これまでひとりも見たことがない。

　ティモは背骨をこわばらせ、めまぐるしく考えた。これはどういうことだ？　人間は、今や〈二枚皮〉を救助活動に使っているのか？　ヒトが犬を使うところは見たことがある。だが〈二枚皮〉を？　南のやつらは、彼らの存在すら知らないんじゃなかったのか。

　なのに今、すぐそこにふたりがいる。ティモが見つめていると、大男が何か見つけたようにうれしそうに腕を振った。小さなほうが近づき、ふたりして瓦礫を掘りはじめる。

　掘っている——まるで犬がするように、ティモ自身がするだろうように。ただし、手袋をはめた両手で。どうやら誰か、石の下に埋もれている相手を見つけ出したようだ。

　突然、ティモが気付いた時には、でかいほうが立ち上がってこちらを見つめていた。ティモを。

　ティモは凍りついた。追いつめられたような、その男が迫ってくるような気持ちに襲われる。どれだけ興味があろうとも、追われると感じた時のティモの反応は一つ——反射的な逃亡。

　男がちらりと目をそらした瞬間、ティモは屋根からとび下り、あらん限りの速度で駆け出した。

今日ティモは、まさに驚異的なことを学んだ。それも、大地の鳴動とはまるで関係のないことを。

3　夜の訪問

ジウス

太陽は、いつまでも昇ったままだった。夜十時近くなってやっと辺りが本当に暗くなったが、アンカレジの救急隊が被害の甚大な区域に投光器を設置した。なのでジウスとサミーは働きつづけた。

ふたりで旗を立てた。たくさんの旗を。幸い、この地震での死者は少なかったが、多くの負傷者を発見した。ふたりで掘り、瓦礫を持ち上げ、手の届きそうな相手は引っぱり出し、深く埋まりすぎていたり動かせないほどの重症者ならほかの隊の手を借りた。アンカレジの総本部からマッドクリークのチームに、街向こうの古いれんが造りオフィスビルでの救助要請が入ると、マットはジウスとサミーを現場へ行かせた。

一度、サミーは片足を骨折した少女のそばに座り、二〇分間、救急車の到着まで付き添った。太陽が建物の向こうへ沈む間、少女にくだらないジョークを聞かせて痛みをまぎらわせてやっていた。ジウスはあちこちのにおいを嗅いでいたが、それでもサミーのどうしようもない冗談は耳に入った。

（犬が上手に踊れないのはどうしてか知ってる？）

（ううん、どうして？）

（犬が〝尾・取れ〟ちゃったら困るからさ、ハハハッ）

サミーの人なつこさや、人間相手にすぐなじめるところが、ジウスはうらやましい。心の広さや、大きな金色の目の優しさがうらやましい。とは言ってもサミーは犬として生まれついているし、しかもべらぼうに人なつこいラブラドール種だ。ジウスはクイックとして生まれ、人間の世界になじむまで何年も苦労した。彼の犬でさえ独立心がとても強い。

救急車が走り去ると、サミーは少女のためにポタポタと涙をこぼした。ジウスはその肩をさする。

「あの子は元気になるよ。僕らはお手柄だった。あの子を見つけられたんだ」

「わかってる」すすり上げてサミーが鼻を拭う。「あの子が痛がるのを見てるのが嫌だっただけだよ。痛いのってサイテーだ」

「サイテーだな」とジウスは重々しく同意した。

ふたりは作業に戻った。

午前二時になると、マットが無線で呼びかけ、号令をかけた。

「みんな、聞いてくれ！　マッドクリーク捜索救助隊は全員、デラニー・パークへ戻れ。今すぐに！　テントがあるから、全員、食事と水分補給の上、少なくとも四時間は眠るように。いいか、絶対だぞ。これは上からの命令だ、ラヴからのな。さっ、動け！　ここに一番早く戻ったものはおまけのブラウニーを一つもらえるぞ」

サミーとジウスは顔を見合わせてから、そろってデラニー・パークへと駆け出した。

中心街にある公園は、いくつもの救助隊の本部として使われていた。すでにマットが隅にテントを設置し、箱入りの弁当が用意されていた。弁当からはじつに素敵なにおいがして、中にはローストビーフサンドとポテトチップス、果物のゼリーバー、ブラウニーが入っていた。腹がペコペコのジウスは一分とかからず平らげてしまった。ローラ＝ブルーがおまけのブラウニーを勝ち取ったので、ほかの全員はがっかりしたのだが、するとマットが全員に二箱目を配ったのですべて丸く収まった。

チームはテントの外で丸く座り、食事をした。皆が薄汚れて疲れきり、ろくに口もきけない。ジウスは二つ目の弁当箱を小さくたたみながら、今にも瞼が下りてしまいそうだった。

「よし、みんな！　今日はよくがんばった。消防からもハンパないなって」

マッドが手をこすり合わせながら言った。

ハンパない？　また何かのジョークだろうか。だが解き明かすにはジウスはくたびれすぎていた。あくびをする。

「一眠りしてこい。六時に起こすよ。ほら、動け！　テントに入るんだ、皆。おやすみ！」

ジウスは、かろうじて靴だけは脱いで自分のテントにもぐりこんだ。毛布の上に転がったとたん眠りに落ちる。低い山を登る夢を、山積みの石をよじ登っていく夢を見た。誰かを探していたのだが、誰のことかは覚えていない。

目が覚めたのは、においがしたからだった。はじめ、あの男にまた会う夢を見ているのかと思った。あの〈キミッグ〉、屋根の上に立ち、背負った太陽にまばゆく包まれていたあの男に。そしてあのにおい、ひんやりとして爽やかで野生的なにおいが、ふわりと漂ってくる。

そしてまたたくほどの間に、ジウスは覚醒していた。パチッと目を開け、においを嗅ぐ。

このにおい……戻ってきた。濃くなっている。すぐそこからだ。

首の後ろが警戒心でチクチクしたが、いきなり動かないようこらえた。視線を動かし、それから首を回して、テントの横のほうを見る。

救助隊のテントはとても小さくて、ひとりが入るといっぱいだ。それでも二、三人で詰まって共有することはあったが、ジウスはそれには大きすぎたし、そもそもひとりを好むたちだ。テントの生地は緑色で、外のランタンの明かりが透けて入ってくる。大きな、丸っこい影がテントのサイドに落ち、ジウスは見つめながら、それが藪や切り株の影なのかどうか一瞬迷った。

だが、聞こえた。かすかな誰かの鼻息、すぐそこでにおいを嗅ぐ気配。そして影が動いて、向きを変え、男の形を取った。しゃがみこんで片手を地面に付いており、横顔は鼻と顎がすらりと長く、髪はまっすぐに垂れていた。

ジウスはその影を知っていたし、においも間違いない、屋根の上にいたあの男のものだ。キ、ミ、ッグ。アプトはそう呼んでいた。その男が——テントの外にいる。

ジウスは考えることなく、深々とした本能のまま自然に動いた。犬の姿だったらそうしたように——逃げ腰のウサギへそっと鼻をつき出してにおいを嗅ぐように——とてもゆっくりと、慎重に、片手を上げ、体は力を入れずに寝袋の上に残したまま。開いた手をテントの生地に押し当てた。

外側にいる男が凍りついた。相手の鼓動が増すのがジウスに聞こえる。ドクン、ドクン。

ジウスは動かなかった。

ゆっくりと、そのキミッグが手を上げ、ジウスの手のひらに自分の手を合わせた。影が小首をかしげ、好奇心をにじませる。

そのキミッグの手は熱かった。ナイロンのテント地ごしでさえ、外の寒さの中でさえ。熱く、生気にあふれ、息づいている。ジウスの中をアドレナリンが駆けめぐり、血が初めての旋律を奏でる——高揚、畏敬、心深くに根ざした何か。別の種との出会い、発見であり、宝物の発掘。たとえ自分が何を見つけたのか、そこにどんな意味があるのか、今はわからなくとも。

「僕はジウスだ」と囁いた。喉にこみ上げた熱い塊をごくりと飲む。

影は、まだそこでじっとしていた。それから夜風とともに囁きが流れてくる。

「ジ……ウス」

「そう」

手に感じる手のひらがとても温かい。ジウスはもっとたしかめたかったし、指を絡めて肌を感じたかったが、テントのナイロン生地がそれを阻む。この男の姿を自分の目で見たかったし、隣にしゃがみこんで全身を眺め、目をのぞきこみ、何者なのかどんな存在なのか解き明かしたかった。

だがそれ以上に心をそそる衝動は、この知らない男を自分のテントに引きずりこみ、押し倒して、自分の体温で包みこみたいというものだ。まるで同じ群れであるかのように。

なんて奇妙な考えだろう。

「僕は今から外に出る。怖がらないでほしい」

ジウスはそう言った。手を引いて、出入り口のフラップのほうへ身をかがめた。

ティモ

ティモはさっとテントから距離を取った。トラックの後ろに身を隠し、影の中からあのでかい〈二枚皮〉の男、ジウスがテントの出口をからげて外に這い出してくるのを見つめた。男は、巣穴から出てくる起き抜けの熊のようにのそのそと重そうで、それを見ているとティモは警戒しているのに口元がゆるんでしまう。

かまえて距離を取っておきたい気持ちと、こんなところまで来てしまった衝動との間で心が揺れる。助けが必要なのだ。このでかい男の、ジウスの助けが。そうではあるが、この〈二枚皮〉たちにティモは面食らっていたし、警戒していた。

この連中が群れだからだ。ティモはこの〈二枚皮〉たちを初めて見かけてから、ずっと一日中遠くから観察し、においも嗅いできた。この男にかなり近づきもした。一緒に働いていたもうひとりにも。風下の死角にとどまって、気取られないようにしながら。

そうやって、彼らが〈二枚皮〉だとはっきり確信した。なのにティモの知るどんな〈二枚皮〉ともかけ離れている。ティモたちの群れとも違う。この数年で見つけた新しい〈二枚皮〉たち――最近になって〝生命の飛躍〟を得たあの犬たちとも似ていない。なりたての彼らは、ティモ以上にヒトの世界の仕組みにうとい。

だが、このふたりはそうではなかった。

そこでティモは彼らを追って、今夜、公園までついてきたのだが、そこでもっと仲間がいることを知った。この群れには八人の〈二枚皮〉がいる――雌が二人、雄が六人。さらに〈毛皮〉

なし〉の男がひとりいて、皆に食事をやっていた。その男も群れの一員のように見えたが、どうすればそんなことがありえるのか、ティモにはさっぱりわからなかった。

こんなに大勢を目の当たりにして、ただ衝撃を受け、呆然とするだけだ。

この群れは〈二枚皮〉だというだけじゃない。南側から来た連中だし、〈毛皮なし〉の消防士たちのような揃いの制服を着ている。その上ペラペラとあいつらの言語を――英語を――流暢にしゃべっていた。この人間の都市にすっかり慣れているようだ。ティモ自身よりもはるかに――そしてティモの群れでは、彼より〈毛皮なし〉に慣れている者はいない。

この〈二枚皮〉たちは……飼いならされていた。つながれた犬のように。彼らはまるで、ヒトの街に所属しているかのようだ。無理に我慢しているのではなく。

どこをとっても、どう受け止めていいかわからない。何しろこの朝まで、自分の群れ以外に〈二枚皮〉の群れは存在しないと信じていたからだ。いないものだと。過去一度たりとも。自分たちは、雪や氷の世界の生き物だと思ってきた――狼やシロクマのように。

カプンが前の月めぐりの時に言った言葉を思い出し、ティモの背が冷える。

『そうキリキリするな、ティモ。俺たちはもうじき〈二枚皮〉の雌に出会えるかもしれないぜ。イヌイットの村とか、それこそアンカレジでだってさ！　そうすればユキだって、お前を群れの誰かとつがいにするのは諦めるさ』

あの時はティモはただ鼻息をついただけで、相手にしなかった。ティモの人生を通して、見つかった〈二枚皮〉はたったふたりだけだ。片方はパナ。祝福を授かった大きなハスキー犬で、彼らがイヌイットの村から盗み出した。もう片方はゴビ。アンカレジの近くで道に迷い、群れもなしでいたところを見つけた。パナはキミッグの誰ともつがいになりたがらなかったし、ゴビにはきんたますらなかった！　哀れなゴビは、どうして玉がなくなったのか覚えてもいなかったが、とにかくぞっとする話だ。

だからティモは、新しい〈二枚皮〉との出会いなんて信じちゃいなかった。結局カプンが正しかったわけだが。

正しいなんて言葉じゃ足りない。一人どころか八人も見つかったのだから！　大地の揺れで、獣や生き物の種や何もかもが変わってしまったのだろうか。何しろこの〈二枚皮〉の群れは、まったく新しい存在だ。

ティモがじっと見ていると、ジウスは体を起こしてテントの前に立ち上がり、空気を嗅いでいた。見回してティモを探し、暗闇に目を凝らしている。

攻撃的には見えなかった。そうなる必要があるわけではないが。これだけ近くで見ると、離れて見た時よりずっと大きいのがわかるし、この大きさだけでティモのいる世界では尊敬される。

ティモの心臓が激しく鳴った。

逃げるべきか？　とどまるべきか？

いや、逃げるわけにはいかない。ジウスの助けが必要なのだ。

それに……興味もあった。

ゆっくりと、ティモはかがめていた体を起こし、影から進み出た。

4　ジウス、レスキューへ

ティモ

ジウスがティモを見て、ふたりの視線が絡み合う。この男の瞳は金茶色だったが、公園に置かれた人工の光で銀の輝きを帯びていた。ティモの仲間たちの目のように。ジウスが〈二枚皮〉だという証拠を、またもや見せつけられる。

ティモの鼓動が荒い。唇に指を当て、ほかの者を起こすなとジウスに伝えた。シーッ。それから手招きする。こっちに来い。

右往左往したい気分で、不安だったが、じっと待った。ジウスは来るだろうか？　群れの仲間から離れて？　利口ならそんなことはしない。だがどうしてもジウスに来てもらわないと困るのだ。身がまえて、ジウスが仲間を呼んだら逃げ出すつもりでいた。それでも追ってくるかもしれないが、捕まえられるわけがない。ティモを！

だがジウスは仲間に知らせはしなかった。顎をかいてティモを見つめている。小首をかしげ、困った顔をした。

ティモは思いきって一歩近づいた。

「来いよ」と囁く。また手招きした。「たのむ」

わざわざ南寄りの言葉を使い、少し首を傾けて喉をもっとさらしてみせた。弱腰な言葉で、服従的な仕種だ。ティモの流儀ではないがそれくらい必死だった。

ジウスは並んだテントを見回し、またティモを見た。うなずいて、手振りで伝えてくる。ついていく、わかった、と。

安堵がこみ上げた。すぐさまティモは踵を返し、公園内のテントや車の間を縫っていきながら、ちらちら振り向いてジウスがいるかたしかめる。

ジウスをつれて、静かな通りを進んだ。ほんの幾人か、大きな照明の下でまだ働いてはいたが、ほぼ無人だ。もう時間を十分無駄にしていたし、不安にせっつかれて、いつしかそこそこの勢いで走っていた。だが後ろを見るたびにジウスはいつもついてきていた。

ティモは大通りや裏道を抜け、南へ向かって、動物園とそれを包む珍奇なにおいを通りすぎ、〈毛皮なし〉たちが『ファー・ノース二百年祭公園』と呼ぶところへたどりついた。ティモは

そこを単に『街の森』と考え、このアンカレジでの安息地だと思っていた。

　そこで足を止める。

「これは？」ジウスがたずねて、周囲を見回した。緊張しているように片耳をかく。「きみは誰なんだ。目的は？」

「あんたたちは、ひとを見つけてるな。地面の中から」

「そうだよ」

「今、見つけてくれ。たのむ」

　胃がよじれる。今にも犬の姿をとって歩き回ったり吠えたり掘ったり、全力疾走したい。だがそれでは何も解決できないのだ。

　ジウスは迷うように唇をなめたが、一瞬目が輝いたのをティモは見逃さなかった。カプンの目が「ウサギ」と聞いた瞬間に輝くのとそっくりだ。

　ジウスは、何かを見つけるのが好きなのだ。ありがたい。

「どこで？」ジウスが聞いた。「どこを探してほしいんだ？」

「こっちだ」

　ティモは森のもっと奥へ進み、人間の作った小道を上ってから、獣道を上がっていった。十分後、石が崩れて転がる急斜面に着く。大地はぐしゃぐしゃで、カリブーに踏み荒らされたモグラ塚のようだった。

その下――地面の中にはトンネルがあって、そのトンネルが巣穴に続いているのだ。かつてこの洞穴には熊が住み、その立派な爪が半ば凍った大地に穿った穴だ。それをティモが発見し、自分のものにした。

そして今……今、その洞穴の入り口は、斜面から転がり落ちた岩で塞がれている。ティモとカプンとヌーキで入り口を探そうと岩をどけたのだが、数が多すぎる。どのくらい先まで崩れているのかもわからない。

ただひとつわかっているのは、唯一の大事な点は、ティモの妹のヒッティがこの巣穴にいるということだ。ティモは一日中外にいて、街を見て回ったり見つけたばかりの〈二枚皮〉の後を追ったりしていたので、ヒッティが大変な目にあっていると知ったのは暗くなって戻り、打ちひしがれたカプンとヌーキを見た時だった。巣穴が、街の建物のように崩れて潰れてしまうなんて、それまで思いもしなかった。

心が罪悪感と自己嫌悪で潰れそうだ。耐えられそうにない。もっと早く戻るべきだった。せめてヒッティの様子を確かめに。

小さな穴だらけの石が転がる斜面を、ティモは上がっていき、苛ついて髪をつかんだ。かつて入り口だったところにヒッティのかすかなにおいが残っている。だが岩の向こうに彼女のにおいを嗅ぎ取ることができない。地面を通して嗅ぐこともできない。彼女の立てる音も聞こえない。

もう死んでしまったのかもしれないなんて、そんなことは考えたくもない。とても小さくてとても弱いヒッティ。そんな彼女が、岩の下でどうやって生き延びられる？　せめて埋まったのがティモだったなら。彼なら強い。きっと耐えてみせる。

ユキにどう報告すればいい？　どうすれば自分を許せる？

ティモは地面を指した。

「ここだ。女はこの下。たのむ」

何も言わず、ジウスは小山の足元に這いつくばった。あたりを嗅いで回り、段々と上へ、嗅覚をたよりに岩場を上っていきながら、這うような姿勢を保った。十数歩ごとに止まっては耳を岩に押し当て、音を聞いている。

ヒッティを心配して恐れながらも、ティモはこの南住まいに感嘆せざるを得なかった。体が巨大で時おりぎこちなさはある——テントから這い出してきた時もそうだった。だがこんなふうに仕事にかかると、岩場をゆくキツネのようにその動きは敏捷で、這い進む手足はしっかり地面をとらえている。ゴツゴツと尖った岩場がやわらかい毛皮であるかのように。この男は完全に狩りに没頭している。

ティモは、できるだけ音を立てずについていった。カプンとヌーキがあたりの暗がりにいるのを感じたが、出てくるなと合図を送る。ジウスを驚かせたくないし、手を止めさせたくない。息一つするのも怖いくらいだ……。

ジウスは洞穴が入り口部分で折れるところを、正確に左へ追っていった。まるで地面と岩を透かして穴が見えているように。ティモの腹がぞくぞくした。

ジウスは、ただの〈二枚皮〉ではない。ティモたちに勝る能力があるようだ。どうやって？

突然、ジウスが体をこわばらせ、凍りついた。犬の姿なら全身の毛が立っていただろう。また同じ場所のにおいを嗅ぎ、ふたたび嗅いで、円を描きながら範囲を小さくしていった。

ついに、目印代わりの石をいくつか積んで、ジウスが立ち上がる。ほっとした顔で、目に喜びがあった。

「ここだよ」と告げる。「彼女はここにいる。六〇センチぐらい下だ」

ティモは、聞くのが怖かったがたずねた。

「……生きてるのか？」

ジウスが熱をこめてうなずいた。

「うん、大丈夫だ。掘ってたみたいだけど、今は眠ってると思う。彼女の心音はしっかりしている。穴の一部がつぶれずに残ってるんだ。まだ空気があるようだけどずっとはもたないだろう。助けないと。掘るのを手伝うよ」

感謝の思いが湧き上がってくる。ヒッティは眠っているのだ。生きているのだ！　首をのけぞらせて遠吠えしたかったが、こらえた。祝うのはまだ先だ、無事なヒッティをこの腕に取り戻してから。

ジウスがしゃがみこむと、目印の脇の岩を取り去り、投げられた石がガシャンと地面に落ちた。

不意に、ティモは危機感を覚える。

南住まいの連中に自分たちの巣穴を見せるのは間違っているような気がした。ヒッティのこともだ。このジウスは〈二枚皮〉かもしれないが、知らない相手なのだ。もしヒッティを連れ去ろうとしたら？　〈毛皮なし〉に彼らのことを告げ口したら？

すでに、ここまでジウスを信用することで、大きな危険を冒しているのだ。

ティモは暗闇に合図をした。カプンとヌーキが影からすっと現れ、ティモの援護につく。ジウスが別の岩を放り出そうとした時、ティモは近づいてその腕をきっぱりと押しとどめた。

ジウスはたちまち動きを止め、体を起こした。目が合って、ティモの鼓動が激しく乱れる。こんなに背の高い相手を見上げることに慣れていない。それに、こんな闇夜でさえジウスの存在そのものがあまりに大きく、強く、おごそかで、善良で、ティモの腹が切なくなる。

ティモはジウスの顔をしげしげと眺め、どうしてそんな印象を受けるのか探った。好奇心ならいつも感じている。ティモはいつもすべてに興味津々だ。だがこれはそれとは違う、もっと深くて、言葉に言い表せないもどかしさがあった。

ぐっと顎に力をこめた。駄目だ、この〈二枚皮〉は群れの一員ではない。いいヤツかもしれないが、そうとは限らない。ティモは彼を知らない。愚かなことはできない。

「掘るな。もう、行け」

命じて胸を張り、ユキの態度を真似しようとした。

ジウスが眉をしかめる。

「でも手伝えるよ」

「いや。いらない」

ティモはきっぱりはねつけた。

仲間たちが近づいてくる。ジウスがその姿に気付き、ティモの背後を見ながら身をこわばらせた。低く深いうなりが闇から響く。人間の耳には聞こえないほど、かすかに。

ジウスがふたたびティモに向けた目はがっかりしていた。降伏するように両手を上げる。

「わかったよ。好きにしてくれ。僕は帰る」

あまりにも落胆した声だった。ティモはつい後ろめたくなる。ジウスはここまでついてきた上、本当に助けてくれたのだ。何か礼をするべきだろう。ちょっとした肉か骨が手元にあればよかったのだが、ポケットにあるのは〈毛皮なし〉にもらった紙の金だけだ。ヒッティの命を救った礼としては情けないものだったが、南住まいのジウスにとっては価値があるかもしれない。

ティモはポケットから札を取り出して突きつけた。

「行け」

ジウスがすぐに動かなかったので、札を持った手で胸を押しやろうとする。

「これを持って、行け」

押したところでジウスはちらとも動かず、まるで岩だった。札に目をやるが受け取ろうとはしない。

またティモの目をのぞきこんだ。

「金なんかいいんだ。ただ……きみは誰だ？　名前は何ていうんだ？　きみたちは――」

「行け！」

ティモは声を高くした。仲間たちが近づき、うなりが大きくなる。

ジウスは顔を歪めた。ズボンで手のひらを拭い、彼は斜面を駆け下りると闇へ消えていった。

5　古くからの言い伝え

ジウス

四日間かけて、彼らの捜索救助隊はアンカレジの町でできることをすべて終えた。道はどこも片付き、ほんの数本の旗が瓦礫の中に残るだけだ。通れなかった道をブルドーザーの作業員が整備し、車の往来が始まっていた。街はもう日常を取り戻している。

人生は、前へと進みつづける素晴しい力を持っているのだ。たとえ消えない傷が残ろうとも。

本来なら今日、帰りの飛行機に乗る予定だったが、アプトと友人になったのだ。アプトはデラニー・パークにしょっちゅうやってきたり、街で作業中のジウスやサミーを見つけては食べ物や飲み物を差し入れてくれたり、ただ近くに座って彼いわく〝だべって〟いったりした。

アプトは一行に無邪気な関心を持ち、カリフォルニアのことや捜索救助活動の旅について色々聞いてきた。

しょっちゅう「ふーん」と言っている、とジウスは思っていたが。それでもアプトはいい奴だった。

そのアプトがマッドクリークのチーム全員を、村に誘ってくれたのだ。ヤカトゥクという、イヌイットの村だという。アラスカ湾を東へ二時間飛行機で移動したところにあり、アプトの話ではあまり他所者は来ないそうだ。村がアプトの無事を祝って宴会をするので、アプトはチームの皆に来てほしがっていた。あまりに熱心で頑固だったので、断るのは失礼に思えた。

マットは行きたがった。イヌイットに興味があるので、これを「千載一遇のチャンス」と言っていた。大体のクイックたちは何だろうとすぐ乗り気になるし、とりわけ〝宴会〟の言葉に弱い。だが何人かの隊員は遠慮して先に帰ることにした。サミーもそうだ。ラヴが恋しくてこっちに残れないと言った。それにロスコーとジョージアは配送センターの仕事に戻らないとならなかった。

ジウスは村に行くことに決めたが、宴会が目当てでもなければイヌイットの村を見るためでもない。あの夜、テントにやってきた〈キミッグ〉から埋もれた友達を探してくれとたのまれて以来、キミッグを見てもいないしにおいを嗅いでもいなかった。ジウスの頭からは彼のことがずっと離れないままだ。いつも心にずっしり居座っている。考えて、考えて、考えつづけた。ただサミーやマットやほかの誰にも、あのことを話しはしなかった。

何と言えばいいのかわからない。頭がおかしくなったと思われてしまうかもしれない。

アプトからもっと話を聞き出そうとはしたのだが、アプトは首を振っただけだった。

「キミッグについて知りたきゃ、うちの村においでよ。言い伝えがある。たっくさんの言い伝えが」

「その中にキミッグの話があるんだね?」

ジウスは勢いづいて聞いたのだった。

アプトは訳知り顔でうなずいた。

「どんな言い伝え? どういう言い伝え?」

「村に来て自分で確かめないと。言い伝えは長老たちから聞くほうがいい。俺はあれを話すのが下手クソでさ」

アプトはそこは譲らなかった。じつに意固地な人間だ。

日曜の朝、アプトがデラニー・パークへ、ジウス、マット、ローラ＝ブルー、ゴールディ、ベーコン、ワトソンたちを迎えに来た。飛行場へ車でつれていくと、皆を小さな飛行機に詰めこむ。ジウスなどまさに〝詰めこまれた〟。座席からはみ出していたし、頭は天井につっかえそうだ。この飛行機はまるで好きになれない。

「で、こいつはジョーだ」アプトが操縦士を紹介した。人好きのする顔をした、歳のいった白髪交じりの白人男性だ。「ジョーがヤカトゥク村まで乗せてくれる」

「まかせてくれ。ベルトを締めて、景色を楽しんでてくれ」とジョーが言った。

「遠いのか？」ジウスはたずねながら、遠くないことを祈る。

アプトは肩をすくめた。

「そいつは小便をしたいかどうかによるな」

そして彼は笑い、ほかの皆も笑ったが、ジウスは腑に落ちなかった。全然。小便をしたいわけじゃない、飛行機から早く降りたいだけなのだ。それじゃ近いほうがいい理由にはならないのか？

着陸まで二時間近くかかった。景色は確かに素晴らしい。眼下の風景の美しさには、ジウスも窮屈で不愉快なのを忘れてしまうほどだった。アラスカ湾がほとんどずっと右手の窓から見えていた。左手には雪をかぶった山々、茶色や緑色のクレバス、霧をまとった川の流れ、あまりに澄んでいて思わず泳ぎたくなるようなアクアブルーの湖が、次々とよぎる。空気は澄み渡って、景色が現実以上にくっきり見えていた。まるでこの場所が、地上のどこよりも太陽に愛されているかのように。

「うわあ」

ため息をつくジウスの前に、川沿いを走っていくカリブーの群れが現れた。うわあ、凄い。

この大地が、彼を呼んでいる。

ジウスはマッドクリークを囲む森や山々を愛していた。両親と旅行したスイスの山も大好きだ。彼らの命の故郷。

だがここは……どこまでも広がる、自然のままの、想像力などはるかに超えた圧倒的な景色だった。

凄い。

ジウスの隣にはマットが座っている。彼がジウスの腕に手を乗せ、ぎゅっとつかんだ。

「ものすごい迫力だな、本当に」

「うん」

ほとんど口もきけずに、ジウスはやっとうなずく。

「ローマンに見せられたらなあ。心から喜ぶだろうに」

マットの口調の切なさが、ジウスの気を引いた。マットを見やり、それからまた窓の外を見る。この景色を分かち合いたい相手がいることがうらやましかった。もちろん、ジウスにだって両親がいるけれども。それとは違うのだ。

「あれって狼じゃない？」

ローラ＝ブルーが声を上げ、興奮して逆側の窓を指した。

マットから目で制されたが、ジウスは無視して腰を浮かせ、見ようとした。だが窓の外は雪景色だけだ。

「灰色で、雪の上を走ってたの」

ローラ＝ブルーが困り顔で言った。気まずそうだ。

「もう行っちゃった。でもとても素敵だった」

（キミッグのように）

とジウスは思う。あの一夜はすべて夢だったのかもしれない、と思いながら。

アラスカ州ヤカトゥク村

ヤカトゥク村はこぢんまりとしていた。滑走路は長い一本の、重機で平らにならされて凍った土の道だ。ほんの数メートル先は海で、広々とした青い水面に浮く氷塊が、バスタブに散らした角氷のようだった。遠くに見えるのは、海に劣らず青白い山々だ。家々はクレヨンのようにカラフル――赤、緑、青、黄色。形はどれもそっくりで、一階部分が木か白い無地の壁、二階は色とりどりで窓やドアがついている。この二階部分へ上る階段が外についていた。

この村は、三方を海に囲まれて突き出た陸地にあり、大地の隆起が荒く、岩だらけの海辺が急角度で海に飲みこまれている。まだらな草原と未舗装の道がゴツゴツした大地に線を引き、岸の近くではつながれた小舟が揺れていた。

ジウスはこの村がとても気に入った。すぐそこに自然が満ちあふれているのがいい。家同士も距離があって、数も多くないのがいい。のびのびと息ができる村がどこかにあるなら、まさにこのヤカトゥク村だ。

それに飛行機から降りられたことも、とてもうれしい。

「どうだい？」アプトがジウスにたずねながら背中をポンと叩いた。

「とても美しい」

ジウスが正直に答えると、アプトが地球上で一番誇らしいと言わんばかりに顔を輝かせた。

「それは俺の奥さんに会うまで待ってくれ。今でも最高にキレイだから」とジウスの腕をつつき、ウインクする。

意味がよくつかめなかったので、ジウスはただ重々しくうなずいた。

アプトの妻、キリマは若くて、気立てがよく、かわいらしかった。とてもぽっちゃりしていて、クイックたちに負けないほどふさふさの黒髪を長くのばし、背中で結んでいた。アプトが、がれきの下から掘り出してくれた救い主のひとりとしてジウスを紹介すると、キリマは力いっぱいジウスを抱擁して泣きながら幾度も「ありがとう」と言った。

アプトの子供たち、小さな三兄弟は子犬のように周囲をはね回って、恥ずかしそうに挨拶し、遠巻きにして大きな目で彼らを見つめていた。

マッドクリークの六人はいくつかの家に分けて泊めてもらうことになった。ジウスの寝床はアプトの家の一階だ。床はコンクリートで、小さな部屋にあるのは毛布やキルトがたっぷりかけられたシングルベッドと床に置かれた低い鉄の薪ストーブだけで、ストーブの黒い煙突が壁の外に突き出している。外につながるドアと、二階へ向かう階段があった。

「これで平気か？」アプトが、ジウスを部屋に案内して聞いた。「寝る前にたっぷり薪をくべとくからさ。タマが落ちるほど凍えることはないと思うよ。この季節なら大丈夫」

「平気だよ」ジウスは答えた。「僕はいつも暑いから」

アプトがニヤッとしてウインクした。

「おアツいのが好きってヤツだな」

ジウスは笑顔を貼り付けたままうなずいた。何だ？　どういう意味だろう、今のは……。

「ええと……いい部屋だと思うよ。ありがとう」

「そりゃ友達だし。友達には最高のもてなしをしないとな？」

アプトが手をのばしてジウスの肩をポンと叩いた。

「いいことだね。そろそろキミッグの話を聞かせてもらえるかい?」

アプトが鼻を鳴らした。

「まったく、骨に食らいついた犬並みだなあ。今夜だ。話は全部、今夜聞けるさ。絶対だ」

その夜、太陽がまだ水平線の上にポタッと垂らした一滴のバターのように見える間に、イヌイットたちが海辺に集まった。家ごとに折りたたみの椅子を持ち寄って、子供たちは砂に座ったり、丸太を引きずってきた。大きな火がおこされ、炎が上がり、冷えた空気に炎の暖かさが心地いい。

地面にダンボールが並べられ、料理した肉や食材が直接、あるいは皿や椀に盛って上に置かれていった。魚が何種類か、それにアザラシのスープ、〈マクタック〉というクジラの料理、〈バノック〉というパン、じゃがいもとブロッコリーを混ぜたような味わいのデンプン質の根菜があった。ベリー類と脂肪を混ぜた〈アクタク〉という甘味も用意されていた。

マットがどの料理にも感想を述べ、毎回質問し、イヌイットの料理名を復唱した。ジウスは聞き流していた。彼の食べ物への関心はおいしいかどうか(大抵何でもおいしいが)と、彼のでかい腹を満たしてくれるかどうかだ。

だが生のクジラの切り身、マクタックを食べようとするマットを見るのはおもしろかった。マットの表情が凍りつき、「うーん」と気に入ったかのような声を出したが、その顔はみるみる氷のように青ざめていった。

あれは笑えた！　いつもみんなを笑わせているマットだが、マットのすることでジウスが声を出して笑ったのは初めてだった。イヌイットたちもマットを見て笑っていた。

宴会が終わると、ジウスとマット、ローラ＝ブルー、ベーコン、ゴールディ、ワトソンたちは火のそばの椅子に座らせてもらい、村の皆は闇よりも暗くなった夜の中で肩を寄せ合って座った。身震いしているマットに、アプトが上から羽織る毛布をくれた。だがこの夜気と火は、ジウスには丁度いい。

アプトが声を張った。

「この南住まいたちが、昔語りを聞きたいそうだ」干しりんごのような顔をした大変な年寄りを指す。「ジウス、この人は俺の〈アルナウガ〉、父の祖父だ。村一番の語り部だ。だが敬意をもって聞いてくれ、言い伝えは我々にとって大切なものだからだ。わかるか？　物語は俺たちの一部なんだ」

「もちろんだ」とマットが答えた。「聞かせてくれてありがとう」

ジウスは熱烈にうなずくことしかできない。

「だけど今日は英語で語らないとならないよ、じいさま」とアプトは呼びかけた。

「そうするさ、でないとこの人たちが退屈で死んでしまうからね」と老人が言って、皆がくすくす笑った。

「じいさまはとても昔にノーム岬で働いていた時に、英語を覚えたんだ。俺にも教えてくれた。ただし、じいさまに『ツイッターって何』とは聞かないでくれ」とアプトがニヤリとする。

マットが笑い声を上げた。

「覚えとこう。ああ、是非物語を聞かせてもらえませんか。どうぞ」

ジウスはアプトに、自分が聞きたいのは〈キミッグ〉の話であってただの物語じゃないと念押ししたかったが、それより早く老人が話しはじめた。

語られたのはクジラの話、キツネと結婚した男の話、ひどい仕打ちを受けて仕返しを果たした少年の話だった。

ジウスは辛抱強く聞こうとした。物語はおもしろかったし、老人の厳粛な顔や言葉の強い響きが気に入った。だが毎回、話が終わって新しい話が始まるのを心待ちにしてしまう。そして新しい話が始まると、またキミッグについての話ではないのだ。

三つ目の物語が終わると、輪に混ざった子供たちが晴れ晴れと微笑み、幾人かはクスクス笑いながら互いや親にもたれかかった。

だがジウスは、もうこらえきれずに問いかけていた。

「キミッグの話は？　アプトは、キミッグについての言い伝えがあると言っていた。彼らは何者なんですか？」

円座を作るイヌイットたちの数人がやはりイヌイットの言葉で同じ希望をくり返したようだ。

ちらほらと英語も混じる。「そうだよ、キミッグの話をしてくれ！」「あの話が聞きたいよ」

「あの犬たちの話をしておくれ、じいさま」

老人は、手の仕種で群衆をなだめた。襟元を正し、新しい煙草を一服して、皆を待たせて楽しんでいるかのようだ。

立ち上がってうろつきたい気分をこらえたり、クゥンと鳴かずに我慢するのは一苦労だった。ジウスの内の犬はひどく待ちわびている。

だがついに、老人が語り出した。

「むかし、むかし、まだ白人たちがこの土地へやってきていない頃、たくさんの犬がヒトとともにこの地に暮らしていた。氷を渡る機械の乗り物がなかった頃だ。かわりに、犬にそりを引かせていた。六頭や八頭、十頭の犬たちが氷の上のそりを引いた。狩人たちは冬の間もそうやって、氷の上を駆けて狩りをしたのだ。犬たちが一心に走ってな」

口が渇いて、ジウスは唾を飲んだ。これだ！　とにかくそう思っていた。

「あの頃は、太陽が去りそうになると、子供たちはイグルーの前に座って狩人の帰りを待った。そりはアザラシやセイウチやカリブーの死骸を引いてきた。犬たちは疲れ果てながらも喜んでいた。誰もが祝った。そして女たちが狩りの獲物を持っていって食事をこしらえる間、男たちは犬を解き放って毛皮から雪をこすり落とし、餌と水と暖かな寝床を与えた。

犬たちは、その頃の人々にとってすべてであった。人々は犬を愛し、愛された。皆で一つとなって暮らしていた。犬は人間の狩りを手伝い、人は獲物の分け前を犬に与えた。人間の歴史が浅いうちから、我らは犬とともにあり、犬は我らとともにあった。近頃でも犬をペットとして飼う家がある。だがかつて、犬は人にとって、ナイフや妻やそりと並ぶほど大切なものであったのだ」

ジウスはすっかり夢中だった。身をのり出し、膝に肘をつき、口を開けっぱなしだ。マットに背中をなでられているのもほとんど気付かなかった。

「だがその時、魔法が生じたのだ」老人が続けた。「犬と人々があまりにも長く寄り添って暮らしたため、犬たちに変化が起きた。初めの犬は月のない夜にこのような、浜辺の炎の前で体をのばした」と篝火に手を振る。「犬は雪の上で幾度も転がり、雪煙を強く蹴りたてた。そしてその犬が立ち、雪煙が落ちつくと……」

老人が目を剝いた。

「なんと皆の目の前にいたのは、犬ではなく、人だったのだ！」

子供たちが喜んだ声を上げ、笑顔を交わしあった。

「それが一人目の〈ヒトイヌ〉であった。人間に姿を変えた初めての犬。初めてではあったが、最後ではなかった。

人間たちは仰天した。誰もが、どうしてそんなことが起きたのか知りたがった。イヌイットはこの土地の獣たちのことはよく知っていたから――今の我らと同じく。獣たちの住み処も遊び場も、好物も、仔の作り方も知っていた。だがそんな我々も、一つの獣がまるで別の獣に変わってしまうところなど見たこともなかったのだ！」

老人は間を置いて煙草を数回ふかした。マットがジウスのうなじをぐっとつかみ、ふたりは目を見交わした。マットは目を見開いており、『今の聞いたか？』とでも言いたげにだがジウスは〈キミッグ〉を見たのだ。赤茶色の髪をしたキミッグのひとりと話し、においを嗅いだ。だから驚きはない。

老人が口を開いた。

「人々の一部は、これは黒魔術だと恐れた。幻覚だと。邪霊の仕業だと。だが初めてのヒトイヌの飼い主は、強い狩人であり、心に自分の犬への愛が満ちていた。誰の手出しも許さぬほどに。だから、とても不思議な出来事ではあったが、彼はそのヒトイヌをつれ帰って、そのままともに暮らした。ヒトイヌは少しずつ人間の言葉や暮らし方を覚えていった。そしていつからか、二本足で人間の狩りに加わるようになった」

愛らしい少年がイヌイット語で質問をし、全員が笑った。アプトが通訳してくれる。

「四本足があるのにどうしてわざわざ二本足で狩りを？　って聞いたんだ」

老人が首を振った。

「答えは知らぬ。立ち上がったほうが見晴らしがよいからかもしれんな」

少年は満足した様子で聞き手に戻り、頬杖をついた。

「しばらくの後、二匹目、三匹目と同じことが起きた。数年おきに、犬たちが一匹ずつ変わる。これはな、まだ南住まいたちがこのような北まで大勢でやってくるより前のことだ。その頃、ここではイヌイットだけが平和に暮らし、氷は分厚く、真夏でなければ海をそりで渡れるほどだった。人々は栄え、しばらくの間、この魔法を忌むものはいくらかいても、イヌイットとヒトイヌたちは仲良くやっていた。だがそこに……災いがやってきた」

ジウスの喉にか細い鳴き声が詰まった。不安になってマットににじり寄る。今にも、とにかく彼らが今どこにいるのか教えてくれと怒鳴ってしまいそうだ。彼らが何者なのか、あの長髪の男とはどこに行けば会えるのか。マットが背中をさすってなだめてくれた。

「その頃な、クリーという部族が時おり北へ上ってきて、イヌイットの土地を荒らしていた。時にはイヌイットが南へ行って彼らの土地から奪ってきた。戦いがあり、多くが死んだ。

さて、イヌイットの中にトーンガーサクという者がいた。とても勇猛な戦士で、己がイヌイットを率いていると思いこむようになっていった。誰をも命令で従えようとした。その頃には集落にいるキミッグたちは十数にもなっていた。トーンガーサクは彼らに、南へ行ってクリー族を襲えと命じた。その魔法でクリー族を殺させようとしたのだ」

ジウスはドキドキして唇を舐めた。胃がよじれる。まさか。

「キミッグたちはそんなことをしたくはなかった。だから言った、クリー族がここにやってきて襲ってきたならば、あなたに味方して共に戦おう。皆の家と、友であるあなた方を守ろう。だが向こうの土地へ行って殺したりはしない、と。

トーンガーサクは怒り狂った。ただの犬のくせに、とののしった。イヌイットは犬たちの主人だ。まだお前たちが毛皮しかまとえなかった時からお前たちを食わせて世話をしてやった。そして、二本足で赤子のように立ち上がったお前たちを食わせ、教えてやった。だから言われたとおりにしろ、と」

老人はまた間を置いた。今度はもっと長く。ゆっくりと飲み物を飲み、煙草を吸い終えた。とても大事な話の最中だというのに！　ジウスはまたたいて左右を見る。火を囲む子供や大人たちは誰もが悲しげで、つらいことを待ち受けているかのようだ。これでは話が上向く期待もあまりできない。

ついに、老人が話を続けた。

「さて、村のほかの者たちはキミッグたちを、トーンガーサクの言葉以上のものだと考えていた。キミッグたちはとても美しかった。男も女もだ。その頃、イヌイットたちがそれまで見たこともないほど美しいキミッグの女がいた。トーンガーサクがその女を欲しているのは明らかだった。だがキミッグとイヌイットが契《ちぎ》るのは慣習に反した。彼らが元は犬であったため、それは禁じられていた。しかも、その女は同種の男に恋をしていた。人々は噂をした……トーンガーサクは、すべてのキミッグの男たちがクリー族と戦って死ねば、その女を自分のものにできると考えているのではないかと。だが多くがトーンガーサクに賛同できなくとも、強くて気性の荒い彼に誰も立ち向かえなかった。セイウチを素手で吊るし上げて岩に叩きつけ、殺せると言われた男だ。だから、あの男をどうしたらいいか誰にもわからなかった。

トーンガーサクはキミッグたちに決断を迫った。決行の日を決めたと告げた。そして……彼らは行った」

また間が置かれ、いつのまにかジウスは片手でマットの手を、逆の手でローラ＝ブルーの手を握っていた。ローラ＝ブルーは心を痛めた様子で眉を寄せ、唇をすぼめていたが、マットはただ先が気になる様子だ。幼い子供が泣き出し、母親が抱き上げてなだめた。

「その日、人々が目を覚ますと、キミッグたちは行ってしまった後だった。ひとり残らず、その村にいたすべてが、一晩のうちに音もなく消えていた。男も女も、いなくなった――」と手を振る。「はじめからいなかったかのように」

数人の子供たちがすすり上げ、ジウスはこらえきれずに聞いていた。

「クリー族と戦いに行ったわけではないんでしょう？　彼らは無事だったんですよね？」

老人は首を振った。

「誰も知らん。ただ消えてしまったのだ。当然、トーンガーサクは怒り狂った。自分のそりに普通の犬たちを乗せ、すべての男たちに狩りを命じた。全員でキミッグを探しにいった。探して探して、何日も探して、それでも見つけられなかった。仕方なくうなだれ、沈黙して村へ戻った。

それよりのちに、時に、人々は遠くにキミッグの姿を見ることもあった。だが決して捕まえられず、ねぐらを見つけることもできなかった。人々はキミッグが去ったことを悲しんだ。彼らを犬として愛し、ヒトイヌとして愛していた——その軽やかで幸せな魂は人々に喜びや美しさを教え、その心がただ善良であったがゆえに。一説には、あの日、イヌイットの民は心を失ってしまったとも言われている。我らは悲しみの民になったのだと。だがキミッグに向けて贈り物を置き、戻ってくるよう誘っても、キミッグたちは決して現れなかった。二度と人間たちに近づこうとしなかったのだ」

ジウスは体がぶるぶると震え出しそうだった。マットを見る。見つめ返したマットの目は見開かれていた。ジウスの太ももが揺れて、全力であたりを走り回って興奮を表したくてたまらない。じっとしているのもやっとだったが、何とかこらえた。

「じゃあ、僕がアンカレジで見たキミッグは？」ジウスは意気ごんでアプトに聞いた。「あれは、ヒトイヌだったんだよね？」

イヌイットたちが全員でじっとジウスを見つめたが、それから笑い出した。盛大な笑いがたちまち広がる。クスクス笑い、ゲラゲラ笑い、腹を抱えた笑い。あくまで気のいい笑いで、ジウスはあっけにとられながらもつられて微笑んでいた。

アプトが目元を拭う。

いのさ」

「違うよ、まさか、ジウス。これはただのお話なんだよ。ヒトイヌなんてものは本当にはいな
ジウスは何か言いかけ、こらえて、唾を呑んだ。

マットが警告するようにジウスの脚をポンと叩く。「そうだな、お話だ！　もちろんそうだとも」と気さくに言う。「いいお話だった。うん、いい話だ」

「でも……」ジウスは口を出す。「あの時、そう呼んだだろ。キミッグって、言ってた。きみのおじいさんだって、今——」

アプトがまた笑ったが、今度はもっと落ちついた短い笑いだった。

「そうじゃない、ジウス。それは別なんだ。英語の〝息子《サン》〟と〝太陽《サン》〟と同じ。わかるだろ？」

ジウスはまたたいた。いや、全然わからない。

「そうだな、つまり〈キミッグ〉てのは、イヌイット語で犬のことなんだ。ヒトイヌの言い伝えを語る時だけ、〈キミッグ〉は特別に、彼らを指すコトバとして使われる。でも言い伝えはただのお話なのさ。で、今のアラスカには〈キミッグ〉と呼ばれてる部族がいるんだ。どうしてかって言うと……」

アプトは考えこみ、口を開いたがまた考えこんだ。理由を考えるのが初めてだというように。

「……うーん、わからないな。昔からそう呼んでるんだ。あいつらが自分たちだけで固まって

て、狼の群れに似てるからかもな」

「ならどうして彼らをイヌイット語の〈狼〉で呼ばないんだ？　それとも狼も同じ言葉なのかい？」とマット。

　アプトが顔をしかめた。

「いや、狼は〈アマガクゥ〉だ。俺は知らないよ、勘弁してくれ。俺が言い出したわけじゃない。とにかく、俺たちがキミッグと呼んでる部族があるんだよ。時々アンカレジに出て働いてる。高いところの現場が得意なんだ。怖いもの知らずでね。でも言い伝えのヒトイヌとは違うよ。全部でたらめだってわかってるだろ？」アプトが肘でジウスの肘をつつく。「だって、犬が人間になるなんてありえないだろ。ほら俺たちの言い伝えじゃ鳥と結婚した人間もいるけど、現実にはありっこない」

「ならそのキミッグという部族はどこから来たんだ」

　アプトが手でさっと払った。

「きっとどこかのイカれた白人男が昔々に北にやってきて、そこが始まりになったのさ。昔の罠猟師とか誰かが」

「ヒッピーのコミュニティとか」別のイヌイットが肩をすくめる。「白人もいるが、色んな人種が集まってたしな、俺が見かけた感じだと」

「あいつらなかなかよく見えないんだよな」別のひとりがうなずいた。「見えたと思ったらどこかに行っちまう」

「昔、北西航路を探しにきてた冒険家の子孫かも」と誰かが知ったかぶって言った。

「あるかもな」アプトが賛成する。「まず間違いないのは、あいつらはイヌイットじゃないってことだ」

ジウスはまだとまどいながら左右を見た。あの老人が口元を曲げてアプトをうんざりと眺めている。同意できないのだろうか？　そのアルナウガがひょいとジウスを見て、じろりとねめ回した。

ジウスはやりきれないうなりをこぼした。アプトの言葉は間違いだと、わかっているのだ。だがそれは言えない。マットにまた太ももをぐっと握られた。黙ってなきゃいけないのはわかる。だがそれがつらい！　アプトに言いたいのだ、キミッグたちは本当に犬シフターだと。実際そうなのだから！

こめかみあたりに白髪のある美形のイヌイットの男が、嫌そうな顔で地面に唾を吐いた。

「あいつらは音を立てないしな。村に入ってきても気付かないぐらいだ。そんで物を盗ってく」

「物を盗る？」とマットが聞き返す。

アプトが肩をすくめた。

「スノーモービル。食料。時々は服も。なかなか捕まえられないのさ」

「うちの犬も盗まれた」と美形の男が心底苦しそうに言った。

老人がうむむとうなる。「キミッグにかぶせられた罪の半分は熊によるものだ。もしくは人の愚かな過ち」

彼らが物を盗もうがどうでもいい、とジウスは叫びたかった。服なんて全部持っていけばいい！　だがこらえて、平静に聞いた。

「そのひとたちと会って話すには、どこに行けばいいんだ？」

「あいつらと何の話ができるって？」アプトが肩を揺らす。「人嫌いだよ。イヌイットにも関わりたがらない。南州人にもだ、時々町で働いて金をもらう以外には」

そうよ、と若い女が忌々しそうに言った。「お高くとまってる」

「でも、村の名前は？　実際に見たくなったら？」とジウスは食い下がった。

応じてまた全員が笑ったが、今度の笑いはどこか沈んで苦々しかった。

「どこに住んでるか誰にもわからないんだよ」とアプトが答える。

「冗談だろ？」マットが返した。「地図だってある。町も村も。ヘリコプター。衛星。なのに彼らの住んでるところもわからないのか？」

イヌイットたちが互いに顔を見合わせた。誰ひとり答えられなかった。

6　夢を追いかけて

ジウス

「においを嗅いだんだ」ジウスは低く言い張った。「マット、僕が会った男も、その連れも——クイックだった！」

彼らは焚き火の後、ジウスに割り当てられたアプトの家の部屋に集まっていた。アプトと家族が上の階にいる。会話は声を抑えないとならない。

マットは炎が踊るストーブの隣に立って、手をさすりながら暖を取ろうとしていた。

「信じるよ、ジウス。あの言い伝えがたまたまなんてわけがない。あれは実際にあったことだと思う。イヌイットたちの犬の一部が〝種火《スパーク》〟を得て、やがて逃げ出して別の部族を作ったんだ」

目が興奮に輝いていた。

「すごいよ、ローマンに今すぐにでも話したいね。ジェイソン・クーニックにも！　ヤバいぞ。

この話を聞いたら漏らすほど盛り上がるだろうな。彼はべらぼうな遺伝子オタクだから」マットが信じてくれたのはうれしい。でもそれじゃ足りないのだ。

「僕らで彼らを探し出さないと、マット！」

「うん、探そう！」とローラ＝ブルーが賛成する。

ベーコンが上ずった鳴き声をこぼす。「俺も！　今から行こう？」

マットが眉を上げた。

「まだ夜だよ、ベーコン。外は真っ暗だ」

「うーん……」ベーコンがしょんぼりする。「朝になれば行ける？」

「おいおい、みんな！　一体どこに行くつもりなんだ？」

ワトソンは懐疑的な口調だった。生まれながらのクイックで、一部ブラッドハウンドの血統が入っている。鼻と顎が長く、短い茶髪は散髪の必要がないんだと自慢げにジウスに言ったものだ。

「アプトの話じゃ、住み処はわかってないんだろ。それにさ、もうマッドクリークはいっぱいだよ。これ以上クイックはいらない」

「それもそうね」とローラ＝ブルーが沈みこんだ。

「でも……」ジウスの心が重くなる。「彼らはクイックだよ！」

「ジウスの言うとおりだ。彼らと是非とも会いたいね」マットが安心させるようにジウスに微笑みかける。「でも、どうすればいいのかな」

「やってみよう！　僕は向こうのにおいを知ってるから」とジウスはきっぱり言った。

「じゃあ、アプトが明日あたりを案内してくれると言ってたから、においを嗅ぎつけられるかもな」

ジウスはほっと安堵した。「うん」

「ワトソンがそのにおいを嗅いでないのは残念」ローラ＝ブルーが言った。「それか、ほかの誰でも」

含みがあって言ってるわけじゃないのだと、ジウスは自分に言い聞かせた。ジウスが嘘つきだと言ってるわけじゃない。言ってるのか？　多分そうじゃないはずだ。ローラ＝ブルーは意地悪ではない。それでもやっぱり、ジウスは不確かな気分だった。

今は、あのキミッグの男をまたこの目で見たい。みんなのためにも。あの男を見さえすれば、どれほど特別なのか、どうして見つけなくてはならないのか、仲間にもすぐわかるはずなのだ。


翌日、アプトの家の前に皆で集まった。彼は全気候型バギーを三台持っていた。大きなタイヤのついた幅広の乗り物だ。

「昔はスノーモービルを、ほとんど年中使ってたんだ」アプトが説明した。「でも氷がだんだん薄くなってきて、地面の雪も毎年早く融けるようになった。それで最近はバギーが多い」

「気候変動の影響をもろに受けてるんだな？」マットが聞き返す。

アプトがバギーをいじるのをやめて立ち上がった。真剣な顔にいつもの気さくなユーモアはなかった。

「深刻さ。氷がとても薄くなってる。冬でさえもだ。親父の頃は七、八〇センチはある厚みの氷を切ってアザラシ用の狩り穴を作ってたけど、今じゃ三〇センチもない。それどころか、夏には湾内の氷がほとんど融けてしまう。昔はな、真水はでかい氷河から取ったもんだ。もうそれもできない」

首を振った。

「今じゃ、嵐のたびに海が上がってきて家をさらってしまう。去年は岸が流されて三軒やられた。海はどんどん上がってくる。もう十年もすれば、こんな突端は全部沈むだろって話もある」

家々が並ぶ小さな村へ手を振った。喪失への予感がありありと顔に表れていて、無音の悲鳴のようですらあった。

自分の家が、そして知っている人たちの家が、ただなくなってしまうなんて、ジウスには想像もできない。

ローラ＝ブルーがアプトに近づくと、両腕で抱きこんだ。

「とても、悲しいね」

アプトは驚いた顔だったが、彼女の背中をなでる。

「うん。ひどい話さ」

「この村はどうするんだ？」とマットが沈痛に聞いた。

アプトが肩をすくめた。

「村ごとどこかに動かそうっていう住民投票も何回かあった。でもいくらかかるかはっきりわかると――何百万ドルだ――また静かになっちゃうのさ。どうするんだろうな。ここが俺たちの家なんだ。狩りや漁をするところ。ほかのどこかでどうやって生きていける？」

ため息。

「とにかく、どうしようもないことだから仕方ない。観光に行こう」

三台のうち一台はマットが運転すると手を上げ、ローラ＝ブルーとベーコンを後部に乗せた。アプトの友達がワトソンを乗せて二台目を運転する。そしてジウスは運転するアプトの後ろにおさまった。

村を出て、半島のメイン部分に入り、ぬかるみがちな海岸を走った。地面はでこぼこしてやわらかく、苔の群生が覆っている。土や泥地は、ジウスが犬の姿だったなら涼しくて気持ちがよさそうだ。

海岸線に沿ってしばらく走り、道に戻ると、遠い山々へ向かって走った。アプトが車を停めたのは、丸岩や緑鮮やかな苔で覆われた隆起を小川が洗う場所だった。ローラ＝ブルーとベーコンは追いかけっこを始め、小川や岩を飛び越える彼らにアプトとマットまで加わった。

ジウスは遊びには興味がない。順繰りに一帯を歩き回り、こっそりと嗅いだ。バギーの上でも定期的に、停まった時にも毎回、脳に刻み込まれたにおいのほんのかけらでも、嗅いでとらえようとしてきた。

だがここでは見つからない。残り香すら。

むき出しの岩のてっぺんまで来ると、動きを止めて眼下のグループを見た。マットが笑いながら丸岩に乗っかり、両手を回してバランスを取っている。その顔は輝いて、この場所とこの瞬間を愛しているようだった。

マットが今でも色々な意味で、クイックに対して驚きや敬意を抱いているのを、ジウスは知っている。表情でわかる。そしてそう、この瞬間は魔法みたいだった。息を呑むような風景。山々のささくれた頂きは白い冠に覆われて、はるか彼方にあった。平らなツンドラ地帯は野生の地だ。

この景色からは、森と同じ、ジウスへの呼び声が聞こえる。犬の姿で地平へ駆けていく自分が想像できる。肉球の足が極北の泥炭や草や土の上をはね、凍えるような空気を吸いこんで。思うだけでジウスの内の犬が頭をもたげてのび、肌の内側にみっちりとあふれ、出たがってたまらない。

だがこの景色がどれほど美しくても、仲間たちのふざけ合いに心を誘われても、胸には重くきしむような失望感が粘りつく。ここにキミッグの姿は一切ない。辺りにいたような痕跡すらまったくない。アプトの村の近くで見つかると考えるのが、そもそも虫のいい話だとわかってはいても、あの言い伝えで期待してしまったのだ……。

ここで、あるいはツンドラ地帯で変身し、犬としてこの地を駆ける自分を思い描くと、もう一頭、四つ足で走る姿が浮かんでくる。あの長髪のキミッグがどんな犬の姿をしているのかはわからない。だがやわらかな赤茶色と薄黄色の毛皮をして、極北がそのまま命を得たような抗いがたい野生のにおいがするだろうとわかっていた。

ジウスはあの夜、テントの外であのキミッグの姿をじっくり見たのだ。投光器の強烈な光でさえ、その美しさを損ないはしなかった。肌は夏の太陽のように明るい黄色みがかり、アクアブルーの瞳の淡さは冬の曇り空を映したようで、それを黒い睫毛が縁取っていた。長い赤茶の毛はやわらかくきれいで、男らしいしっかりした顎や締まった肉体と鮮やかな対比になっていた。

あの夜、もう少しで手をのばし、髪にふれて手触りを確かめそうになった。それを思うと、一度も知らないほどの渇望感がせり上がる。絶望とともに。

「大丈夫か?」

隣に上がってきたマットに聞かれた。

「ううん」

マットがうなずき、口元を引き締める。

「そうか、わかった。一体どうしてだ？」

「彼を今日、一度も嗅げてないんだ、マット。どこにもにおいがない。なのに僕たちは明日帰らないと」

「残念だ、ごめんな」とマットはジウスの腰に腕を回してぐっと抱いた。

「なんで謝るんだ？　きみのせいじゃないだろう」

「確かにね。でも気持ちはわかる、本当だぞ。俺も、前にある相手に心を奪われたことがあるから。とある、素敵でクソ真面目で、とんでもなくうぶな保安官助手と一緒に働いた時のことだけど。ずっと彼を理解しきれなくて頭がおかしくなりそうだった」

ジウスはまばたきした。どうして今マットがローマンの話を持ち出すのか、理解できていなかった。

「一緒に働いていたのなら、居場所は見つけられたんだろ」とぼそっと返す。

マットがかすかなため息をついた。

「そりゃ、そうだけど。でも毎日会ってる相手だろうと、望みどおり近づけるとは限らないし――」

ジウスはまじまじとマットを見つめて、一体何の話をしているのかといぶかしむ。

マットが顔をしかめた。

「うん。気にしないでくれ。きみのような話とは全然違ったな」

ジウスは返事をしなかった。自分がどんな〝よう〟なのか、正直ちっともわからない。大体どうして、あのキミッグとまた会いたいのだろう？　ワトソンの言ったとおり、マッドクリークにはクイックたちがあふれているのに。

ただ、マッドクリークにいるのは彼らではないのだ。あの男ではない——赤茶色の長髪と空色の目をしたヒトイヌの男。獣の姿が肌を透かせるほど表層まで迫っていて、大地の化身ではないかと思えるくらいだった。そのせいで、この風景を見ても彼を思い浮かべずにはいられない。彼を見れば、その瞳の中に極北を見ずにもいられない。

「とーにかく！」マットが言った。「マッドクリークの皆だって、ほかのクイックの群れがいるかもなんて話、俺たち以上に夢中になるに決まってる。見つけられなかったのは悔しいけどさ。でも……何て言うか。そっとしておくほうがいいものもあるかもな？」

「どうして」

マットの眉が上がる。

「どうして……かな？　きみの気が少しは晴らせないかと思っただけだよ」

「えっ。気は晴れないな。でもありがとう」

マットは下がりながら、ジウスに向かって指を振った。

「きみはいつも思ったままのことを言うな、ジウス。俺はそういうやつを尊敬してるよ。行こう。あっちにかわいい小さな動物がいるよ。アプトはピカと呼んでる。見ると元気が出るよ」

ジウスはついていった。耳がピンと立つくらいにはその小動物に心そそられている。

ピカというのは、小さなリスだった。凍土に並ぶ巣穴から他所者をにらみつける姿に、ジウスは昔の教師を思い出した。

少し元気が出た。


その夜、ジウスは眠れなかった。アプトの家の一階で毛布に横たわったが、何時間経っても眠りは訪れない。ひとりで起き出して少しだけでも外でキミッグたちを探そうかとも思った。だが犬の姿になったとしても、元からないにおいは追う方法がない。

安らがない夢の中でまどろみ、氷上でウサギを追いかけていたが、滑りやすい足元がもどかしく、その時――。

その時、また、あのにおいがした。

目を開け、たちまち身がまえる。真夜中で、闇は一番深い。ゆっくりと長い息を吸い、毛布に横たわったまま、とらえどころのないにおいは気のせいだろうと決めこむ。だが時が経つにつれにおいは強くなり、ジウスの脳内地図でもすぐ近くだとわかるほどになった。外につながるドアのすぐそばだ。もっと近づいてくる。

聴覚より感覚で、外の動きを感知する。驚くほど音がしない。それから小さな、カンという音がして掛け金が外れ、さっとドアが開いた。蝶番はきしみもせず、ただジウスは冷えた空気が部屋に流れこむのを感じて、家の外の夜がぼんやり四角く切り取られているのを見た。

そして、その四角形の中にいる影を。

毛布の上で凍りついて、息をするのもためらった。全身に興奮があふれているが、信じられない思いだったし、かすかな恐れもあった。丸一日キミッグの男を探していたら向こうからやってきたのだ。だがその目的は？　ジウスに害意があるのか？

じっとしていた。黒い影が近づき、見下ろしてくる。来たのは三人。アンカレジの巣穴で嗅いだ三人だ。だがジウスのそばに立ったのは屋根の上にいたあのキミッグ、夜のテントにやってきたあのキミッグだった。このにおいは決して間違えたりしない。黒っぽい頭と長髪のぼんやりした輪郭さえなじみ深く、ジウスは驚いた。

侵入者の声はとても低く、ジウスの耳はやっとそれを拾う。

「起きているんだろ。鼓動が聞こえるぞ」

彼の背後で残るふたりが武器のようなものを掲げてみせた。今の言葉で怯えたように。それでもジウスはいきなり起きたりはしなかった。唇をなめる。口が乾いた。

「きみの名前は？」と囁く。

頭上の影はためらい、それから答えた。

「俺はティモと呼ばれている」

「きみを探したんだ、ティモ」

「知っている。今からお前は俺たちと来い」

俺たちと来い。

質問ではない。このクイック、ティモは、従うのが当然というような強い声を使っていた。うわ。これは。彼らはジウスを誘拐しに来たのだ。盗みに来た。夜中に犬や食料を奪っていくと、アプトが言っていたとおりに。

抗うことだってできた。相手は争いになると見てきたようだし、だからティモはふたりをつれ、そのふたりは武器らしきものを持ってきたのだ。だがジウスは大きい。多分、逃げられる。叫んだっていいのだ。物音を立てればいい。すぐに取り押さえられるだろうが、声のほうが早い。マットはヒトの耳しか持たないから起きないかもしれない。だがローラ＝ブルーが隣にいるし、彼女はとても耳がいい。気がついて騒ぐだろう。

「ジウス？　一緒に来い」ティモが囁いた。ためらう。「たのむ」

手をさし出した。開いて、手のひらを上にして。ほの暗い部屋の黒い影。

その手を見つめて、ジウスはどうするか考えこんだ。と言うか、考えてみるべきだろうと思った。自分がいなくなればマットはうれしくないだろう。仲間のこともある。帰りの飛行機のことだって。町で待っている仕事のことも。

だが、この大自然がジウスを呼ぶ。そして彼は子供の頃からずっと、自然の呼び声には心のすべてで応えてきたのだ。

ジウスは手をのばし、ティモの手に重ねた。ティモがとても温かいのは覚えていたのに、手のひらに伝わる熱の強さにまた驚いた。

「いいよ」

ティモの体に喜びの興奮が走ったのがわかり、白い歯がきらめいた。

「急げ」とせっつく声はもう共犯に対するものだった。ジウスを引いて立たせる。ジウスは手早く着替えると、マット宛に簡単な置き手紙を残した。

7 さらわれた！

アラスカ州ヤカトゥク村近く

ティモ

素早く、迅速に暗い村を抜ける。かがみこんで無音で走る。ネズミのように不可視。岬から半島へ出る未舗装の道に影を落として。その向こうの開けた凍土へ出る。

闇の中では穴やぬかるみにたやすくハマるが、ティモや群れの仲間はもはや無意識に軽々と間を縫い、かわしていく。ジウスが喘ぎながらティモのすぐ後ろにつき、ティモを真似てぴったり彼の足跡を踏んでくる。追いかけっこのようで、ティモの血が浮かれ騒ぎ、沈黙した喉に笑いがこもった。

犬の姿にはならなかった。乗り物を停めてあるのだ、〈毛皮なし〉には聞こえない遠くに。あれに乗るには人の姿が要る。

ティモはいくつかの反応を覚悟してきた。きっとジウスを無理につれてこなければならないだろうと。もしくは無理強いに失敗し、逃げ出すことになるかと。ジウスがこの二度目もあっさり言いなりに来るとはあまり期待していなかった。大体にして、この間はジウスを群れから引き離した上、助けてくれとたのみこみ、しまいに失せろと追い払ったのだ。もしティモ自身があんな仕打ちをされたらただじゃおかない！

それに、ここはアンカレジではない。ジウスが安全なイヌイットの村を出てろくに知らない相手と夜の原野にやってくるとは、あまり期待できなかった。

だが、ジウスは来た。

ティモはずっと狩人として生きてきた。獲物の獣に気取られた瞬間がわかる。逃げ出そうとする瞬間も、どこへ走るかも、いつ弱ってきたかも、いつ心が折れたのかも。そして生きようとする意志があまりに強烈であれば、ティモは傷つけずにそれを逃した。

その感性が、ジウスからのずしりとした信頼を感じ取る――ベッドから起きようと、ティモと手を合わせた瞬間から感じた。とても深い信頼。

だが、本当に信頼なのか？　ジウスはティモに興味を抱き、ティモに目を据えた。そしてついてきた。無理にではなく自分の意志で。

どうしてだ？　ティモに何を求めている？

もしかしたらティモは狩る側ではなく狩られる側だったのか？　そのとんでもない発想がうれしくてぞくぞくした。もう十分村から離れていたので、今度は暗闇で声を上げて笑う。

ジウスは大きな体軀の割にそう遅れを取らなかったが、息はかなり荒くなっていた。限界が近い獣の息遣いだ。そろそろもたない。そこでティモは肩ごしに振り返り、手をさし出した。

「もうすぐだ」

ジウスの手がティムの手をつかみ、そこから大いなる活力でも得たのか、一行は足を止めずにバギーまで走り抜けた。

ティモは古いバギー――イヌイットから何年も前にくすねたものだ――に飛び乗って後ろに乗れとジウスを手招きした。カプンとヌーキが二台目のエンジンをふかし、そして彼らは走り出す。冷たい雨が降ってきて、濡れた苔にヘッドライトがちらついた。雨はティモの顔とむき出しの腕を濡らし、犬の毛皮がほしくなる。

背後で、ジウスが冷たい雨粒に身を縮めているのがわかる。彼のぬくもりがティモの背中に迫ってくる。片手をティモの腰に軽くのせていたが、それ以外はふれてこない。ティモは後ろに手をやってもっと引き寄せたかったたし、どっしりした体を感じ、ぬくもりを分け合って雨から互いを守りたかった。それは肉体的な衝動だ。あくびやかゆみと同じくらいに。

そんなことはしなかったが。ジウスはティモを信用しているようだったが、ティモのほうでは……。

ティモは冷静なのだから！

そう思いはしたが、そうじゃないのはわかっていた。

〈冷静なんかであるものか。ジウスは、これまでさらったような生まれたての〈二枚皮〉とは違う。こんなのは間違いだ〉

その疑いを振りきる。乱暴に。

ジウスは便利だ。ヒッティを助けてくれた。まさにジウスが言った場所からヒッティを掘り出せたのだ。トンネルの上に穴が開くと、ヒッティはティモの名前を呼び、引っ張り上げられながらほっとして泣きじゃくっていた。

彼女のか細い体を抱いて、ティモは震え、おののいていた。ヒッティは喉が渇いて腹も空《す》かせていたが、無傷ですんだ。ジウスがいなければあのままむごたらしく死んでいたかもしれない。

ジウスには、群れが持っていない能力がある。しかも体が大きく、強く、健康的な〈二枚皮〉だ。それにティモは……ティモはジウスの生命の活力を気に入っていた。名前もよく似合っている。ジウス。意味は知らないが、山々のように強そうな名、あるいは海のようにおだやかな名だ。そしてジウスの生命力も、ティモにはそんなふうに感じられるのだった。強くて決然として、それでいて優しい。ティモの群れにいる誰とも違っていて、惹きつけられる。

だからティモは、ジウスをつれ出そうとした。そしてジウスは自分から来てくれた！　もうティモは自分の行動を悩んだりはしない。向かい風にすくむ自分ではない。

そりゃ、ユキに、ジウスのすべてや肝心なことまでは話していないが。たとえば、ジウスには群れの仲間がいるとか。黙っているのにはティモなりの理由があるのだし。

やりたいことをやる許可を得るために、必要なことだけ言うのは当たり前だろう。ティモは馬鹿じゃないのだし！　だから。真実をすべて話すのは、後だ。

ティモにしてみれば、ずっと、ずっと後になったってかまわない。

ジウス

闇の中でバギーに乗った一行は、遠くに見えていた山々まで走破するとさらにその山に入った。木々が増えていく。道があるにはあったが、細く、時おり両側の枝に体をなでられた。来たのが利口な決断だったかどうか、考える時間はたっぷりあった。だがジウスはもっとキミッグについて知りたかったのだし。これはそのチャンスだ。

それに、彼らがジウスに危害を加える気なら村でそうできた。ティモはジウスを傷つけたくないようだし。それだけはジウスにもわかっている。

バギーを運転するティモの長い髪がなびいた。シートに座る身体はゆったりと自然で、闇の中でもまるで迷わない。

ジウスと同じぐらい夜目が利くのだろうか？　ジウス以上に？

彼はなにものなのだ？

そう思うと体がぶるっと震えたが、恐れからではなかった。

冷たい雨が降り、高鳴る心臓を少し鎮めてくれた。雨が上がるとそこは森の中で、ティモの豊かな髪が風で乾いてジウスの顔に絡みつく。邪魔なはずなのに、すごくいい。馬のたてがみにくすぐられているような、まるで空飛ぶ鹿に乗っているような。ジウスは目をとじ、思いきって両手をティモの両側に置き、ティモの緊張を、手のひらの下の熱とたくましさを感じた。

目をとじたまま微笑んで、月へ顔を向けた。不安が消えた訳じゃない。だが不安も悪くない、神経が昂ぶって、生きている実感がある。

ついにバギーが減速し、停まった。到着したのだ。

はじめ、キミッグたちの住み家はよく見えなかった。たしかにまだ夜で、森も暗い。だがジウスが、枝や葉で作られたものの形と森を見分けるまで数秒かかった。

建物だ。周囲にいくつか建物がある。状態はかなり悪く、傾いていたり一部崩れてもいたし、森に呑まれかかっているものもあったが、間違いなくヒトの作った建造物だった。

まだきょろきょろして状況をつかもうとしていたジウスは、ティモが隣に立って待っているのに気付いた。ティモはあまりに敏捷で、彼がバギーから降りたことにさえジウスは気がつかなかった。

ティモを見て、ジウスはまたたいた。バギーに座っているため、見下ろすのではなくほとんど同じ目の高さになっている。暗闇でその目の表情は読めないが、どこか緊張しているように見えた。

「ついてこい。ユキに会わせる」

「ユキって誰？」

バギーから降りながら、ジウスは片足を引っかけそうになった。自分も緊張しているようだと気がつく。体の大きさと不器用さを強く意識していた。

もう一台のバギーに乗っていたキミッグのひとりが何か、彼らの鋭い言葉でティモに言った。

イヌイットの言葉に似ている。ティモは笑ったが、本心からの笑いではない——間違いなく緊張している。それにジウスの質問にも答えなかった。ただ腕をつかんでジウスを建物の一つにつれていく。ジウスは頭を下げて入り口をくぐらないとならなかった。

夜中だというのに、中には十数人というキミッグがいて、しかもふたりの後ろからさらに入ってきた。彼らはジウスを畏怖の目で見つめ、危険なものを前にするように後ずさりで距離を取り、自分たちの言語で囁き交わした。

ティモだけはジウスのそばに残り、まだ腕をつかんでいる。室内は焚き火の熱でサウナのようだ。その煙が屋根の穴から抜けていく。部屋は煙っぽく暑く、大勢がひしめいて息苦しい。しかも、こんなに大勢から凝視されているのも異様だった。まるでジウスが見世物であるかのように。

とはいっても、ジウスもキミッグには大いに興味がある。

彼らは真実、クイックたちの一団——群れ、部族——だった。クイックたちを少しでも知る者ならすぐさまわかることだ。様々な肌の色、髪の色があった。マッドクリークの住民のように。犬たちのように。そして彼らの顔は、ジウスの知るハスキー系のクイックとよく似ている——鼻が長く口幅が広く、水色やターコイズ色、金色といった独特の瞳を黒い睫毛が濃く縁取っている。体格は中背で、魅力的な一方、老いたり病んだりしているように見える者も少なくない。

着ているものは人間の衣服の切れ端や、毛皮、どんぐりや種子の莢《さや》か何かをつないだもの、牙や骨などで、彩りや大きさはじつにでたらめだ。ティモと、アンカレジで一緒にいたふたりの仲間は町にいる人間のような格好だった——ジーンズとTシャツにワーキングブーツ。だがほかのキミッグたちは、気に入ったものを何だろうと身につけているようだ。

全員がふさふさの髪をして、瞳にひそむ不思議な揺らめきが内にいる犬をあらわにしている。また、その振る舞いにもにじんでいた。大勢が、立つかわりにしゃがみこんでいるのだ。それに男たちの一部は唇を震わせて無音で唸っている——警告だ。一部の者は立ち、喧嘩腰の目を向けていたが、ジウスがそちらに踏み出せばすぐひるむだろうと予想がつく。ただ、ほとんどはジウスと目を合わせようともしなかった。

これは、すごい。彼らはすごい。まさに野生、まるでアラスカの森の一部のように。ヒトの姿など擬態であるかのように。爪でかすかな瑕《きず》でもつこうものなら、そこから犬の姿がとび出してきそうだ。

ジウスの喉がカラカラになった。苦労して唾を飲みこみ、周囲を意識しすぎて咳払いの音を立てることもできない。

ティモに何かを話しかけようとした時、背後から誰かが入ってきた。室内の緊張が一気にほどけ、もっと落ちついたものになる。

ジウスは頭を回してそちらを見た。そうか。このひとがユキに違いない。

そのキミッグは、一瞥もくれずにジウスの横をすぎ、中央の炎をぐるりとゆっくり回りながら群れの面々を眺めて、何か伝えようとしているか、わきまえろと命じているかのようだった。じつに目を引く男だった。肌は雪のように白く、髪も白く、ふさふさで艶のあるその髪がまっすぐ腰まで垂れている。きっと犬の姿でも全身真っ白なのだろう。白い犬は、ヒトに変身するとアルビノのように見えるのだ。このユキのように。

瞳は鮮やかなターコイズブルー。白くやわらかそうな毛皮のベストを着て（きっとウサギの毛皮だ）、着古したジーンズを穿き、裸足で、腕もむき出しだった。飾り気のない格好だが、彼がまとうと荘厳に見えた。

その美しさを別にしても、彼は支配者そのものの空気をはっきりまとっていた。背すじがまっすぐのび、胸を張り、顎を上げ、群れを自分のもののように見渡している。皆はユキの前に静まり返り、目を伏せながら、尻をぷるぷると震わせて歓迎していた。

凝視するジウスの鼓動は速かった。昔から狼に心奪われてきた。少年時代の部屋は狼のポスターで埋め尽くされ、狼についてのドキュメンタリーなら何でも見た。高校二年の時の読書感想文も狼についてだった。

狼の群れには、常に雄のアルファが存在する。必ずしも最大や最強の狼だとは限らない。むしろリーダーとしての圧倒的な空気や自信にあふれ、その強さの前ではほとんど実力行使など必要ない。アルファはただアルファなのだ。

狼の群れが移動する時には、ほかの強い数頭が先頭に立ち、先陣としてトラブルにそなえる。次に続くのは弱きもの——仔狼、腹に仔がいる雌、老いたもの、体力のないものたち。その尻にはまた強い狼の集団がつき、後ろを守る。そして、そのすべての後を行くのがアルファである。群れ全体を守り、目を配り、脱落者がいないよう確かめる。人間社会にもマッドクリークにも、このような役割はない。

それなのに、それでも……このキミッグは〝アルファ〟だった。

そしてハスキー犬だな、とジウスは思う。少なくともある程度は。

この状況では、ジウスの内なる犬を落ちつかせるのも一苦労だった。彼の犬は本能的に周囲と打ち解け、初対面の相手を嗅ぎまくり、仲良くなったり脅威を確かめたりしたいのだ。同時に、ひとの多さに恐れをなしてここから抜け出したがるのも、この犬の性質だ。

ジウスは唇を舐め、もぞもぞするまいとした。

隣のティモから腕を引っ張られる。ジウスは彼を見た。にらまれているが、じっとしろと怒られているのだろうか？　ティモの手がジウスの腕を下がっていき、手の中にすべりこんだ。ジウスはその手を握りしめる。感触が気持ちいい。筋肉のこわばりがゆるんだおかげで、自分が不安で硬直してろくに息もしていないのに気付く。深く息を吐き出した。

誰かがしゃべった。あのアルファだ。ジウスは彼に向き合ったが、挑戦的に取られないよう顎あたりに視線をとどめた。

ティモとアルファが言葉を交わしている。ジウスには一言もわからないが、口調はおだやかで普通だ。アルファの声には、敵意より好奇心があった。

ティモがジウスの手を離すと、胸の前で腕組みした。

「ジウス、兄のユキだ。俺たちのアルファだよ」

ジウスはユキの目を、一瞬だけ見つめた。

「はじめまして。お目にかかれて光栄です。僕らにも群れがあって、マッド──」

ティモが大きく咳きこんで肩でぐいとジウスを押した。ジウスは言葉を止める。ユキにじかに話しかけたらまずかったのだろうか。

ユキが進み出て、真正面に来た。獣の爪痕を探して幹を眺めるように、ジウスの顔を眺める。手をのばしてジウスの顎をつかんだ。慎重に顔を傾け、あちこち回しながらじっくり検分している。

ジウスはおとなしくしていたが、本当は下がりたかった。ユキが指でジウスの髪を梳き、確かめるようにしてからぐいと引っ張ったので、ついジウスもうなりをこぼす。それからユキの手が肩に動いた。ジウスはヘンリー襟の赤い長袖の上にパーカを羽織り、黒いブーツを履いた格好でアプトの家からここへ来た。今や、そのパーカをユキが少し強引に肩から落とす。それからシャツに目をやった。

彼の言語で何か言い、シャツを指す。

意味は伝わった。ジウスがティモへ目をやると、ティモは落ちついた顔で、大したことじゃないかのようにうなずいた。仕方なくジウスはシャツを頭から引き抜いて、地面へ落とす。口がいきなりカラカラになっていた。

ユキがジウスの肩と腕をなでまわし、それから胸板をつまんだりつついたりして、背中側へと回る。

屈辱的だった。いたたまれない。それになんとなくぞわぞわするというか。ジウスはしきりにティモを見ながら、ティモはこれをどう思っているのかと考えていた。そしてジウスのことをどう思っているのかと。ティモは、ひたと見つめていたが、何を考えているのかは伝わってこない。

ジウスはできる限りじっとして、歯を剝かないようこらえた。歓迎の儀式か何かかもしれないのだし。相手を怒らせたくはない。

そう思っていたのも、正面に戻ってきたユキがジウスのジーンズに向けて傲慢な手振りをし、唇を上げるまでだった。

いい、それを脱げ。

ジウスはベルトのバックルをがっちりと押さえていた。首を振る。

「いやだ」

ユキが彼の目を見上げ、反抗されて驚いてるようだった。何か、彼らの言葉で鋭く言い放っ

た。

「あんたにズボンを脱いでくれって」

ティモが少しおもしろがっているような声で言った。ジウスにとっては何もおもしろくない。

「いや。脱がない」ジウスは断固としてくり返した。

「たまには脱ぐだろ」ティモが肩をすくめる。「泳ぐ時にも脱がないのか？」

ジウスは彼をにらみつけた。

「ここでは脱がない、ティモ。そんなことはしない」

ティモが何かをユキに言ったが、愉快そうな口調だった。ユキがひとつうなる――苛立ちのうなりだ。だが彼はジーンズの上からジウスの腰と太ももを手で確かめた。それから、何の断りもなくジウスの股間を、まるで重さを量るようにすくい上げた。

「おい！　ちょっと！」とジウスはとびのく。

小屋中が笑いに包まれた。キミッグたちはとにかく爆笑だ。ティモとそのふたりの仲間まで含めて。ユキすら小さく笑っていて、目は楽しげで、刺々しくはなかった。

ジウスにしてみれば何が楽しいのかわからない。全然わからない。だが少なくともズボンは穿いたままですんだ。なら、ここは上出来なのだろう。

ユキが下がり、炎の隣に動くと、飲み物のカップを取り上げた。そのカップの青い陶器の表面には、この場に不似合いなロゴが入っていた。〈ジョーのエサ屋〉。

ゆっくりと飲む。笑いが静まると、ユキがティモに向けて気のない言葉を投げた。

ティモがニヤッとする。

「わかった。やったな、ジウス」

「え？　今なんて言ってたんだ？」

「兄貴が、お前はここにいていいってさ」

8　いきすぎたおもてなし

ティモ

ジウスはここにとどまれると。ユキが、彼は群れだと認めた。決まりだ。

ティモは誇らしく、満足だった。その思いが胸で膨らんで唇が笑みを作る。どうしてこうまで満足でたまらないのかわからないが。そもそもユキが適齢期の理想的な雄を拒絶するわけがないのだ。あり得ない！　ジウスが優しげで、ユキの権威に逆らいそうにないときてはなおさら。

ズボン脱ぎの一件は別だが。あの時、ジウスはユキに立ち向かってた！　あれはめちゃくちゃ笑えた。ジウスは〈毛皮なし〉と似たような恥ずかしがり屋らしい。ティモにはそれが愉快だ。

それでも、ジウスが譲らずにユキの命令を断ってくれてよかったと思っていた。ジウスが上半身裸で群れの前に立たされているのを見るだけで変な気分になっていたからだ。ジウスは……ありあまるというか、とにかく。ありあまる裸。服に隠れた部分もありあまるほど。

群れの仲間を見るのとは、全然違った。

ジウスはティモとは体格が違う。この群れの誰とも違う――とても大きくてどっしりして、むっちりした筋肉が腕に盛り上がり、胸なんか乳房に見えるぐらいだが、同時にとても男らしい。その胸にはカールした茶色の毛が生えていて、胸板、乳首の周り、さらに腹へとつながっていた。

ティモ自身はそんなところに毛はないが、群れの仲間には生えているやつもいる。それでもどうしてか、ジウスの毛は違って見えた。やわらかそうだ。

その光景のせいで腹が空になった感じがして、ジウスのために気恥ずかしくもなった。だからジウスがあれ以上見せようとしなくて助かった。

とにかく、ユキにはジウスがとても健康だと伝わったし、ジウスを受け入れてくれた。素晴らしい！

ただ、ユキはそこで終わりにしなかった。当然か。ジウスがシャツを、ややぎこちなく着込んでいる間、ユキは室内を動き回って群れを見渡した。ティモは無言で呻く。いいや、ユキ、今はよせって。

だがユキはあくまでユキだった。まさにユキでしかないという態度で、タピーサ、ジシカ、ウミを手招いた。三人の女たちはうれしそうにとび出て円陣の中央に立った。ジウスを熱っぽく見ているが、ウミの視線はとりわけ飢えていた。

ジウスは気にした様子もなく、床を見ながら拾い上げたパーカをぎこちなく体の前に持った。「それじゃ！」ティモはほがらかに言った。「もう夜遅い。俺はジウスを寝床に案内するよ！」

ジウスの腕をつかんで引っ張ったが、ユキが叱るような声で彼を止めた。

「ティモ！」

ティモは肩を落として、兄のほうを向く。

「ユキ、まだ早いよ。それに時間も遅いんだ。みんなくたびれてるだろ」

懇願の鳴き声混じりだったが、ユキには無視された。三人の女を並ばせて、じっくり時間を取る。ウミの姿勢を正し、タピーサの顔を隠すほどの髪をかきあげてやった。それから下がってジウスを見る。誇らしげに胸を張った。

三人の女たちを手で示す。

「ひとり選べ。好きなものを」

ティモの胸でうなりが起こり、自分で驚いた。何とか呑みこむ。でもイライラする！　兄貴をぶち殺したい。兄貴と、この執念深さと！　これじゃジウスを群れに慣らす時間も取れないし、慣習になじむ時間も、絆を深める時間もない。まったく。ちょっと効率優先に過ぎるだろう。

この三人は、ユキがティモに押し付けてきたのと同じ三人だ。だがティモは彼女たちを知りすぎているのだ。タピーサの気性が荒いのを知っている。転んで膝をすりむいた時、起こそうとしたカプンをひっぱたいたのだ。こんな女は嫌だ！　ジシカが果実と間違えてコウモリの糞を食べたのも知っている。あまり賢くないのだ。ウミときては、何年も前からユキに気がある。自分より兄貴の寝床に潜りこみたがっている女をつがいにする気はティモにはない。

幸い、ティモはユキをのらくらかわすのが得意で（とにかくとりあえずは）、それでもいつかは覚悟を決めないとならないのだろう。だがここでジウスに迫るなんて、ユキはどうかしてる。

ジウスがティモのほうを向いた。頬に赤い点が二つ浮き上がり、追い詰められた目つきをしている。ユキの提案を理解しているのだ。

ジウスが目で懇願した。ここから出して、くれ、い、い、い。

ティモはジウスの前に進み出た。いつもは兄の命令を受け流すばかりで、はっきり逆らうことなどまずない。だが今回は、兄と視線を合わせた。

「ユキ、やめてくれ。彼を群れに迎えると、今言ったばかりだろ。なじむまで時間をやれよ」

「何故だ」ユキが切り捨てる。「ここにいるだろうが、今？　これから食って飲んで眠ってつがうのだろう。なら今始めて何が悪い？」

「どれもやる気になるまで待たなきゃ駄目だろ！」ティモは言いつのる。「こいつは、誰のこともろくに知らないんだぞ」と三人の女たちへ手を払う。

ウミが怒りの音をこぼして、あからさまに反発した。

「誰もがお前と同じではない、ティモ」ユキがうんざりと言った。「誰もがつがい選びにこだわりを持つわけではない」

「こいつにこだわりがあるかどうかもわかんないだろ！　三吠《ぼえ》前に初めて会ったばかりのくせに」

「そこまでだ」

ユキがティモをにらみつけた。背をのばし、突然大きくなったかのようだった。唇が無言のうなりで振動する。

ティモは唇を舐め、うつむいた。だが体には力をこめたまま、ジウスとユキの間からは一歩も引かない。ユキの言うとおりにしてたまるか。今回ばかりは。

突然、部屋の奥からヒッティが走り出した。気迫のこもった顔だ。駆け寄ると、彼女は両腕でジウスの腰に抱きついた。

ジウスはぎょっと両手を上げ、彼女を見下ろした。ヒッティは本当に小さくて、ティモと同じ赤茶の髪に包まれた頭頂部はジウスの胸元までしか届いていない。ヒッティの目はユキのようなターコイズブルーで、肌は赤茶色。犬の姿でもその色の毛並みだった。ヒトと犬、どちらの姿でも彼女は小さい。ジウスと並ぶと子供のようだった。

「ヒッティ、下がれ！」とユキが叱る。

ヒッティがかぶりを振った。

「いや、このひとはあたしの。あたしが埋まってた時、どこにいるのかティモに教えてくれたんだよ。命の恩人。だからあたしのつがいにする」

タピーサが前に進み出て、胸で低いうなりを立てた。

「あんたは群れの雌で一番下じゃないの。つがいを選ぶ資格なんかない！　ほかの誰も」

ティモはため息をついて顔をさすった。まったく、たまらない展開じゃないか。

「タピーサ、もういい！　ヒッティ、駄目だ。それは許されない」ユキが怒鳴る。それから声が優しくなった。「このよそ者は群れでもっとも健やかだ。こうなるべきなのだ、ヒッティ」

「そんなのどうでもいい！」

ヒッティが反抗的にジウスにしがみつく。

相変わらず両腕を上げたまま、ジウスはティモを見て、目で問いかけていた。どう見ても会話の中身もわかっていないし、ヒッティが誰なのかもわかっていない。そのことにティモはほっとする。もしジウスが逃げ出すとしたら、何よりこのイカれた兄妹のせいだろうから。

ヒッティはティモと一緒に産まれた。同じ胎《はら》からティモとヒッティ、そして死産だったもうひとりの雄が産まれて、その弟をティモは今でも感じる時がある。幽霊と肩を並べているように。ティモは健康に生まれたが、ヒッティは小さくて虚弱だった。そして弱いまま育った。ろくに食べられず発育もよくない。おそらく仔を産むことはできないだろうし、ジウスのつがいになるなどとんでもない。その点だけはティモはユキに賛成だった。同じ群れの雄たちでさえヒッティのつがいにはなりたがらない。だが彼女には、体に似合わぬ大きなプライドと果敢さがあった。そして、ティモは群れの前で彼女に恥をかかせたくはなかった。

だから、かわりにユキにさせている。

ユキは苛々と息をついた。

「ティモの言ったとおりだな。まだ早すぎる。この新入りに少し時間をやるとしよう」

顎を年かさの女にしゃくると、その女がヒッティに近づいて肩を抱き、優しくジウスから離して外へつれていった。ヒッティはさっと肩ごしに強情な目を向け、顎をつんと上げていた。見るからに納得していない。

ユキはうなって、ティモを追い払うような仕種をした。

「行け。つれていって寝床を与えてやれ、ティモ。だがじきに選ばせるぞ」

「わかってる、ユキ。それがいいな！」

今は下手に出てみせたってかまいやしない。ティモはジウスの手をまたつかんで、そこを離れようとした。

「それと、ティモ」

ティモは兄を振り返る。ユキの視線が彼とジウスを見比べて、満足のうなりをこぼした。

「よくやった。よく見つけてきた」

ティモはニヤッと笑って、ジウスをそこからつれ出した。

9　ひとつの寝床

ジウス

ジウスはティモにおとなしく手を引かれて建物を出た。ティモはよくこうする――ジウスの手をつかむのだ。奇妙に親密な仕種だった、お互いをろくに知らない彼らにとっては。だがクイックたちは人間よりずっとさわりたがりだ。それに、ジウスも気に入っていた。ティモが味方でいてくれる気がするのだ。導いてくれるような。こんななじみのない場所で理解できない群れに囲まれていては、たよれる相手はありがたい。

いやそもそも、マッドクリークのクイックたちだって、ジウスにしてみれば理解できない。そう思えば、この場所はわくわくする。

ティモは道を少し上って、別の小さな住居へ向かった。元は薪小屋とか納屋だったようだ。ほかの建物と同じく、少なくとも五〇年は経っており、板や枝ででたらめに補修され、シダで屋根を覆ってあった。

中には古いストーブがあり、あちこちに目を引かれる。ジウスが見回してるうちに、ティモがストーブに寄って火をおこしはじめた。

床にはマットトレスが置かれている。ジウスは足先でつついた。店で売っているようなソファのマットトレスだ。色あせた花柄の上掛けがかけてある。どこから拾ってきたのかと、ジウスは首をかしげた。

椅子はないがローテーブルがあって、高さは十五センチほどか、囲んで食事をしたり机代わりに使えそうだ。壁際にある傾いた低い棚には数枚の皿、カップ、銀色の食器、古ぼけた錫のコーヒーポット、それに写真立てがあった。写真は美しい黒馬で、堂々として筋肉質、おそらくはクライズデール種の馬だ。走っている姿で、黒いたてがみをなびかせて、背後には紫の花が散る野原と山々。

ティモはどうしてこの写真を気に入ったのだろうと、つい思う。自由な走り？　この馬の持つ力強さ、景色？　それとも内なる犬が挑発されて追いかけたくなったりするとか？

ティモのようなひとは、何を美しいと感じるのだろう。彼はジウスと同じような考え方をするのだろうか。それとも、このキミッグの群れはあまりにも長く孤立してきたため、たとえばマッドクリークの群れとはまるで異質なものになっているのだろうか。犬たちのように、限られたものにしか（食事、暖かい寝床、群れ）興味を持たないとか？

　いや、そうじゃないだろう。ジウスには違うとわかっていた。それどころかティモは賢そうに見えた。賢すぎるのかもしれない。どうしてかジウスは、ティモの行動には見せかけている以上の深さがあるように思えてならなかった。

　大体、この部屋だってそうだ。見るからに誰かが独りで住んでいる部屋。町のジウスの部屋のように。だがマッドクリークでさえ、クイックたちの多くは同居を好み、同じ部屋で眠り、群れを求める。この集落ではとりわけそういう傾向が強いのではないだろうか。群れの意識はむしろ高そうなのだし。

　なのにその中で、ティモはひとりを好んでいるのだろうか。ジウスと同じく。

　ティモには……つがいはいるのだろうか。若く見えるが、つがいがいてもおかしくないくらいにも見える。つがいがいるなら、今夜の集まりでそんな気配は見えなかった。それに、この部屋にほかのキミッグの存在の痕はない。

　ほっと、神経質なため息が体を抜けた。ティモにつがいがいてほしくない。勝手な思いだ。

長く滞在するつもりもないのに。

「ここはきみの家？」とジウスは聞いた。

「時々」

ティモは謎めいた答えを返し、ちらっとジウスを見たがすぐに目をそらした。ストーブのそばにしゃがみこんでいて、くべていた火種から炎が上がりはじめている。火の前の床をポンと叩いた。

「来い。雨で濡れただろう。ヒトの肌にはよくない」

思いやりがある。ジウスはうなずくとストーブに近づき、前に座ってあぐらをかいた。脚を折らないと長すぎてストーブにぶつかってしまうのだ。

腕をさすった。シャツの布地が湿っている。外では上着を着ていたのだが。

何という夜だろう。キミッグを見つけたいと願って、そして見つけた。そして今、ティモの家にいる。そしてそこにティモがいる。ジーンズ姿で床にしゃがみこみ、肘を膝に置き、だらりと手を垂らして、普段どおりの夜であるかのように肩の力が抜けている。横目でジウスを盗み見て、チラッと見回し、彼の兄がしたようにあからさまにジウスを値踏みしていた。ただユキからされるのとはまるで違う。

ジウスはぶるっと震えた。こうして、ついにキミッグを見つけた。

それから？

「ここに時々、独りで住んでいるのかい?」ジウスはたずねた。「きみたちの群れはみんな一緒にいるのか? それともそれぞれ家がある? 僕らのマッドクリークは大きな町なんだ。クイックたちは家で、人間たちのように暮らしてる。大抵は五、六人で一緒に住んでいるけれど」

「クイック?」

理解できなかったかのようにティモが首を振った。

ジウスはニコッとする。

「僕らの呼び名だ。自分たちの」ティモと自分の間にひらっと手を振った。「ヒトになれる犬。それか、犬になれるヒト」

ティモの表情が晴れた。

「俺たちは〈二枚皮〉と呼んでるよ」

ジウスの笑みが大きくなる。

「いい呼び名だね。わかりやすい」

「あんたの群れにはもっと大勢いるのか? 八人のほかにも?」

ティモの口調はさりげなかった。ちょっとした世間話のように。だが見かけ以上の含みがある印象を、ジウスは受ける。

「マッドクリーク捜索救助隊の八人のこと? そうだよ。マッドクリークにはもっとずっといるよ」ジウスは考えこんだ。「数ははっきり知らないな、正直。数千人くらいかな」

ティモの視線がジウスへ戻る。唖然とした顔だった。

「数千？」

「マッドクリークには大勢いるから」

ティモの目が半開きになり、からかわれていると思ったように愉快げな顔をした。ふんと息をつく。

「まあいい。ここのほうがいいところだ」

それは断言であって疑問ではなかった。つんと顎を上げ、傲岸さを見せる。かわいらしいが。まあ招かれた客としては、相手を侮辱する気もない。

「明るくなったらじっくり見るよ」とジウスは言葉を濁した。「じゃあ、ユキは……群れのリーダー？」

ティモはそうだとパチパチまばたきし、息をつく。手のひらを火にかざした。

「きみの兄弟？　一緒に生まれた？」

ティモが首を振った。

「一緒に生まれちゃいない。母親と父親は同じだ。ヒッティと俺は、同じ胎《はら》から生まれた。俺たちは二十四冬になる。ユキは年上。あいつは二十八」

参った。なんだかすごく年寄りの気分だった。ジウスはティモより十も年上だ。クイックたちは若々しく歳を重ねる、それは確かだ。でもたとえ見かけの年齢は近くとも、十年分の人生は長い。

「ヒッティというのは……僕に抱きついていた子？　ユキがそう呼んでいたみたいだけど」

ティモがうなずく。

「ヒッティはユキに、あんたは命の恩人だと言ったんだ。アンカレジでな。あんたをつれ出した夜、巣穴の中にいたのがあの子だ」

「ああ！」ジウスはニコッとした。「そうか。においで気がつけばよかったな。怪我がなくてよかった」

ジウスの手を見やるティモは、彼がヒッティを掘り出そうとした時のことを思い出しているようだった。ジウスはつい両手を擦り合わせる。

「ヒッティはなんて言ってた？　さっき僕に抱きついた時？　僕に……感謝してた？」

ティモが顔を上げ、ゆっくりとまたたいた。

「そうだよ。あんたに礼を言ってた」

ゆるいティモのまばたきには、どこかわざとらしさがあった。ただジウスには確信がない。

「そうなんだ。よかった。てっきり――」

ジウスは言葉を止める。抱きついてきたあの小さな娘がティモと同い年だとは思わなかった、と言うところだった。ずっと幼く、ずっと小さく見えたのだ。だがそれは侮辱と受け取られるかもしれない。

　それにしてもヒッティが体を投げ出すように抱きついてきた様子を考えていると、つられてその前の出来事まで思い出す――ユキが目の前に三人の女を並べたことを。そしてその前、股間をつかまれたことも。

　言葉の壁があろうとも、天才でなくたって、ジウスも事態は理解している。思い出すと顔が燃えそうだ。うう。リリー・ビューフォートも押し付けがましいひとだと思っていたが、その比ではない。

「あのさ、ティモ、その……今夜、ユキがしようとしたことだけど」

　顔を火に向けて、赤い頬が炎のせいに見えるよう願った。

　ティモがにじり寄り、腕がふれ合うほどそばでしゃがみこむ。火に手をかざしながらも、半眼になった目の隅からジウスを見上げた。

「その……」ジウスは考えがなかなかまとまらない。「えーと、そう、僕はここに、遊びに来てるだけなのはわかってるよね？　ずっとはいられないんだ。だからどうやったって僕は……つがいは持てないし。あと……そういう、ことも。僕らはあまりそういう……ことはしないんだ。気軽には、ってことだよ。すごく大事なことだし、僕は、だから……」

　ティモが大声で笑い出した。

　ジウスは眉を寄せる。

「何かおかしかった？」

ティモが手を振った。

「明日、俺たちで狩りに行くぞ。陽の当たる森はいいぞ。見るものもすることもたくさんある。走って、遊ぶぞ」

ニヤッとしてジウスの肩に肩をぶつける。

「犬の皮は着れるんだろ？」

ジウスははっと息をついて、かまえるように肩を引いた。

「当たり前だろ！」

「なら明日、毛皮に着替えて走るぞ。あんたと俺で。カプンとヌーキも呼ぶか」

いたずらな笑みを浮かべて睫毛ごしにジウスを見上げる。

「ユキには声はかけねえ」

ジウスは泡のように小さなめまいを感じながら、微笑んだ。

「楽しみだ。あの山をあちこち探検したいよ。いいね」

「俺はティモだぞ。その俺が考えたんだからいいに決まってる」とティモは自信満々だ。

「わかった。明日だね。でも、さっきも言ったけど、一、二日しかいられないよ。じきに帰らないと。友達に置き手紙で、帰るって言ってきたし」

そこははっきり言っておかないと。あまり深く考えないまま、ティモについていくと決めた。

どうなると思って？　ちょっとした遠足？　そう、そんなところだ。キミッグの村を見て、この遠縁の存在についてもっと知ることができるのではと思った。

だがここにずっといるのは……それは、ない。

ティモがはねるように立った。

「疲れてんだろ。俺も疲れた。日が出るまで眠ろう」

「うん」

あくびが勝手に出た。一、二時間しか眠れていない。ティモに言われてみると、たしかに疲れていた。この数時間の急展開で感じるどころではなかった眠気が、今になって一気に押し寄せてくる。

ティモがネルシャツのボタンを外した。素早い手だ、とジウスは気付く。マッドクリークへやってくるなりたてのクイックとはまるで違う。ヒトの体を使い慣れない彼らとは。

ティモは極端な二面性をはらんでいた。アンカレジの町で働き、人間の社会に慣れていて、ヒトの姿にぎこちなさもない。そして二つの言語を操る──キミッグの言葉と英語と。それでいて同時に、ティモの体はいつも野生の響きを奏でていた。まるで──。

ジウスの思考は、ティモがジーンズをさっと下ろした瞬間、ガタンと止まった。ティモは下着を穿いておらず、茶色の茂みと、割礼されていないペニスが一気に目にとびこんできた。

うわあ。肉々しい。

ジウスは慌てて壁に目を向けたが、頭がくらくらした。

どうしてしまったんだ？　マッドクリークで、仲間のそばで脱いだことだってあるのに。たとえば変身しようとした時とか。だがそういう時でも、ジウスはひとりを好んだ。そう、ランスと彼が子供だった頃も、そういう時はお互いを見ないようにしていた。

まあ、チラッとくらいは見たことがあるかもしれないが。なんと言ってもお互い子供だったし。

だがティモの裸を前にすると、どうしても意識する。とてもやりにくい。

「ええと……」

ティモが毛布を剝ぎ取り、マットレスに四つん這いで乗り上げた。ごろりと尻を下にし、毛布を持ち上げる。ジウスに向かって片眉を上げげた。

「あんたの群れじゃ一緒に寝ないのか？」

全身が熱く、冷たくなって、それからまたカッと火照った。ジウスは落ちついた声を出そうとする。

「そうするひともいる。うん。もちろん。つがいとか……友達同士でも。だと思う。群れで。くっついて。それは……よくあることだ。そう。でも僕は……」

そこで口をとじた。自分のことや、自分がマッドクリークのほかのクイックたちとどう違うのかを、ここで詳細に語る必要などない。ティモは気にしていないのに。

それに、ここでのジウスは客だ。客なら家のルールに従うべきだろう。大体、寝床はひとつしかないのだし。

ティモのほうを見ずに、ジウスはシャツを脱いだ。そうしないと毛布の中は暑すぎる。ブーツの紐をゆっくりほどき、足を抜き、ベルトを外してジーンズを脱いだが、ブリーフには――手をつけなかった。

ティモの視線を感じながら部屋を横切って、マットレスに横たわり、ティモに背を向けた。毛布を体の上に引き上げる。

背後で、ティモがあくびをして身を寄せてきた。驚いた、その体はストーブのように熱い。

「あんた、でかくていいよな。俺は好きだ」

ティモがさらっとそう言った。ジウスの腰にひょいと腕を巻く。ジウスの胸元のやわらかい毛を、何の気なしに数回なでる。だがほんの数秒のうちに軽い鼻息が聞こえてきて、ティモが寝入ったのがわかった。

だが一方のジウスはすっかり冴えた目を見開いて、ストーブを凝視していた。

ごくりと唾を呑む。何回も。

(あんた、でかくていいよな。俺は好きだ)

ティモなら木にも同じことを言いそうだ。大した意味なんてない。

アンカレジで見たこの美しく野生的な男――ジウスの心に棲みついた男――が背中にくっつ

くようにして眠っているのだって、とりわけおかしなことではない。ふたりきりで。山奥にある小屋の中で。

人生というのは奇妙なものなのだから。マッドクリークで育ったジウスは、それをよく知っている。サンフランシスコ大学に入学したのがじつはセント・バーナードの一頭となれば、毎日が〝常識外〟であるわけで、真っ白なハスキーのシフターから三人の女性をさし出されたことくらいは〝普通〟の範疇に入るのでは？

（もしさし出されたのが女性ではなく、ティモだったら？）

晴天の稲妻のようにその考えがジウスを貫く。また頭がぼんやりして、腹がぐるぐると回るようだ。体の一部がピクンと反応したが、そんなのは今、絶対に許されないだろう。

駄目だ。思考に蓋をする。それは予定にないものだ。選択肢にすらないものだ。おそらくは、この群れでは一度もありえなかったことだ。あの集まりを見る限り。

奇妙にも思える——同性同士のつがいは、ここではハスキーたちの失われた部族が実在していることよりありえないことかもしれないなんて。

初めて、ジウスの胸を郷愁の思いが刺す。どれほどマッドクリークから遠くにいるのかを実感した。

10　毛皮同士

ジウス

ジウスは数時間、途切れ途切れに眠り、夜明けに起きた。先に出て変身しておこうと決める。誰かに見られながら変身するのが嫌なのだ。それに、犬の姿でいれば知らない相手と会話せずにすむ。

ティモを起こさないよう静かに起き出す。ティモはマットレスで腹ばいになってまだすっかり眠りの中だ。

ジウスはその様子を少し見下ろして、赤茶色の絹糸のように肩から枕へと豊かに流れるティモの長髪を目で楽しんだ。きれいだ。それからまばたきして、外へ出る。木陰で変身し、四つ足で集落の中心部へ歩いていった。

日が昇るにつれて、集落の様子がよく見えてくる。ここは尾根に広がった古い建物の集まりで、森にいくらか侵食されていた。谷を見下ろせば雄大な景色が広がり、両側は山に囲まれている。隔絶され、うまく隠されている。エンジンの音も、テレビの音も、人間の声すらしなかった。鳥のさえずりや鳴き交わし、遠くのせせらぎだけが重々しい静寂を揺らす。

この集落はかつて採鉱場だったのだろう――きっと銅か銀の。昨夜いた建物は十字架のような形をしていて、両翼に先尖りの色あせた赤屋根がある。そこから草原までレールがのびており、上に張ったワイヤーで大きな荷カゴが出入りしていたように見える。

放棄された場所だ。明らかに。それを、板や枝などであちこちに打ち付けて行き当たりばったりに補修してあった。いくつかの窓は塞がれ、古い布がカーテンのように中から下がっているところもあった。

集落にはほかに六つの建物があるようで、やや小さいが、傷み具合は似たり寄ったりだ。キミッグたちはいつここにやってきたのだろう？　どうやって生きてきたのだろう。狩りや死肉拾いをしてはいるだろうが、ティモや数人の仲間がアンカレジで働いていたあたり現金も必要なのだろう。群れの規模は？　昨夜は二十人ほどいたが、狩りに行ったりキミッグなりの何かをしたりして不在だった者もいるだろう。

彼らは本当に、イヌイットに飼われていた犬が〝種火《スパーク》〟を得たものなのだろうか？　人間とほぼ没交渉でどのくらい生きてきたのだろう。何世代目かにはなるだろう、とジウスは思う。アンカレジでティモを見た時、野生のようだと思った。ここの群れの皆と比べると、それでもティモは都会人と言える。

　こうなってみれば、アプトがキミッグたちの居場所についてまるきり知らなかったことにも合点がいった。たとえ上をヘリで飛んでも、打ち捨てられた野営地が見えるだけだ。キミッグたちはプロペラの音ですぐに身を隠すだろうし。見つかりたくないとしてのことだが。見つかりたくなさそうではあるが。

　ジウスは四つ足であちこち嗅ぎまわった。中央の焚き火台はどうやら常用されているようで、炭が残ってるし、いぶ臭い。古びたバギーがあたりに何台か停まっており、木陰に入れて空から見つかりづらいようにしてあった。紐に服が干してある。建物にはどれもキミッグたちが住んでいると、ジウスの鼻が告げた。数人でまとまって暮らしているようだ。

　感覚を頼りに、大石の上で毛皮が干されているところまで来た。ウサギの皮や、もっと大きな、おそらく鹿やカリブーらしき皮。ジウスはそのにおいを嗅ぎ、獲物とキミッグを嗅ぎ取ると、集落の中央へ戻った。散らばる松葉の上に寝そべって、舌なめずりする。

　腹が減っていた。もうすぐどこかで朝飯にありつけるといいのだが――犬の姿で食べられるものに。ヒトの姿のまま待っていたほうがいいのかもしれないが、こんな山奥にいるのが爽快で、木々や爽やかな風の中、マナーとかにこだわる気になれなかった。温まっていく地面に寝そべり、ただそこに在るだけで満足だ。

　前足に頭をのせ、幸せな息をこぼし、待った。

　そう長くは待たなかった。人間なら十二歳くらいの体格のキミッグが建物から出てきて、ジウスを見ると、また駆けこんでいって興奮してしゃべりちらした。数分のうちにジウスは取り囲まれていた――大体はヒトの姿をしたキミッグたちだが、犬の姿のキミッグや、ただの犬まで一緒だ。犬のキミッグたちはハスキーやハスキーの雑種のようで、彼らがセント・バーナードを見たことがないのは明らかだった。犬たちはジウスを嗅ぎ、ヒトの姿のキミッグたちはジウスを上や下から眺め、耳を持ち上げたり肉球をしげしげ見たりした。笑顔と笑い声があふれ、全員がジウスを愉快がっているようだった。

気にはならない。ジウスは人混みが苦手だが、キミッグたちの好奇心には裏表がなかった。ジウスはのどかに前足を立て、よく見えるように起き上がった。ハッハッと息を吐きながら舌を垂らして、なでられたりかまわれるままでいる。

いきなり目の前で、ティモが滑りこむように止まった。ぎょっとしてまばたきしながら、口をぽかんと開けて凝視する。それから首をのけ反らせ、うれしそうに大声で笑った。輝く目でジウスを見つめ、手を振って皆を退けると、両手でジウスの耳をさすり、肩をなでた。その手が気持ちよくて、もう少し近ければティモにもたれかかれるのだが。

「すごいな、ジウス！」

ティモの声ははずんでいた。

「すごい！　でかいな！　素晴らしい。この鼻。この毛皮！」首周りの毛に指が沈む。「ふかふかだ」と仲間を見回した。「俺の毛皮に負けないくらいだ。この犬は雪が大好きに違いない！」

そのとおり、とジウスは一声吠えた。本当だ。雪はたまらなく大好きだ。

ユキが周囲を押しやって前に立ち、ジウスを見つめた。じろりと眺める顔は少ししかめられている。ジウスの犬の姿が予想と違ったのだろうか。それとも彼らの犬とあまりにもかけ離れていたから？　ジウスはどうでもいい気分だったが。

ユキが、まあいいという様子で鼻をうごめかせ、ティモのほうを向いた。

だがユキの言葉が出るより早く、ティモが大声で、はっきり宣言した。

「今日はジウスに森を案内してくる。来い、ジウス。こっちだ！」

ティモは走り出した。ジウスも喜んで跳ねるようにそれを追った。

ティモ

ティモは山道を駆け下りた。顔がひとりでにニヤついて、血が喜びに躍る。

ジウスの犬ときたら！　すごい、すごいぞ！　かっこいいじゃないか！　なんてでっかいんだ。頭の大きさがティモが犬の時の倍くらいある。そして毛が長くてもさもさしていて、胸元と鼻まわりが白くて、目の周りは半円形の焦げ茶色だ。

全部がでかい！　前足なんか熊のように大きい。

アンカレジでは、人間が紐につないで歩く色々な種類の犬を見た。かかえられるほど小さいのもいたし、巻き毛をおかしな形にカットした犬もいた。だがジウスのような犬は見たことがない！

あの落ちつきぶりも気に入った。群れのみんなに見つめられていた時さえも。ジウスのおだやかな気質は美しい――ヘラジカやバイソンのように、大きくて自信に満ちている。

ジウスがすぐ後ろを、駆けてついてきているのを感じた。追いつくのに大した苦労もしていないのは、今のティモが二本足だからだ。だがすぐにそんな楽はできなくなるぞ！　ハッ！

走りながらティモはシャツを剝ぎ取って落とし、次はズボンを下ろして、一瞬はねながら両足を一度に抜いた。すぐに裸で、小道を走りに走っていた。犬に変身すると足取りが止まってもつれたが、ほんの数秒のことだ。たちまちのうちに四本足で土の道を駆け出す。軽やかで自由な体で。

ヒトの体は別に邪魔にはならないが、犬の姿はまるで風をまとうようで、重力から解き放たれたかのようだった。

後ろを見るとジウスは近くをついてきていて、その顔には驚嘆と喜びがあった。さらに後ろからは犬の姿のカプンが追いつこうと懸命に走ってくる。

ティモは遊びたい気分だ！

皆でティモのお気に入りの場所を回っていった。まずは岩から水があふれ出す小さな泉。ティモは氷のように冷たい清水を飲んだ。隣にジウスがやってきて、やはり水を飲む。口が大きく、四方に滴が飛び散るのがおもしろくて、ティモは笑った。ジウスが犬の、のどかな笑顔を見せる。

カプンが追いついてきてジウスを嗅ぎ、色々なにおいを嗅ぎ取ろうとぐるりと周囲を回った。ジウスもおずおずとカプンを嗅いだ。

ティモの犬も新しい〈二枚皮〉相手にはいつもそうする。ただジウスのそばでもう一晩すごしていたし、今でもそのにおいが夢の名残りのように記憶に残っていた。

次は三匹で氷河から流れ出したせせらぎへ向かい、倒木を渡ってその流れをこえた。ジウスは苦労もせず、とても楽しそうにしている。倒木からとび下りると足を止め、耳をピンとそばだたせた。赤リスが水辺の樹上で鳴いていて、ジウスはそれをうっとりと見つめていた——食欲からではなく、眺めるだけで幸せだと言うように。

だが捕まえるには高すぎるし、リスも下りてくるほどバカではないので、ティモはすぐに飽きた。一声吠える。行くぞ！

丘をのこのこ登っていくと、世界のてっぺんにある開けた草原に出た。草の中でゴロゴロと転がり、陽をたっぷり浴びる。黄色い円形の太陽がもうほとんど天頂まで来ていることに、ティモは驚いた。三、四時間がこんなにあっという間だとは。

ジウスはどっしりと草に寝そべり、カプンが蝶を追いかけ回す間もハッハッと息をついていた。ティモはとことことジウスのそばへ行って前で寝そべる。顎をジウスの前足にのせた。ジウスはティモを見やり、そっと鼻を前に出してティモの鼻面を嗅いだ。ティモは黒い鼻を遊び半分で嚙んで、はね起きる。ほら来い！

だがジウスはごろりと横倒しになって、このほうがいいとのんびりする構えになった。ティモの尻が少し上がり、尾を振る。

遊ぼう！

ジウスは腹を下に戻ったが、起きようとはしなかった。かわりに前足をつき出して誘う。そこでティモは隣に座って、両足をジウスの前足にのせた。つかまえた。

ジウスが足を引き抜き、ティモの足にのせる。ティモが前足を引こうとすると、ジウスが小さく吠えて半ばのしかかってきた。

ティモはさっと下がり、ジウスにとびかかった。

すぐさまふたりは、相手を組み伏せようと草の上を転がっていた。ジウスは手加減して全力を出していない、とティモは気付く。その気になれば簡単にティモを押さえこめたはずだ。だがかわりにティモに転がされて、大きな前足で優しくはたきながらハッハッと笑顔で息をしていた。

こうやって犬の姿を見たことで、ティモはよりジウスのことが理解できるようになっていた。

群れの〈二枚皮〉が皆そうであるように、犬はそのヒトに似ているし、ヒトは自分の犬に似ているのだ。たとえばヌーキは、どちらの姿でも神経質で興奮しやすい。カプンは誇り高くやや気難しい。そしてティモの犬はいつでも仕事より遊びを好む。

そりゃそうだろう？　遊ぶほうが楽しい！

ジウスの犬は……そう、驚くほど大きい。それなのに攻撃性はかけらもないようだ。その不器用そうでおだやかなところが、ティモはとても、とても気に入っていた。そばにいると楽なのだ。

ティモの群れの多くが短気で怒りっぽく、喧嘩っ早かった。群れには厳格な上下関係があって、群れの仲間はいつも格下相手に優位を示そうとしたり、小競り合いでもっといい地位を得ようとするのだ。

ティモは自分が格上であることを誇ってはいたが、時々うんざりして面倒くさくなることもあった。そういうものにとらわれないジウスがたまらなくいい。彼はただ自然にあるだけなのだ。おだやかで揺るぎなく。どこかユキを思い出させるたたずまいで。ただしジウスにはユキのうざったい兄貴面も、高圧的な態度もない。

ジウスは取っ組み合いに飽きて、ティモにのしかかり、体の重みで四つん這いに押さえつけてきた。ハッハッと息をつき、あくびをする——もういいくたびれた、というように。

それからティモを離し、下がる。草原を眺め、空を、木々を、憧れの目で眺めた。のんびりと花を嗅ぎ、バタンと体を倒し、重いため息をついて目をとじる。

ティモはそのまま少し寝かせておくことにした。カプンと遊び、草原を駆け回る。ヌーキはどこだろう、と思った。一緒に来るはずだったのだ。カプンに、道を見下ろして小さな一声で問いかけてみたが、カプンは知らないしどうでもいいと言いたげに肩を揺らしただけだった。

まあいい。かわいそうなヌーキ、こんな最高の日を逃すとは！

しばらくしてジウスが起き、よいしょと立ち上がったので、ティモは鋭く一声吠えた。行くぞ！　まだまだやることがある！

ジウスは乗り気になってトコトコやってきた。

彼らは斜面を駆け下りた。下へ、下へ、下へ。山の向こう側はティモが世界で一番好きな場所なのだ。二つの山脈の間に谷がある。きっと〈毛皮なし〉が足を踏み入れたこともないところだ。谷の中央を川が流れている。端にある岩のゆりかごから水があふれ出し、反対側へ流れた川は、地下へと吸いこまれていった。

ここでは獲物に困ることはない。カリブー、ヘラジカ、ムース、バイソン。キツネやウサギ、リス、トガリネズミ、ナキウサギもいる。グリズリーと呼ばれる大きな茶色の熊もよく川の中で見かけた。あらゆる木々で鳥がさえずっている。生命にあふれたこの場所は、キミッグたちにとって最高の狩り場であった。

せせらぎでまた喉を潤す。水の冷たさが胃を包むのを感じ、腹が空っぽだと気付いた。朝、里を出る前に食ってくるのを忘れたのだ。ジウスに何か出すことすら。ひどい話だ、駄目な友達だ。ティモは申し訳ない気持ちでジウスを見たが、ジウスは冷たい流れの中を歩き、ご機嫌で魚を見ていた。谷を見やり、うっとりした目をして、うれしそうなため息をついた。

その時だった。咆哮が聞こえたのは。

狼だ。

下流を見ると、そこにいた。なじみのハイイロオオカミの群れだ。狼たちは縄張り意識が強いので、谷にいるのはこの群れだけなのだ。時々通りすぎるはぐれ狼のほかは。

この狼の群れは十頭から成っている。リーダー《アルファ》は雄盛りの狼で、黒っぽい灰茶の顔に緑の目をしていた。群れには健康な四頭の若い雄がいて（アルファのカップルの子だ）鼻面が灰色になった年寄りが二頭、残りは様々な年齢の雌たちで、中には暁の真珠色の美しい毛並みをしたアルファの伴侶もいた。

彼らは百メートルほど下流だ。アルファがまた咆哮を上げる。挨拶でもあり、警告でもあった。

我々はここだ、いとこたち。行儀よくな。

ジウスが喉の奥で興奮の声をこぼした。ティモは彼を見やる。ジウスはすくっと立ち、水に足をつけたまま頭を上げ、全身の毛を膨らませていたが、威嚇よりも昂揚のためだった。狼を凝視してから、興奮したまなざしをさっとティモへ向け、また低く鳴いた。

ジウスは気に入ったのだ。

（近くで会ってみたいか？）

ジウスにこれを見せられて自慢げな気持ちになりながら、ティモはそう念じる。

憧れのこもった熱っぽい顔を見れば、答えはわかった。ティモは先に立って歩き出した。

11　狼とともに駆ける

ジウス

狼だ！

ジウスは、野生のハイイロオオカミの群れに会えたことが信じられなかった。なんてすごい！

今日のすべてが素晴らしかった。この世のものとも思えぬ景色——原始の時代そのままで手付かずの森、番人のように力強くそびえて雪冠を抱く牙状の山々、高々とそびえたつ景色。アラスカは最高だ！　それに犬の姿でティモやカプンと走るのもたまらなく楽しかった。

掛け値なしに、人生最高の一日。

そこに現れたのが狼たち！

恐れるべきなのかもしれない。ジウスは大きいが、狼たちは数が多い。その気になればジウスなど引き裂いてしまうだろう。だがティモには心配する様子がなかったし、狼の群れのほうも自分たちの存在を明らかにした。きっとティモの群れとは顔なじみなのだろうと、ジウスは思う。とにかく、多少は。

なのでジウスは、狼に近づいていくティモを追いながら、不安ながらもとても浮かれていた。マットなら何て言うだろう？　ランスだったら？　すごい、ランスはパニックだろう！

ティモは狼たちに近づくにつれ、頭を垂れて肩を丸め、地面に視線を落として、挑むつもりはないと示した。ジウスもそれにならって、伏せた瞼の下から見上げて何も見逃すまいとする。

狼のアルファと数頭の若い雄たちが前に出て、後ろにいる群れの残りを守った。だがティモは、短い距離を残して止まり、ニヤッとして、舌を垂らした。少しふざけた感じで礼をする。

やあ！　俺たちも混ぜてくれないか？

アルファの表情がやわらいで、舌を出してハッハッと息をついた。自然な優美さでティモへ近づいたが、ティモのことは無視して通りすぎ、ジウスへ歩み寄る。

ああ、そうだ。ジウスはここでは部外者だ。

ぴくりとも動かず、平静な顔をしようとしていたが、うれしくてジウスの鼓動は弾んでいる。

川辺を見やって、全身から平和な雰囲気を出そうとした。

アルファと、二頭の雄がジウスの周囲を回り、さっきのカプンと同じようににおいを嗅いだ。狼たちは毛を逆立ててトラブルにそなえている。ジウスはほぼ動かずにできるだけ彼らを目で追いながら、体を止めたままでいた。

それにしても、彼らは魅力的だった。トラやライオンに接近しているかのようだ。美しい存在で、近づくことを許されただけで光栄なのだ。ジウスひとりならこんなに寄らせてはもらえなかっただろう。ティモのおかげだ。心から感謝したい。

数秒の後、アルファが低い鼻息をついてタッタッと走り去った。また上流へ向かう。きびきびと自信たっぷりの足取りで川辺を嗅ぎ、においを追っている。脅威ではないと見なされたのだ。ジウスはほっと揺れる息をついた。

狼の群れはアルファに続き、三頭の〈二枚皮〉たちをよけていく。それからティモがはねて彼らに追いつこうと走り出し、カプンがそんなティモを負かそうと走る。当然、ジウスも急がないとならなかった。

狼の群れと一緒に移動している。受け入れられたのだ。

ティモが首を回してジウスを見たので、ジウスは感嘆の声を上げたくなった。すごい！　とんでもないことだよ！　頭を上げて少しとびはねてみせると、ティモが笑ってくれたようだった。

ティモの犬の姿は、ヒトの姿と同じくらい美しかった。ジウスが思い描いたとおりだが、それを上回っている。見るからにハスキー犬で、顔と胸はクリーム色、赤っぽい茶色の毛が耳周り、おでこ、背中を覆っている。そしていたずらなアクアブルーの目……素敵だ。カプンは白と灰色で体格が少し小さかったが、やはりハスキー犬だ。どこか超然としていて、歩き方も何とも気取っている。

谷を北へ向かう。アルファと数頭が川岸を嗅ぎながら進んだ。ジウスはアルファが嗅いでいた場所を、彼が通りすぎた後にすべて嗅いだ。何を追っているのか知りたかった。獲物のにおいは嗅ぎ当てたが、前に嗅いだことがないので何のにおいかがわからない。鹿に似ているが、少し違う気がする。土に残る足跡からしても鹿っぽい何かだろう。カリブー？

何だろうと、その群れが通りすぎてからそれほど経っていない。大きな群れだ。その後ろを狼の群れが追っている——そしてジウスはその狼たちとともにいる。

そんなふうに一行が谷を進んで三十分ほどしただろうか。狼の中には飽きたものもいて、一歳にもならない幼い雌——とジウスは見た——が、カプンにしつこく遊びをせがんでいた。カプンは遊ぶか、真面目な顔をして狼の主力たちの真似事をするか決めかねているようで、その二頭はおもしろい見ものだった。カプンは川べりで少し彼女と遊んでは、走って群れに追いつき、岸を嗅いで狩りに加わる。すると幼い狼がまた追いかけてきて、そばに寄っては走り去って挑発するのだ。

信じられない、とジウスは思った。狼の群れと一緒に行動するなんて。それと二頭の、飼いならされていないアラスカのクイックたちと。どんな幸運だろう。

突然アルファが足を止め、凍ったように動かなくなった。全員、ジウスを含めてそれにならい、身じろぎもしない。

下流では陽光がせせらぎに鋭く反射し、五十頭はいるだろうカリブーの群れを蜃気楼のように見せていた。ジウスの鼓動がわくわくと高鳴り、古代からの狩人の血が目覚め、筋肉に力がこもって感覚が鋭敏になり、走り出す準備をする。風が味方してこちらに吹いているので、カリブーは気付かずにいる。低く体を沈め、アルファの狼が前へ進む。川岸の草むらを音もなく。群れの雄狼が進み出てアルファの脇を固め、ティモがその後ろにぴたりとついた。本当に？　本当か？　一緒に狩りをしてもいいのか？

ジウスは興奮の鳴き声をこらえねばならなかった。音を立ててはならない。狩りを台無しにはできない！　静かに、だが素早く前に進み出て、ティモの左側、肩のすぐ後ろにつく。

群れまでほんの五十メートルというところで、カリブーがこちらを見てハッとした。さあ追跡の始まり！

ティモとジウスが左に、狼のハンターたちは右へ回りこんだ。ジウスの血が騒ぎ、狩りだけに意識が集中する。慌てた獣たちの荒い息づかい、狼の群れの熱と動きを意識した。ジウスの犬は本能的に全員の位置を把握し、獲物の行く手をどうふさげばいいか察知する。

アルファがどのカリブーを選んだのかがわかる——足の悪い老いた雌カリブーで、岸までわずかの流れでもがいている。ティモとジウスは浅い水の中でカリブーの左側へ回りこみ、逃げ場を封じたが、それも不要なくらいだった。ほんの数秒のうちに狼たちが雌カリブーを引きずり倒す。きれいに、手早く仕留められていた。

ジウスは野生のものを殺したことがない。生きるものすべてを愛していた。だが彼は狩りで食っているわけではないし、食料を店で買える贅沢に恵まれているのだ。狼たちの食事に眉をひそめる気はない。それに、ジウスも想像以上に興奮した。

ティモとカプンが向きを変え、ジウスもついていくと、狼たちが死骸を草の上へ引き上げて、狩人たちがかぶりつきはじめる。群れの残りは焦れながらそれを待った。狩りをしたものに優先権がある。アルファがちらりとティモに顔を上げ、目で許可を与えた。彼らにも分け前の権利があるのだ。

カプンはさっと一行に混ざったが、ティモは止まって、ジウスのほうを見た。小さく、熱のこもった鳴き声を立てる。来いよ、腹が減った！

ジウスはよだれが溜まるのを感じ、腹がうつろにきしんだ。たしかに彼も腹がペコペコだ。なのでティモについて獲物に近づき、肉を引きちぎるティモを見ていた。彼が肉をくわえてとことこと離れるので、ジウスも同じようにする。あまりがっつかず、小さな肉片を取るようにした。このカリブーだけでは群れ全体の腹は満たせない。

ティモの隣の草むらに座ると、新鮮な生肉を噛みはじめた。犬の姿をしてはいても、それを気持ち悪いと思うくらいの人間の感覚はある。だがその考えには蓋をした。素晴らしい体験だし、楽しむしかない！　それにとても腹が空いていた。

たちまちのうちに肉は消え、ジウスは前足を舐めてわずかな血の滴をきれいにした。

一歩先に寝そべっていたティモが、首をのばしてジウスの顔を舐めた。食べ残しがついていたのだろうか。されるがままになりながら、ジウスの鼓動はアドレナリンの興奮とは違うもので速まっていく——優しさ。受け止めきれないくらいの。

毛づくろいを終えると、ティモは立ち上がり、しっぽをくるんと上げて頭を昂然ともたげ、はずむ足取りで下流に進み、周囲を見回した。

見るからに得意そうだ。それはそうだろう、ティモがジウスにこの土地を印象付けたいと思っていたなら、まさに最高の一日だった。

カプンがゆっくりとティモを追っていき、ジウスも体を起こすと彼らに続いた。狼の群れを振り向いたが、死骸を取り囲む群れはもう三頭のクイックへの興味を失っていた。

ジウスの体はきしみ、疲れていて、まだ空腹だった。犬の姿でこんな距離を動いたのは数年ぶりで、くたびれた筋肉が笑っている。それでも、まばゆいほどの幸福感だった。

太陽が金色を帯びているのでもう昼も遅いのだろう。消える寸前のはなむけのような輝き。ジウスには、この谷より美しい景色はないと思えた。そして、ティモやカプンや狼とともに走ることほど、本能に忠実で素晴らしいことはないと。

だがその幸福の裏には重いものがへばりついていた。すでに後悔がしのび寄っている。夏休みが終わって学校が始まる時のように、海外旅行の最終日のように、これはいつか終わるものなのだ。

とても素晴らしかった。でも、これはジウスのものではない。ジウスはじき帰らないとならない。アラスカは、彼の思い描く天国そのものだけれど、彼の家ではないのだ。

ティモのような人生は、ジウスのものにはならない。そしてティモも……彼も、ジウスのものにはならないのだ。

12　マッドなお願い

ジウス

翌朝、ジウスはまた夜明けに目覚めた。小さな小屋の天井を見つめながら、今日がその日だと嚙みしめる。日というか、この朝が。現実世界が呼んでいて、ジウスの人間の部分――大人の部分が決断すべき時がやってきたのだ。

　昨夜もティモは同じベッドにとびこんできて、ふたりともあまりに疲れていたのでたちまち眠ってしまった。くっつくには暑すぎたのかティモはどこかで離れたようで、うつ伏せに寝て向こうを向いていた。

　寝床はぬくぬくして気持ちいい。ティモの放つ熱とひんやりした朝の空気。ジウスの犬だってまだ体がきしんで疲れている。

　でも楽しいことはいつか終わる。ジウスはため息をついて起き上がった。服を着て、小便をしに行く。

　部屋に戻ってくると、ティモが起き上がって顔をさすっていた。

「まだ早いだろ。寝てようぜ」

　ジウスは首を振った。

「朝のうちにヤカトゥク村まで送っていってくれないか？　僕は仲間のところに戻らないと」

　ティモの顔が曇った。パチパチとまばたきし、顔をそむけて壁を見つめ、どうでもいいかのように気軽なあくびをした。ジウスはそれにはだまされない。

「ティモ？」

「ちょっと待ってろ」

　ティモはベッドからとび下りてドアの外へのろのろ向かい、痛むかのように裸の腰をさすった。

ジウスは目をそらす。すぐにではなかったが。

服を着ると、ほかにできることもなく、待っているしかない。毛布をベッドに放り上げ、その上にそろそろと座る。前腕がべらぼうに痛い！　四つ足ではしゃぎすぎるといつもこうなるのだ。体重を支えることにあまり慣れていない部位だ。

外から鳥のさえずりがあふれるほどに聞こえ、建て付けの悪いドアの縁が陽光で輝いた。この先きっとこの場所のことを、そしてティモのことを、ずっと夢に見るだろうという気がした。

胸元をさする。どうしてこんなに悲しいのだろう？　彼の犬をこの場所から引き離すには、鎖で引きずるようにするしかなさそうだ。

ティモが戻ってきた。ジウスのほうを見ずに服を取りにいき、ジーンズを穿く。よく似合っていて、裸足に上半身裸だととりわけ映える。濃い黄色の肌を、長い髪がなでて。

ジウスは膝を見下ろし、眉を寄せた。

「ごめんよ、運転をたのんで。何ならどこかでガソリンを──うわ！」

ティモがとびかかってきて、ジウスは背中からベッドに倒れた。腹をくすぐられて笑うと、ティモが上からのしかかり、腕をついて肘をのばす。ニヤッとした。

「遊ぼうぜ。毛皮姿になって。森を走ろう。見せたいところがあるんだ、そんなに遠くないよ」

ジウスはティモの笑顔を見上げた。腹の中がゆっくりと沈んでいく感覚。ティモの長髪が垂れてジウスの頬をくすぐり、ぞくぞくした刺激を生む。

「もう一日いないか？　たのむから」

ティモが口をとがらせ、どこまでも子犬のような目つきになる。

ジウスはごくりと唾を呑み、思いきって手をのばすと指の間にティモの髪を一房すくった。ざらついて強く、それでいてなめらかだ。ティモの目をのぞきこむと、決意が見えた。もしかしたら独占欲すら。でもどうしてだ？　ティモもユキもジウスを群れに加えたがっているように見える。大人の雄のハンターがほしいのか？　女性が多すぎるからとか？

ティモの目をのぞいて、そこに自分への軽い愛着以上のものがあるかと探したが、見つからなかった。

ジウスはため息をつく。

「ティモ、僕は帰らないと。母さんがいるから。父さんも。友達も。向こうに仕事もある。捜索救助隊も。きみたちのこの集落は大好きだ。きみのことも。でも、自分の人生から逃げてはいられない」

ティモは、ジウスを見ていられないかのように壁へ顔を向けた。鼻をひくつかせる。

「でもここが大好きなんだろ。昨日――あんなに喜んでたじゃないか。ここは最高だろ。谷には獲物がたっぷりだ。屋根もあるし冬には火もおこせる。海まで行ける道もあって、泳ぐ獲物をいくらでも捕れるんだ。ここには何だってある」

　こうなるとジウスは悪いことをした気がする。この里を侮辱したかのような。

「とてもいいところだと思うよ。それに昨日はとても素晴らしかった。でも友達がすごく心配していると思うんだ。きっと僕が帰るのを待ってる。たのむよ、ティモ」

　次の言葉を待たず、ティモはベッドからとび出して外へ駆けていった。

「ティモ！」

　ジウスは困って名前を呼ぶ。

　だが外に出て見回しても、ティモはもうどこにもいなかった。

ティモ

　ティモはジウスの顔をじっと見下ろした。見ていて気持ちのいい顔だ。だがジウスの強情のせいで、もうなかなかこの顔を見られなくなるのだ。

（僕は帰らないと。母さんがいるから。父さんも。友達も）

　熱くて酸いものがティモの胸に広がる。ちょっとの怒りと、ほとんどは無力感。失意。ジウスがここで喜んで暮らしてくれると期待するなんて、愚かだったのだ。ここには都会と違って電気もない。〈毛皮なし〉が大事にする色々なものもない。ジウスは〈毛皮なし〉の世界に慣れている。おまけにユキが強引すぎて、仔作り用の肉体でしかないような扱いをジウスにした。ジウスがどれだけ特別かわからないのか？

ティモが思いつくどんな手を使っても、ジウスを引きとめることはできないだろう。おっとりしているようでいて、ジウスはこれに関してとても、とても頑固だ。

まるで言葉にならない悲しみを抱えて、ティモはベッドからとび下りると片手で髪を払いのけた。何か言葉を探しはしたが、胸が締め付けられて何も出ない。一言もないまま、小屋からとび出て道を駆けていた。

全力で走り抜けながら服を脱ぎ捨てる。力を振り絞りながらも体がさらなる速度を求め、もっとのびたがり、体内の圧力のはけ口を求めていた。行き場のないものを吐き出す咆哮を。シャツを剥いで後ろへ放り投げ、次はズボンだ。すぐさま四つ足になって走っていた。速く、速く、速く。

（ジウスは行ってしまう。行ってしまう。行ってしまう）

足のひと蹴りごとにそれが心に反響する。

今日、ジウスをイヌイットの村まで帰さねば。さよならを言わなくては。

ジウスは、ティモがアンカレジに行くようになって以来の、一番愉快な出来事だった。ティモはジウスのそばにいるのが好きだ。ジウスは群れの誰とも違っていて、ティモはそんな彼に、乾いたカリブーが水を求めるように惹きつけられたのだ。

それに、この群れはジウスを必要としている。群れは新たな〈二枚皮〉を渇望していたし、ジウスはティモが見た中でも最高だ。

こんなのひどいだろ。

だがティモの望みなんか関係ないのだ。ジウスをここに縛り付けてはおけない。そんな真似は絶対にしない。大好きなジウスの喜びが憎しみに変わったり、そのまばゆい活力が色あせるのを見るなんて、耐えられない。

そう長いこと外にいたわけではなかった。真実からは逃げ切れない、それはわかっているのだ。森の中をゆっくり一周し、木々や頭上に広がる早朝の青空に心を慰められた。少しだけ心が軽くなる。そしてふたたびヒトの姿と服をまとって里に歩み入った時には、ジウスのためのみに応える心の準備ができていた。

だが小屋は空っぽだった。ティモは里に駆けこみ、目で探し回る。ジウスはどこだ？　カプンかヌーキにたのんでつれていってもらうことにしたわけじゃないだろうな？　それは嫌だ！まださよならも言えてないのに。

あたりに〈二枚皮〉たちの姿はほとんどなく、集会所の前に老人がふたりいるだけだった。

「何かあったのか？」とティモは聞いた。

「群れの集会だよ。でかい他所者と」

なんだと。ティモはあわてて中に入った。

どうやってユキに、ジウスを戻すことを知らせようかとあれこれ考えていたのだ。とにかくユキはジウスを群れに一度迎え入れたのだから、いい顔はしないだろうし。

だがもう手遅れだ。中に入ると、ジウスとユキが向かい合って床に座り、ほかの群れはしゃがんだり立ったりの体勢でそれをとり囲んでいた。

ティモは入り口でたじろぐ。いきなり緊張していた。

ジウスが肩ごしに彼を見て、ニコッとする。寂しげで、少し申し訳なさそうな笑みだった。

「僕は、ええと、いつきみが戻ってくるかわからなかったので、誰かにヤカトゥク村まで送ってもらえないかとユキに聞いてみたんだけど」

「俺が送る」

ティモは顔を上げて近づき、いざとなれば自分のテリトリーを守る覚悟をした。

「あ。うん。ありがとう」とジウスが答える。

「ティモ」ユキの声は険しい。ジウスの横を指した。「来い」

ユキの機嫌はきわめて悪い。青い目に光を溜め、そこにはどこか悲しげな、ひどいことは言いたくないのにと嘆くような色があった。ジウスが去ることに怒っているのだろうか？

だがティモは従った。進み出てジウスの横に立つ。ただし座りはしなかった。身がまえるように腕組みする。

ユキが左手をのばして、その時初めてティモは、そこに座っているヌーキに気付いた。ヌーキが青いぼろぼろのビニール袋をユキに渡す。ティモと目を合わせようとはしない。

ヌーキは何をした？　袋に何が入っている？

ユキが袋から鮮やかなオレンジ色の何かを取り出し、自分とジウスの間へ置いた。ティモはごくりと唾を飲む。これはまずい。

ユキがティモを見上げ、どうだ、と言いたげに眉を上げた。

ティモは口元をこわばらせる。「ハッハ！　そいつはおもしろい服だな？　すげえ色してる。じゃ、俺は乗り物を準備してくるよ」

背を向けて動こうとしたところで、ユキに一喝された。

「ティモ、そこまでだ！　お前はここにいろ」

渋々、ティモは振り返った。ヌーキをにらみつける。この裏切り者が。だがヌーキはまだ目も合わせずに、屋根やら床やらあちこちに目をさまよわせている。

「今からジウスと話す」ユキが有無を言わせぬ口調で言った。「ティモ、お前が我々の通訳をしろ。そしてヌーキ――」と若い〈二枚皮〉へ向く。「お前は英語によく通じている。耳を傾け、ティモの言葉が間違いであれば知らせよ」

ティモは屈辱で顔に血が上るのを感じた。嘘つきと言われるのは大変な侮辱だ。しかもこれが一度目ではない。

それはないだろう！　ティモは嘘なんかつかない。全部を言わないことはある——ジウスの群れのこととか。時には自分の思いどおりにするためにちょっと都合よく言ったりもする。でもそれだって、彼が賢いからだ！　うまいやり方があるのにわざわざ下手を打つやつがどこにいる？

それに大体、一番物事をよくわかっているのはティモだ。ユキがいつもすべてを知っているわけではない。

ユキがティモを見た。

「お前は、ジウスがほかの群れの一員だということを黙っていたな」

ティモは鼻をひくつかせ、床を見下ろした。

ユキが例の服の背中に書かれた言葉を指す。

「これは何と書いてある？」

「俺は文字を読むのが得意じゃない」とティモは答えた。

「かもしれないな。だが何と書いてあるかはわかるだろう」ユキが食い下がる。

ジウスがユキとティモを見上げる。

「何を聞かれているんだ、ティモ？」

「その服には何と書いてあるかだとさ」とティモは、あきらめて答えた。

ジウスの表情がやわらぐ。身をのり出し、指で文字をなぞった。

「これは、マッドクリークと書いてあるんだ。僕が住んでいる町の名前だよ。カリフォルニアにあるんだ。アンカレジからは飛行機で六時間だ」

ユキがティモを見やる。やむなくティモは自分たちの言葉でそれをくり返した。

ユキは背をぴんとのばして、その言葉を受け止めていた。

「ヌーキの話では、ヤカトゥク村にはほかにも〈二枚皮〉がいたそうだな。昨夜、ヌーキは村に行って四人のにおいを嗅ぎ取った」

昨日ヌーキがいなかったのはそれでか！　ユキがヌーキをヤカトゥク村へ送り、ジウスについて調べさせたのだ。ユキはティモを信用していなかった。腹が立つ。

「どうしてお前はジウスに群れがあると言わなかった？」

ユキが目に怒りを宿らせた。

ティモには本当のことは言えない――もしジウスの群れについて知っていたらユキはジウスを受け入れてくれなかっただろうから、とは。ティモはジウスを受け入れてほしかったのだ。それに、ユキならきっと雌をさらってこいと命令し、新入りとティモをつがわせただろう。

いつティモがつがいを作るかは、自分で決める。誰とつがいになるかもだ。

だからティモが隠していたのは、そもそもユキのせいなのだ！

ティモはぱちぱちと、ゆっくりまたたいた。

「五人は、迎え入れるには多すぎるだろ。うちには十分な食料がないのに。それにさ。まずひとり、気に入るかどうか確かめたほうがいいだろう。ほかにもいるって、そのうち言うつもりだったよ」

ユキがうんざりとため息をついた。

「ティモ、お前ときたら時々、肉球に刺さったトゲのようだな」

「なんでそんなこと言うのさ、大好きだよ兄さん」とティモは目を大きくして言ってやる。

「何て言ってるんだ、ティモ？」とジウスが聞いた。

「あんたの群れについて聞いてるんだ。ヌーキが、ヤカトゥク村でゆうべ四人分のにおいを嗅いだんだと」

ジウスの顔がパッと輝いた。

「まだみんな村にいるんだね？　よかった。待っててくれるか帰っちゃったか、気になってたんだ」

「そこにはもっと〈二枚皮〉がいるのか？　マッドクリークには？」

ユキが服を指す。ティモが通訳した。

ジウスはニコッとする。

「そうだよ。ティモにも言ったけど、マッドクリークには数千の〈二枚皮〉がいるから」

その通訳を聞きながらユキが問うようにティモを見た。だが正直、ティモにだって「数千」がどのくらいなのか、百よりは多いということしかわからないのだ。とても多い。そんなにいるなんてありえないが、ジウスに嘘を言っている様子はない。

　ジウスが故郷について語る。マッドクリーク。ティモはできる限りすべて通訳しようとしたが、自分たちの言葉にどう訳していいかわからないものや、理解が及ばず通訳が追いつかないものもあった。ジウスはレストランや公園について語り、山々や森や〝配送センター〟と呼ばれて多くの〈二枚皮〉が働く場所についても語った。それについて語る時は生き生きし、微笑んでいた。

　話が進むにつれ、ティモの心は沈んだ。ジウスの故郷は大きくて幸せな場所のようで、明らかにジウスはそこを愛している。去ることなんて、きっと考えもしないだろう。ティモは自分がちっぽけな存在で、無価値なかけらであるように感じた。

　話が終わると、ユキは座って熟考し、遠い目で眉を寄せていた。ジウスはティモを見上げてから、またユキを見る。何かを決心しようとしているように見えた。

　ジウスが咳払いをした。

「ユキ、僕らの群れは、きみらの群れのことをとても知りたがると思う。きっと仲良くなりたがるだろう。僕は、キミッグの誰かを招待して、一緒にマッドクリークへ帰りたい。ほんの一、二週間。そうすればどんなところなのかじかに見られるだろうし。それからここに帰って、みんなに話せばいい」

　ティモの息が止まった。何だって？　通訳しながら言葉がもつれないようにするのがやっとだ。

ユキも驚いたようだった。何か言おうと口を開け、またとじる。クウンと低く、考え深げな鳴き声をこぼした。

ジウスは、いささか落ちつきすぎなくらいの声で続けた。

「ティモならその役にぴったりだと思う。アンカレジのような町にも慣れているから、知らないことばかりでもないし。それに英語ができるから、僕らの群れの仲間とも話せる。無料で、僕と一緒の飛行機に乗っていけばいいよ。明日にでも。二週間くらいでここに帰すから。彼の無事は保証するよ、ユキ。それにお金もかからない」

ティモはできる限り訳しながら、どっちに決まろうがかまわないという口調を保とうとしたが、内なる犬は宙にとび上がってはしゃいでいた。

ユキの眉が上がり、ヌーキを見て確認を求めた。ヌーキがうなずく。

うなると、ユキは片耳をさすりながら考えていた。

イエスと言ってくれ、たのむから、たのむから！

ユキはイエスと言うはずだ！　たとえ駄目でもティモはこっそり行けばいい。そうしてやるとも！　そもそもほかの群れを見にいくのは賢い手だ。それにジウスの言うとおり、この役にはティモがぴったりなのだ。

ユキが口を開いたが、慎重な口調で、通訳はするなとティモに合図をした。群れだけに向けられた言葉だ。

「ティモ、我々がなぜイヌイットの元を去ったか、その物語を忘れたか？　彼らが我々に、南へ行って、時おり戦いを起こしにくる〈毛皮なし〉と戦えと言ったことを」

「ユキ、あれはただの言い伝えだ！」とティモは苛々と言った。

「そうだ。だがどうやら南にいる〈二枚皮〉たちは我々に数で勝るようだ。彼らが北へ来てこの地を奪おうとしたらどうなる？　我々の女たちを奪おうとしたら？」

案ずる視線を、群れの中でも弱い者たちへよぎらせる。

ティモにだって、その不安がまったく的外れでないのはわかっていた。リスクはゼロではない。何と言っても、マッドクリークについて何もわからないのだ。だが向こうが、わざわざこんな北までやってきて里を奪うともあまり思えなかった。マッドクリークには重要そうな仕事もあるようだし、ジウスが語った様々なものを持っているのだし。彼らがアンカレジで使っていた高価そうな服やテントや道具を、ティモは自分の目で見ている。

「ユキ、うちの群れが襲われたことなんかないだろ。マッドクリークはとても遠くだ——飛行機で六時間だぞ。こんな遠くまで来て小さな里を奪ったりはしないだろ。それにさ。ジウスだって兄貴に対抗しようとはしてないじゃないか。アルファになることに何の興味もないんだよ」

ユキはジウスの顔を見やり、真剣に考えこんで、ティモの言葉の真実を測ろうとしているようだった。

「だがこのようなリスクを冒す必要は、我々にはない」

「違う、ユキ、俺が行って彼らと目を合わせてちゃんと確かめるほうが、リスクは低い。そうすれば彼らの目的が何なのか、はっきりつかめるだろ」

ティモは堂々と立ち、腕を組み、自信たっぷりにうなずいてみせた。

だがユキの眉根はさらに曇った。集まった面々を心配そうに見やる。何と引き換えにしても彼らを守る道を選ぶつもりだと、ティモにはわかった。

ユキの気持ちを変えないと！　これはいい考えだと、どうやれば納得してもらえる？

そして突然、ティモはひらめいた。

しゃがみこんで、兄と目の高さを合わせる。やわらかく、おとなしい声を出した。

「ユキ、ジウスの健康さと強さを見てくれ。一緒にいたほかの奴らも強かった。しかもジウスの話のとおりなら、あそこには彼みたいなのが大勢、たくさんいるんだ。百以上も！」

顔に感情は見せなかったが、ユキの小鼻がふくらんだ。よし、食いついた。

「そこに俺たちがどうしてもほしい秘密があったら？　……どうやれば健康な仔が生まれるのか。これを逃す手はないぞ、ユキ」

ユキはうなり、仕方なさそうに目をとじた。勝った、とティモは思う。

目を開けたユキの口元は険しく結ばれていた。

「ティモ、お前は次の満月までに必ず戻ると、信じていいな？　誓えるか」

「誓う」

ティモは重々しく答えた。本心だ。どうしても行きたいからだけではなく、この群れのためにも行かなくてはならないからだ。

ヒッティが声を上げた。

「あたしも行く！」

ジウスの逆側に立ち、きりりと顎を上げる。

ユキが首を振った。

「いや。いいや。それはありえない」

「お願いよ、兄さん！」ヒッティは必死の顔を歪めた。「ユキ、ティモだけを行かせるなんて駄目！　ティモは自分のやりたいようにするだけだもの。誰かが一緒に行かないと、ティモの言うことが正しいかどうかたしかめられないでしょ。今、ヌーキがやってるようにね」

ティモはうなる。ひどい言い草だ！

「それに、その群れのことを見てくる目がもう一組あったほうがいいじゃない」ヒッティがまくしたてる。「ヌーキは駄目よ。ティモがいなくなるんだからもう狩人は減らせないし。あたしなら役立たずだもの。いなくなったって大丈夫。それにね、あたしが行けばティモはあたしを守らなきゃと思って、遠くにも行かないし騒ぎも起こさないでしょ。ヌーキじゃそうはいかないもの」

ティモは反論の口を開け、閉じた。認めたくはないが、妹の言い分に感心していた。もっとも彼の妹なのだし、これくらいは当然か。

どう思うというように、ユキがティモを見た。ティモは肩をすくめる。

ユキは立ち上がり、背をのばして、つんと顎を上げた。ジウスも立ち上がる。問うようにティモを見た。そういえばずっとキミッグの言葉で言い合っていたなと、ティモは気付く。ユキの決定を、ジウスはまったく知らないのだ。

というか、どういう決定なのかティモにもまだはっきりわからないのだが。

「ティモとヒッティは、ジウスの群れを訪問する。ふたりは次の満月までには戻って、何を見てきたか報告する。ヒッティ――お前は、ジウスとつがいにはなるな。それを誓え。でなければ行かせん！」

「誓います」ヒッティが即座に言った。それからもっと反抗的に。「とにかく帰るまではね」

ユキがため息をついた。悲しげな顔をする。

「たのむから故郷と家族のことを忘れるな。お前たちふたりがたよりだ。そしてティモ……」

重々しくティモを見た。「お前の言ったこと……もし仔どもたちのことで何か学べたら……お前をあてにしているぞ。がっかりさせないでくれ」

「そんなことしないよ、ユキ」

ティモは心からそう言った。思わず兄を抱きしめる。この前ハグをしたのはいつだっただろう？　ティモが小さい頃、彼らはあんなに仲が良かったのに。だがこの頃のユキはあまりにも真面目一辺倒なのだ。

彼らは集会場から出た。ティモはジウスの手を引いている。空き地を横切った。

「ティモ？　ユキはなんて言ってたんだ？　誰かが僕と来るのか？　きみは？」

ティモは返事をしなかった。皆から離れた遠くまでジウスをつれていってから、向き直って、心からの喜びを爆発させる。

高らかに笑って、ジウスの周りを小さく踊って回る。ジウスはぽかんとしていた。

「それじゃ行けるってこと？」とジウスが聞く。

「そうさ！　俺はマッドクリークへ行くんだ！」とティモは叫んだ。

PART2
マッドクリーク

13　おかしなおかしな新世界

ジウス

ティモは初めての飛行機に大興奮の様子だった。八名の一行はマッドクリーク配送センターの貨物飛行機に、アラスカに来た時と同じように乗りこんだ。コクピットのすぐ後ろ、大きな機体の壁際に設置された黒い補助席に座る。マットとジウス、ティモとヒッティが片側、ローラ＝ブルー、ゴールディ、ベーコン、ワトソンがその向かいだ。ジウスの左側には床から天井までオレンジ色のメッシュの壁があって、箱やほかの貨物を固定していた。窓やくつろぐための設備はあまりないが、機体が大きくて安心感があるし、何より値段が最高――無料だ。

ティモはジウスの左側に座って矢継ぎ早に質問をし、すべてに夢中のようだ。ジウスをはさんで逆側に座ったマットが飛行の仕組みを説明しようとしたが、ジウスもティモもついていけなかったので、結局さじを投げた。

シートベルトを外す許可が出るとすぐ、ティモは唯一の窓に寄っていって景色を見下ろした。

しばらくしてジウスを振り向いた目には疑問が渦巻いていた。そこでジウスもそばに行くと、今どこを飛んでいるのか、山の名前や小さな町についてできる限り解説した。わからないことはｉＰｈｏｎｅの地図アプリで調べて、ティモに飛行経路の全体像を見せる。ティモは口数少なく、集中して、すべての情報を受け止めていた。

まったく緊張はしていないようで、それだけでもジウスにとっては大したものだ。ジウスは飛行機が苦手だった。彼の犬は大地を愛しているのだ、とても。だがその不快感を隠すのには慣れていた。

ヒッティを放っておくのは悪い気もしたが、彼女は英語を話せないし、どのみちほとんど眠ってすごしていた。ジウスはほっとする。彼女から向けられる目つきには友達以上の何かがあって、居心地が悪いのだ。あまりに小さいので緊張もしてしまう。うっかり傷つけてしまいそうで。

離陸して一時間経つと、ベーコンが冷蔵庫の飲み物と軽食を配り、ティモとジウスは席に戻った。ティモがマットの横にドサッと座ったので、ジウスはティモの元の席に座る。

ティモはアイスティーを開けて、マットをじろじろと見回した。

「あんた、〈毛皮なし〉だな」とぼそっと言う。

「えーと……」マットがジウスを見た。「ええと？」

「きみはクイックじゃないだろう、と言ってるんだよ」とジウスは教えた。

「ああそれか、うん」マットは親指で額をかいた。「違うよ、うん。俺は生粋の人間だ。残念ながらね。犬の格好よさが足りないのさ。俺の〝皮〟にはろくな毛が生えてなくて」

のばした腕を裏表に返し、眺めている。

ティモはうなって、マットの腕に蔑みの目を向けた。

「あんたは群れの〈二枚皮〉にあれこれ命令すんのか？」

マットが唇をすぼめる。

「そうだなあ。マッドクリーク捜索救助隊のリーダーだからな。でも皆がどれくらい俺の言うことを聞いてくれるかは怪しいもんだ」とベーコンに顎をしゃくると、ベーコンが笑った。

「おやつで釣られた時だけさ！」

「ブラウニーでね！」とローラ＝ブルー。

いつもよく笑うティモが、今回はニコリともしなかった。マットに視線を据えて、挑むような目になる。

「それとマッドクリークのでかい群れだが――そっちのアルファもあんたなのか？」

「ないない、それは全然ないよ」マットが救いを求めてジウスを見た。

「ティモ、僕らのところにはきみらのようなアルファはいないんだ。ただ、保安官はいる。ランスという名前の〈二枚皮〉だ」

ティモがうなる。「それであんたはその〈二枚皮〉の命令に従うのか？」

だがマットはその質問を笑いとばした。

「俺がランスの命令を聞くかって？　冗談じゃない。でもローマンに言われたらどうかな……ローマンは俺のやる気を出すのがうまいから」とニヤッとする。

「ローマンってのは？」

「俺の夫だよ。彼もクイック――いや〈二枚皮〉だ、きみと同じ」

ティモは問いかけるまなざしでジウスを見た。

「夫？　とは何だ」

心臓が胸の中で不規則にはね、ジウスの顔が熱くなる。

「それは、その、マットとローマンは、つがいなんだ。ローマンは〈二枚皮〉だよ」

まばたきしながら、ティモはぽかんとしていた。それからジウスをにらんで茶目っ気たっぷりにニヤニヤしたので、ジウスの言葉を冗談だと思ったようだ。だがジウスにはふざける余裕などない。

ジウスの顔に予想した反応がないのを見たティモは、眉をしかめて、またアイスティーを飲んだ。

その後で窓辺に戻ったふたりに、マットもついてきた。

「あの山は？」ティモがマットに聞いて指をさす。

「レニエ山だ」マットが教えた。「あの大きな町はシアトルだよ」

「シアトル。その町は知ってる」とティモが威張った。

「うん、とてもいいところだよ。ちょっと近頃は人が多いけどね」

「レニエ山にはカリブーや狼がいるのか？」

聞きながらティモは雪冠の山々を、そこに降りたそうに眺めた。

マットが腕組みで考えこむ。

「どうかな。アラスカ以外の州に狼を再導入する計画はある。前に聞いた話だと、ワシントン州では狼の生息が確認されたそうだ。多くはないけど、いくらかは。カリブーは、いないね。ただレニエ山にも鹿はたくさんいるはずだよ。ヘラジカも」

「へえええええ、行ってもいい？」ゴールディがやってきて割りこみ、窓辺に陣取った。「狼とヘラジカ、見たいなあ」

「いつかきっとね」とマットは気安く言った。「でも今は家に帰ろう。帰りたくないか？」

「帰りたいよ！」とベーコン。「帰ったら一番に何をすると思う、マット？」

「何をするんだい？」

「デイジーのダイナーに行くのさ！　ティモも行こう、世界一のハンバーガーとポテトとチョコレートシェイクがあるんだよ！」

「それは言いすぎというものだ」ワトソンが気取る。「確かにとてもおいしいが」

「私がつれていってあげる、ティモ！」

ゴールディがティモに向けた笑顔は、ジウスから見ると少しなれなれしい。

ティモは笑みを返したが、無言のままだった。

「僕の母さんもとてもおいしいハンバーガーを作るよ」とジウスは言う。「僕の家でね。僕が住んでいるところで。ほら、あれ見て――セントヘレンズ山だ！」

マットがおかしな目つきをジウスに向けた。

ジウスは気がつかないふりをした。


飛行機はマッドクリークの配送センター横の、新しい滑走路に着陸した。ジウスの子供時代、一番近い空港はフレズノで、行くのに一時間かかったものだ。それが今では町のすぐ外に小さな飛行場ができている。貨物機やわずかなプライベート機しか来ないにしても。

ドアが開くと、ラヴがタラップを上がってきて、頭を下げてくぐるように機内へ入ってきた。皆をハグで迎えながらも、ちらちらとティモとヒッティに好奇の目を向けている。

ティモが空気を嗅いだ。「また人間」と低く、ジウスだけに囁く。

「うん。彼はラヴだよ。ここの配送センターを運営していて、その会社が捜索救助隊やこの飛行機、町の色々なものにお金を出してるんだ。だから、僕ら捜索救助隊の大ボスみたいなものだね」

ティモは近づくラヴを警戒の目でうかがっていた。

「やあ、ジウス！」ラヴが大きな手でジウスの上腕をさすった。ラヴ式の群れの挨拶だ。「それと、どうも、おふたりさん。マッドクリークへようこそ」

ラヴの目は輝き、すっかりティモとヒッティに心を奪われている。ジウスに紹介されたティモとヒッティは堅苦しく「ハロー」と挨拶した。

ラヴは以前、犬の保護シェルターを作りにマッドクリークへやってきた。本物の犬のためのシェルターだ。そしてクイックの秘密を見抜き、サミーとつがいになった後、配送センターを立ち上げて雇用を生むことで大いに町に貢献していた。今はスーツ姿だが、群れのパーティーで見た時は短パンとTシャツで、タトゥだらけだった。ジウスはあまりよく知らない相手だが、町ではヒーローのように扱われている。

「順調に到着して何よりだ」ラヴがティモとヒッティへ言った。「ここにいる間、俺で力になれることがあったら何でも言ってくれ。いいな？」

彼がゴールディとベーコンを迎えに移動すると、ティモが眉を寄せた。

「てことはあいつがアルファか？」

ジウスはため息をつく。「違う。そういうわけじゃないよ。行こう」

ティモは下がって、ほかの皆を先に通した。少し緊張しているようだ。そこでジウスはタラップの一番上で止まると、手をさし出した。ジウスをイヌイットの村からさらった時にティモがそうしたように。

（さあ、冒険に行こう！）

ニッと笑って、ティモはその手を取ると、もう片手をヒッティにのばした。ジウスはふたりをつれて飛行機を出て、タラップを降りる。下に着く寸前、ティモが止まり、その重みに引き戻されてジウスも止まった。後ろを見ると、ティモが何かを凝視していた。

ジウスもそちらを向く。数メートル先に保安官事務所のＳＵＶが停まっていた。その前でローマンとマットが固く抱き合っていた。

会いたくてたまらなかったらしい。とても。ううむ。

情熱的なキスをしながらローマンがマットを宙に持ち上げる。マットがくねるように逃げ、笑った。

「お前なあ、この大男。俺の威厳が台無しだぞ」

ローマンはニコッとする。

「威厳？　スヌーピーのパンツを穿いてるのに？」

「あれはお前が買ってきたんだろ！」とマットが怒るふりをした。

ローマンがこちらへ目を向け、彼らを見つけた。

「やあ、ジウス！　俺の夫の帰りが二日間遅れたのはきみのせいだと聞いたぞ」マットを離して、問うようにティモを見る。「きみの客か」

「うん。どうも、ローマン。彼らは、えーと、ティモとヒッティだよ。あの。ほら。アラスカから」

キスシーンを目にしたせいでジウスの口がうまく回らない。そんなの馬鹿だろう。子供じゃあるまいし。だが隣にティモがいる状態で一緒にあれを見るのは……変な感じだった。

それでも、ジウスはティモの手を離してローマンに歩み寄った。群れの挨拶を交わし、すれ違いながら肩をなすり付けてにおいを移し合う。

ティモとヒッティはタラップのそばに立ったまま、お互いに腕を回し、用心深くローマンを見ていた。ティモは全身を膨らませ、髪も持ち上がって、表情は険しい。ローマンのことを脅威とみなしたのかもしれない。ジャーマンシェパードのシフターであるローマンは、ジウスと同じくらい大柄で、髪を刈り上げていて声が低い。いざとなれば怖い相手なのは間違いない。

だがローマンはティモの挑発的な態度にもかまわず、彼らを温かく迎えた。

「ようこそ、ヒッティとティモ」

進み出て手をさし出した。ヒトの握手のようにではなく、手のひらを下にして手の力を抜き、好きににおいを嗅いでいいと申し出る。

ティモがのり出してローマンの手を嗅いだ一方、ヒッティは下がったままティモにしがみついていた。ティモはローマンの顔をじろじろ見て、きっかけがあればとび下がろうとしている。

だがローマンがおだやかなままだったので、その瞬間はすぎ去った。

ティモが背すじをのばす。

「やあ。こっちは妹のヒッティだ」

「よろしく、ヒッティ。会えてうれしいよ」ローマンは彼女に優しく微笑みかけた。「じゃあ、行こうか。ランスにきみらを迎えに行けって言われててね。東屋《あずまや》で何か企んでる。俺の車で行こう」

「企んでる？」とジウスは聞き返した。

「そうなんだ」ローマンは少しきまり悪そうだった。「マットが、キミッグについてメールしてきたから。それで俺が、ランスとデイジーにその話をしたんだよ。フレッド・ビーグルにも。そうしたら、まあ、誰もが彼らに会いたがっているというわけだ」

「ああ……」

ジウスは家にティモとヒッティをつれていって荷を下ろし、シャワーを浴びて母親のおいしい手料理を食べるのを楽しみにしていたのだ。だがどうやら、マッドクリーク側には別の計画があるようだ。

「とにかく、リリーが昨日クルーズに出かけててよかったよ。もっと大変なことになるところだった」

ローマンがしみじみと呟いた。

たしかに言えてる。リリーがいないのならそう大掛かりなことにはならないだろう。ランスと、あと何人かの町の大物たちくらい。大したことはない。
だろう？

ティモ

ティモが〝アズマヤ〟と呼ばれる小ぶりな円形の建物の舞台に立たされ、ヒッティにきつく手を握られてる間、赤い制服の連中が音楽を奏でていた。ティモの耳にはひどい演奏に聞こえる。こんなの我慢できないし、我慢してやることもないと思った。

ヒッティは頬に涙をつたわせながら群衆を見つめていた。ティモのほうも、泣かないように力を振り絞っていた。喉に焼けるような塊が沁みてくる。こらえたせいでますます喉が熱い。無表情を保ってはいたが。

何しろ、このカリフォルニアの小さな町のただ中で、公園で、ティモとヒッティを囲んでいるのは数百の、それどころか――数千、の〈二枚皮〉だったからだ。やっとティモは〝千〟がどのくらいなのかなんとなくつかんだ。公園にぎっしり、近くの通りまで〈二枚皮〉たちが埋めつくし、目の届く限り遠くまでひしめいていたからだ。

あまりにたくさんの顔。様々なタイプの。小さな〈二枚皮〉から大きなのまで、白髪の老体から仔犬《こども》たちまで。それも元気そうな子供たちがたくさん、白やピンク色や褐色のふっくらした顔で、手を振っている。〈毛皮なし〉の子供たちによく似て見えるが、〈二枚皮〉のたしかな特徴がある――不自然なほどふさふさした髪と神秘的な瞳。

まるで、アンカレジがまるごと〈二枚皮〉の町に変わってしまったようなものだ。それが皆、そこに立って笑顔でティモとヒッティを見つめ、拍手したりもじもじしたり興奮で息を荒くしたりしている。

一片の敵意も、ティモには感じ取れなかった。くらくらするような浮かれた歓迎ぶりで、町に迎えられている。

その光景は、ティモの心がとても受け止めきれないほどのものだった。隣でヒッティが涙を流す間、ティモは自身の熱い涙を己の中へ固くとじこめる。

本当に長い間、何年もずっと、ティモの小さな群れはあがきつづけてきた。いったい何度、仲間と里の建物の前で座り、待ったものだろう。中から出てきた年かさの女たちが腕に生気を失った塊を抱いて、悲しげに首を振るまで。

時に、仔犬《こども》が生き延びたほうが悲惨なこともあった――病の仔らにとっては。生まれたての小さな命が必死に生きようと、大人の狩人ですら立ち向かえないような苦しみと戦うのを見るのは本当につらかった。

たくさんの悲しみ。たくさんの恐怖。たくさんの心痛。

何故、大自然はキミッグたちを見捨てた？　死産がほかの野生種にも起きることは、ティモも知っている。目撃もした。だがそれは時おりのことなのだ、キミッグとは違って。

まるで、群れに呪いが降りかかったようだった。

今、彼らはここに、ヒッティとふたりで、富めるものの饗宴を前にした飢餓者のように立っていた。ティモは咆哮したかった。怒りと苦しみ、そして同時に喜びに満たされている。繁栄しているものたちがいるとわかって安堵はあった。こんな健やかな群れが存在するなんて。だがとても素直に喜べはしない、どうして母なる大地が彼らを見捨てたのかという疑問にとらわれていては。どうして彼らだけを。

ティモはヒッティを見下ろした。本当なら頭三つぶんは背が高く、ティモと並ぶほどで、強靱な体をして狩りにも行けるはずだった彼女を。だがそのどれもヒッティには与えられなかった。どうして生まれつきの権利を奪われた？　彼女は手の甲で涙を拭い、勇敢な微笑を浮かべて、小さく手を振ってみせた。

妹をこれほど誇らしく思ったことはない。

「ティモ」

ジウスが囁いて近づいた。のり出してティモに耳打ちする。

「ちょっとやりすぎだよね？　ごめんよ。悪気はないんだ、ただ町じゅうがきみらに会えてはしゃいでるんだよ。すぐここから出るから」

ティモはうなずいた。邪険にしたいわけではないが、どう振る舞えばいいのかわからないし、たとえわかっていてもできる気がしない。

保安官のランスが、帽子を片手に立ち、ジウスをけげんに見た。やっと音楽が終わる。

「さて……そうだな。ようこそ、ティモとヒッティ、アラスカから来た我らがきょうだい。我々は、ほかのクイックたちの群れを長いこと探してきた。だがこれまで我々以外の集団を見つけることはできなかった。こうしてきみたちに会えて、この町で歓迎できるのをうれしく思う。滞在中、必要なものがあればいつでも言ってくれ。食事はすべてデイジーのダイナーで提供する――そこに行けば無料で食事ができるということだ。それと、泊まる部屋も用意した」

ランスがポケットからプラスチックの札がついた鍵を取り出した。

「大丈夫だ、ランス。うちに泊めるから」とジウスがきっぱり言った。

ランスはティモとヒッティを見やって片眉を上げる。

「そうか。ふたりともそれでかまわないか？　場合によっては、ベッドが二つあるホテルの部屋も準備してあるが」

今この時、ティモが一番避けたいのはジウスと離れることだった。ティモは狩人だし、とても勇敢だ！　だがこの世界では自分がいきなりちっぽけに思えて仕方ない。迷子のようだった。

「我々はジウスのところに行く」ティモは堂々と顎を上げた。

「わかった、ならいい。客のもてなしありがとう、ジウス」ランスはポケットに鍵を戻した。

「当然、俺たちはきみの群れについて色々知りたい。だがゆっくり休んでもらうほうが先だろうな」

「それがいいと思う」とジウスがランスに何か目配せをした。

ランスが声を上げる。

「よし！　では。みんな、アラスカからの客をもてなしに来てくれてありがとう。もっとふたりと話したり向こうの群れの話も聞きたいだろう。だが、それはふたりが帰るまでにだ。彼らが食事をして一休みした後で。わかったか？　では……ようこそ、ティモとヒッティ！」

ランスが拍手をすると、皆が一斉に手を叩き、口笛や歓声がとんだ。

アラスカの浜に並んだアザラシのようだ、とティモは思う。

音楽隊がまた、大音量で演奏を始めた。その音にジウスが身をすくめ、ティモの手を取る。

一行は立ち去ろうとしたのだが、この〝アズマヤ〟はすっかり〈二枚皮〉に取り囲まれていてあっさりとは出られない。

ジウスが足を止めてランスのほうを見た。

ランスがゴホンと咳払いをする。

「まかせてくれ。ローマン？　チャーリー！　客の帰る道を作ってくれ。さ、行こう」

ランスと別の男が先に立ち、群衆をかき分けた。続いてジウスがティモの手を握って進み、ティモはヒッティの手を握る。彼らの後ろには飛行場に迎えに来ていた男、ローマンがついた。

一行は群衆の中を進む。

これじゃ小さな狼の群れのようだ、とティモは思いながら、じりじり進んでいった。ただし今回先頭にいるのはアルファで、真ん中の弱者の位置にはティモとヒッティがいる。弱いなんて見なされるのは屈辱のはずだったが、今のティモは守ってもらえてありがたいだけだった。

間を通っていく彼らに、本物かとたしかめるように手をのばしてさわるものもいた。若い娘がティモの髪をなでてクウーと鳴く。ジウスが喉で低く唸って、ティモを引き寄せた。

大丈夫かとティモがヒッティを振り向くと、若い雄がひとり彼女のそばについて来ていた。髪が真っ白だ。ユキの髪のように。とても小さくて、ヒッティから見ても頭ひとつしか高くない。熱っぽくヒッティにしゃべりかけながら跳ねるように歩いていた。

「こんにちは、俺はサイモンだよ！　長いことマッドクリークに住んでるけど、生まれつきは犬なんだ。ジャック・ラッセル・テリア。きみは？」

ヒッティはその言葉を理解できていなかったが、微笑して、気になる様子で彼を見ていた。男の肌はきれいで健康的な張りがあり、瞳は温かな茶色で、何より美しいものを見つけたような目でヒッティを見つめていた。

ティモは背を向けたが、腹の中が小さく跳ねた。

（これは。なんてこった）

ヒッティはここでつがいと出会うかもしれない――マッドクリークの〈二枚皮〉の誰かと。

ジウスじゃない誰かとだ。それはいいことなのだろう、とティモは思う。ああ、すごくいいことだ。

なら、ティモ自身は？　さっと見渡した。浴びせられている視線だけで言うなら、選び甲斐はありそうだ。色々な大きさや輪郭の雌《おんな》たちから好意的なまなざしが寄せられている。ヒッティくらい小さいのから、黒いふわふわの髪をしたジウスくらい大きなのまで。

これはすごい。この女の巨大ぶり。ティモがニヤッと笑いかけると、彼女は笑顔とウインクを返し、でかい手を振った。そこで、赤毛をつんつん立てた雄《おとこ》とも目が合う。彼もいたずらに笑ってティモへウインクをよこした。

ティモは鼻にしわを寄せ、目をそらした。困惑して、たよりない気分だった。この群れでは雄同士がつがいになっている。ティモも空港でじかに見た。マット（群れの有力者のようだ）がローマンという町の防犯係の男（やはり有力者らしい）とつがいだと。

この町で見た、とても奇妙な光景。

ふたりは……キスしていたのだ。

またもやティモの胸を、理解しがたい世界に放り出された喪失感が刺す。

ジウスがティモを引いて足を速めた。「こっちだ」とうなる。

ひとつだけ、ティモにもわかっていることがあった。

こうしてマッドクリークと出会った今、彼らの人生は決して元のままではいられないだろうと。

14　ティモの決意

ジウス

ランスが彼らを送ってくれた。ジウスの実家の引き込み道に入り、家の裏手にある、ジウスが住んでいる小さなキャビンの前まで。ジウスの車も停めてあり、キャビンを囲む針葉樹が嵐の先触れの風に揺れていた。

帰ってきた実感がずしりとあって、一週間ちょっとどころか何ヵ月かぶりに帰宅した気がした。

ジウスの両親が出てきて、車を降りる彼らを迎えた。親はジウスをあれこれかまい、人なつこさを発揮してティモとヒッティを歓迎する。ランスも母から夕食に誘われたが、帰るからと断っていた。

ランスは帰り際にジウスを力強くハグして、低く耳打ちした。

「何かあったら電話してくれ。いいな?」

「そうする」

「お前の旅の話も近いうちに聞かせてもらうからな」

そして「また今度」とティモとヒッティに言い残し、ランスは去っていった。

ジウスの親の家へつれこまれながら、ティモがジウスへ視線をくれる。

「アルファと友達なのか?」

「ランスはアルファじゃ……」ジウスはため息をついた。「うん。子供の頃からの友達だよ」

ティモは感心した様子だった。子供の頃のジウスがいかにのろまだったかバレたら、きっとそんな顔はしてもらえないだろう。

母が皆を座らせると、支度ずみのごちそうを振る舞った。ビーフシチューと焼きたてのパン、フライドポテト、ブルーチーズのドレッシングのサラダ――すべてジウスの好物だ。

ヒッティはテーブルを見て、おなかが空いていないとティモに伝えた。くたびれきっているようだったので、母がカウチに寝かせ、ブランケットと大きなマグの肉汁《ブロス》を与える。一方ティモのほうは、何年も食べていないかのように食事にむさぼりついた。みんなで食べる間、食卓は静かだった。

ジウスは人波から逃れられてほっとしていた。ティモとヒッティを脱出させられたことにも。マッドクリーク全体が一斉に現れるなんて思いもしなかった。何しろマッドクリークには毎日のように新しいクイックがやってきているのだし。だが、失われた野生の群れ——と言ったのはマットだ——の存在が皆の想像力をかき立ててしまったらしい。そして善意からではあっても、ジウスにとっては居心地が悪い余興と同じだった。

それに、ティモがミニーに——町の不動産屋だ——向けていた笑顔も気に入らない。ティモは本心から彼女を魅力的だと思ったのだろうか？　体の大きさか？　キミッグにはそれが大事なのか？

ジウスだって大きいのに！

そんなことに意味なんかないかもしれないが。

大体ミニーでなくとも、ティモなら町のどの独身女性だって選び放題だ。いい娘もたくさんいるし——ジウスの母がよく言っているように。

あっという間にそんなことになるかもしれない。だって、ユキが三人のキミッグの娘をジウスに差し出そうとしたのは彼が集落に着いたまさにその夜だった。ということは、じっくりとお付き合いをする、というのはきっと彼らの流儀ではない。それにティモはとても魅力的だ。

何もジウスだけが——。

「ジウス、ハニー、食べて」

母親が手をのばして、サラダボールの上でフォークを持って止まっているジウスの手をなでた。

「五キロも痩せたみたいに見えるじゃないの！　アラスカでちゃんと食べてたの？　現場に行ってる間、あなたたちの体力が持つようマットにはもっと面倒を見てもらわないと」

ティモがテーブルに広げられた料理を見下ろして、羞恥のような何かでその頬を赤らめていた。

「ちゃんと食べてたよ、母さん」ジウスは尖った口調で返した。「体重も減ってない」

ジウスはパンの入ったバスケットを取ってティモにさし出した。

「シチューにつけてみて。すごくおいしいよ」

ティモはパンを取った。

やっとティモとヒッティを自分の小さなキャビンにつれていくと、ジウスはほっとした。ようやく気を抜ける！

キャビンは小さかったが、使っていない部屋もあって、普段は余分なシングルベッドと机が置かれていた。ジウスがマッドクリークへ戻るまで、このキャビンにはいつも五、六人の新参クイックたちが泊まっていたのだ。ジウスが帰ってきた頃には、ラヴが新しい配送センターの近くに集合住宅を建てていたので、母がジウス用にキャビンを片付けてくれた。ここの静けさと、裏手に広がる鬱蒼とした森がジウスにはありがたい。

客用の小部屋へ、ティモとヒッティを案内した。

「ベッドは狭いんだ。ひとりはカウチで寝ないと。それか……」

「ヒッティがここで寝る」ティモが当然のように言い切った。「俺はお前のベッドで一緒に寝る」

言われた瞬間にジウスの腹の底が温かくなり、間の抜けたうなずきを返すことしかできなかった。ティモと一緒に、ひとつのベッドで？　いや、何とかなるはずだ。

ティモがヒッティのために通訳する。彼女は肩をすくめ、わずかな手荷物の入ったビニール袋をベッドに置いた。含みのある笑顔をジウスに向ける。

「じゃあ！」ジウスは慌てて言った。「えーと、僕はあっちの部屋にいるから」

両親の家にいた時のティモは堅苦しく、ひとつも間違えまいとかまえているようだった。だがジウスが荷物を解いて洗濯かごに服を移している間に、ティモ生来の好奇心が顔を出す。寝室をうろつき回り、物を手に取ってはしげしげと見る――ジウスの目覚まし時計、ランプ、数冊の本、クローゼットでハンガーにかかったシャツ。シャツとハンガーの両方を好奇の目で眺め、それを床に放り出した。

すべてが新鮮なようだ。ジウスは内心首をかしげる。キミッグの集落はごく素朴だったが、ティモはアンカレジに滞在していたんじゃないのか？　そんなにも〈毛皮なし〉の文化になじみがないのだろうか。

最後にティモが取り上げたのは、ジウスが荷ほどきの途中で充電器に差した携帯電話だった。ティモはそれを手の中でくるくるひっくり返し、嫌悪感に唇を歪める。裏側を指でつついたが、もちろん何も起きなかった。

「教えてあげるよ」とジウスは優しくティモの手から携帯を取った。

「アンカレジでも見る。しょっちゅうな。〈毛皮なし〉たちはみんなこれを持ってる。いつもこれを見てる」ティモは吐き捨てた。「歩いてる時も、目の前の誰かと話してる最中も」

ジウスはぽりぽりと首をかいた。

「うん。ハイテクにすっかり気を取られちゃう人もいるね。僕は、えーと、仕事に使ってばっかりだよ。でも便利だ。ほらこっち」

リビングに行くと、古ぼけた茶色いコーデュロイのカウチの真ん中に座った。ティモが隣にドサッと座り、クッションではねて、うれしそうに「やわらかいな」と呟いた。

そして、ジウスが木のローテーブルに足をのせると、ティモもそれを真似た。ジウスの隣でくつろいで、人間同士が座るよりはるかに間近から笑顔でジウスの目をのぞきこんでくる。

「ええと……じゃあ、これで何ができるか見せるよ」

ジウスは咳払いをした。メッセージアプリを立ち上げる。未読のメッセージがいくつか――母親から、ランスから、あとは――ドクター・ジェイソン・クーニック。

それらのメッセージはジウスが携帯電話を持たずにキミッグの集落にいた間のもので、ここまで見る時間がなかったものだ。ジウスはジェイソンからのメッセージを見た。何日か前から立て続けに送られている。

『アラスカにクイックの群れがいると聞いた。電話をくれ』

『彼らと一緒にいるのか？　質問リストを送ってもいいか？』

『どのような見た目だ？　どの犬種か血統はわかるだろうか？』

『マイロによればきみはマッドクリークへ戻る予定になっており、新しい群れを何名かつれてくると聞いた。残念ながら私は学会に出かけているが、月曜には戻る。会う予定を作ってもらえるだろうか』

『ジウス！　返信してくれるとありがたい』

『いいだろう。マイロをよこす』

……へ？

ティモがジウスの腕をつついた。

「お前もやってる。電話に自分を取られてる」

その言葉に、ジウスは微笑みを誘われた。

「ごめんよ。ほら、見て。僕は友達や家族の電話番号を知っているから、何か聞きたいことがあったらメッセージを送れるんだ。こうやって」

ジェイソンからのメッセージを表示してみせた。

ティモは携帯電話を受け取ると、青や白の吹き出しを凝視した。目が少し曇ってきて、そういえば読み書きはできないのかもしれないとジウスは気付く。

「ええと……文字でメッセージを送らなくても、相手に電話してしゃべれるよ。その、自分の声で」

「どうしてだ？」

「何が？」

「離れている相手と何を話す必要がある？」

ティモが画面に指をつきつける。

「そうだなあ、うーん……ほら、たとえばだけど、このメッセージを見て。これはマッドクリークに住む科学者、ドクター・ジェイソン・クーニックからのものなんだ。彼はきみとヒッティから、群れについての話を聞きたがってる。だからもしきみが話してもいいと思うなら、彼に電話をして、そうだな、ダイナーで会おうと伝えればいい。そうすれば直接探しに行かなくてすむからね」

ティモが唇を舐めた。

「どうしてこいつは俺の群れの話を聞きたがってるんだ？」

少し不安そうだったので、ジウスは説明にかかった。

「ジェイソンは博士なんだ。つまり、体のことを研究しているんだよ」自分の体を手で示した。「たとえば心臓がどう働いてるかとか、胃はどうなのかとか」

言いながらその場所にふれて、少し滑稽な気分になった。子供扱いはしたくないが、どこまでティモが理解しているのかもわからない。

「ただジェイソンの研究は、主にクイックたち――僕らは〈二枚皮〉のことをそう呼んでるんだ――がどうしてこうなったのかについてだ。どうして犬からこうなったのか、遺伝について。つまり、僕らの母親、父親、祖先たち、そして僕らがどうしてその姿になるのか。たとえば、ヒトとクイックがつがいになった時、どうして生まれる子供がヒトになったり、クイックになったりするのか」

　ティモは一心に聞きながらジウスを見つめていた。その体はこわばり、かまえている。

「だから、そうだね、ドクターがきみたちの群れに興味を持ったのは、きみたちが長いこと外と切り離されてきたからだと思うよ」

　ティモの顔が紅潮し、肌に染みのような赤みが浮いてくる。手を見下ろし、幅広い指先に目が吸い寄せられたかのように見つめていた。

　何か言ってしまったのだろうかと、ジウスはとまどう。

「何か、まずかった？　きみは東屋でも悩んでたよね。もし何かつらいこととか困ったことがあるなら、話してくれないか。嫌ならジェイソンと会わなくてもいいんだよ。誰も無理に命令なんかしないから。ただ……話してくれないかな。たのむよ」

　ティモはジウスを、半分とじた瞼の下から見上げる。まるでじかに目を合わせられないかのように。

「そのジェイソンなら、どうやれば、うちの群れに強い仔どもが産まれるか、知ってるだろうか？　じつは……」と息を吸いこんだ。「うちの群れは、死にかかってるんだ」

言葉そのものは平易だ。だが意味があまりに強烈で、ジウスがそれを受け止めるまで数秒かかった。

うちの群れは、死にかかってる。

「それはどういう意味？　病気が広がってるとか？」

母親から聞かされた、数年前にマッドクリークを襲ったという伝染病の話を思い出す。ジェイソンがワクチン開発に成功しなければ町は壊滅的な打撃を受けていただろう。キミッグたちにも同じようなことが？

ティモはさらに眉を寄せ、横を向いた。

「お前が見たものが、あの里で見たものが、残った群れのすべてだ。今日。〝アズマヤ〟で。あそこにはたくさん仔どもたちがいた……」

ごくりと唾を呑む。

「うちの群れでは、もう……もう……」

それ以上言うのがつらすぎるように、言葉を途切らせた。

「ああ、ティモ」

ティモの言葉にこもった痛みに、ジウスの心もえぐられる。

ティモが肩を揺らした。

「言い伝えでは、俺たちは元はイヌイットの犬だったと言う。だが、イヌイットの中で生きる〈二枚皮〉を見つけられたのは一度きりだ。俺たちはイヌイットから犬を盗もうとした。だがその犬たちにいくらヒトの生き方を教えようとしても、どの犬も変身はしなかった。みんな犬として生き、犬として死んだ」

やりきれなさが声に満ちていた。ジウスへと、一途なまなざしを向ける。

「どうやるんだ？　どうやってここではこんなに多くの〈二枚皮〉を作っている？」

何ということだろう。確かにジウスはキミッグたちの群れが小さいのを見ていたが、その意味するところを考えもしなかった。腹の底に痛ましさが生じる。

「僕にはわからないよ、ティモ。でもジェイソンなら助けてくれるかもしれない。せめて、何が起きているのかわかると思う。そういうことなら、ジェイソンはマッドクリークで誰よりたよりになる」

ティモはジウスを見つめて、真実の言葉かどうか判じようとしているようだった。それから携帯電話を指差す。

「ジェイソンに、俺が会うと言ってくれ。明日。明け方に」

横柄な口ぶりで、決断を下したかのようだ。ついジウスは微笑んでいた。こういうティモのほうがいい。強く誇らしく。傷ついて悩む姿ではなく。

「ジェイソンは月曜まで町に戻ってこないけど、メールを送って予定を決めておくよ」とジウスはメッセージを送信した。

すぐの反応はなかった。携帯をローテーブルに置く。

「じゃあ明日だけど――僕は事務所に行かないと。仕事があるからね。きみとヒッティはここでのんびりしててもいいし、それか、町まで送っていこうか？」

「町だ」ティモが肩をいからせた。「俺にも仕事がある！　マッドクリークのすべてを知りたい」

「わかった。うん。いい考えだ」

ジウスはソファによりかかって背もたれに腕をだらりと垂らした。ひとりの時はいつもそうする。ティモが彼にもたれかかり、胸元に頭をのせてきた。あくびをする。

その動きにこめられた信頼感と、くつろぎに、ジウスの中を熱い感情が駆けめぐる。ティモがよりかかってくるなんて。とてもぞくぞくした。

「あ。疲れた？　僕も、えーと、疲れたよ。そろそろ寝ようか？」

「ああ」

ティモがすくっと立ち上がった。リビングから寝室に続く廊下へ向かいながら、シャツを脱いで放り捨てる。入り口ではズボンを下ろし、スラリとした長い脚と、クリーム色の小粋で美しい尻を見せつけた。そのズボンを蹴りとばす。

ジウスは目をとじ、深々と息をついた。

「来ないのか?」とティモが聞く。

ちらっと目を開ける。ティモは振り向いて、ジウスを見つめていた。

裸で。

ジウスは天井を仰いだ。

「うん。わかってる。すぐ行くよ」

ティモが廊下に出ていった。

ジウスは前のめりになって膝をつかんだ。心臓がバクバク鳴って、息が上がっているのが自分でわかる。肉体がティモの裸身や、ベッドに来いという誘いに反応していた。文字どおりに〝反応〟した。すべてが。

まずい。これはよろしくない。

アラスカで、ティモに惹きつけられていたのはたしかだ。だが今はもっとまずい。こんなのはまるで拷問だ。ティモに恋をしてしまったのだ。どうしよう。

ティモをアラスカに残して別れるなんて考えるのもつらくて、ジウスは名案を絞り出し、マッドクリークへ使者を送らないかとユキを説得したのだ。それはうまくいった。

やった。

だが今、ティモはここに、ジウスの家にいて、彼と同じベッドで眠ろうとしている。

裸で。

ジウスは、これに耐えられるほど強くはないのだ。さっきの話を聞いた後から、心臓が熱く、そして重い。ティモの悲しみが自分の悲しみのようだ。その悲しみを……どうにかして軽くしてあげたい。慰めて、励ましたい。ほとんど肉体的な情動だった。

そうなのだ。まったく。さっきの公園で、ジウスは嫉妬したのだ。心から妬《や》いた。

このままでは大変なことになる。ティモをマッドクリークへつれてきたのは、ジウスがしでかした一番馬鹿なことかもしれなかった。

15　根を持つ町

ティモ

マッドクリークの探索は、混乱と、同時に警戒を呼び起こすものだった。

ティモは、ジウスがマッドクリークについて語ったすべてを鵜呑みにしたわけではない。ジウスを疑っていたからではなく、自分の中でうまく呑みこめなかったからだ。

今、それを自分の目で見ている。

町全体を〈二枚皮〉が管理していた。彼らはヒトのように家に住み、車を運転し、様々な仕事についていた。銀行や郵便局や警察署や食堂、レストラン、映画館、加えていくつもの店がある——すべて〈二枚皮〉が運営しているのだ。それにたしかに〝群れ〟というものはあるのだが、ティモの知っているような群れとは違う。

大体ここには、ひとりのアルファでは把握しきれないほど大勢がいる。しかも誰かが把握している様子すらない。みんながやりたいことをしながら、ただうろついている。誰もが仲がいい。上下関係をめぐる争いもない——道で行き合った時に強い言葉を放ったり見下したりうなったりして相手の服従を要求することもない。挨拶には親しみがこもっていて、元気に「ハロー」と言ったり、すれ違いながら腕をこすり合わせている。そのこすり合いも、ティモの見たところ〝仲良し〟の宣言であって、上下関係の誇示などではない。

ティモは当惑していた。ランスは〝保安官〟だとジウスは言っていたし、それはアルファっぽい何かのように聞こえる。なのに町なかでランスをあまり見かけないのだ。誰が力を持つか、どうやって決めている？　食べ物の分け前を多くもらったり一番魅力的で健康なつがいを獲得するのが誰なのか、どうやって選んでいる？　歩道でどちらが道を譲るのか？　自分が譲るべきかどうかティモにはさっぱり分からず、よそを向いたり、立ち止まって車や何かを眺めるふりでやりすごしていた。

どうにも足元がたよりなくて仕方ない。

マッドクリークの住民たちは、狩りのリーダーをどう選ぶ？　誰が最初に食っていいのか。それに、ティモの序列はどこになるのだ？　ヒッティは？

はじめの数日は、仕事に行くジウスの車に町で下ろしてもらうと、ティモはバランスがつかめない感じがした。海に浮く小さな氷の上に立ってグラグラ揺れながら足場を探しているようだ。

わけがわからない。

初めてアンカレジへ仕事を探しに出た時、知らないものばかりだった。たくさんのことを学んだ――どこでどうやって食事を手に入れるのか、どうやって仕事を探すのか、給料の扱い方、言葉の話し方すらも。一年かかって、朝から晩まで気を張り詰めさせずにすごせるようになった。その時だって彼は孤高でいた。町に居ながらにして、そこに属してはいなかった。自分を〈毛皮なし〉よりもずっと高尚な存在だと考えていた。それにあの町で見たものは気にくわないものばかりだった。

今回はそれに似ているが、違うところもある。マッドクリークは……いいところだった。あまりにいい町すぎて信用ならないくらいだ。だが猜疑心の強いティモがいくら目を凝らしても、ほころびは見えてこない。

晴れやかでなごやかな町だ――気候のよさそのままに。町を行き交う顔は喜びにあふれ、彼らの持つ活力は気さくで親しみやすい。痩せ細ったり病んでいる様子のものはいない。人間のように仕事を持ち、その一方でダイナーや公園、道で集まっては話に盛り上がったり笑ったり遊んだりしている。

真昼間の、昼食どきから、町の中心部にある公園で遊びが始まる――ボール遊び、追いかけっこ、かくれんぼ、とっくみあい。楽しそうなキャンキャン声やけたたましい笑い声を上げながら。

ティモは、一緒に遊びたくてたまらなかった。ティモの中の犬はうずうずしている。だが自制した。心を許すわけにはいかない。せめて、理解できるまでは。

マッドクリークによって揺るがされたのは、ティモが抱く上下関係《ヒエラルキー》という概念だけではなかった。ここにはあまりに多様な〈二枚皮〉がいる！　ティモはアンカレジで色々な種類の犬を見ていたが、あのすべてが〈二枚皮〉になれると思ったことはなかった。特定の種の犬だけがなれるものだと――ティモと同じ種だけが――信じきっていた。

傲慢な思いこみだったと、今になって思い知る。マッドクリークには、あらゆる種の〈二枚皮〉がいたのだ。衝撃だった。

その上、犬として生まれてマッドクリークへたどりついたものたちもたくさんいる。

ティモは思うのだ――どうしてアラスカには新たな〈二枚皮〉がほとんどいないのか？　いるのなら、どうしてティモたちの群れを探し当てられないのだろう？　飛行機で飛び越えた広い土地。大きな町。シアトルのような。あの土地にも、あれらの町にも、〈二枚皮〉が生まれて人間たちとともに暮らしているのか？

頭がどうかしそうだ。

町での初めての昼下がり、ティモとヒッティは町の端にある〈マッドクリークへようこそ〉と書かれた看板の前に立って道を見上げていた。上へ上へと、山を登っていく道。その道の先には大きな町があるのだと、普通の犬の散歩をしていた〈二枚皮〉がティモに教えてくれた。それどころか道の先には大きな町がいくつもあって、道はほかの道ともどんどん合流していくのだ——木の根のように。そしてなりたての〈二枚皮〉たちは、この道を町へとやってくる。

だがティモたちの里にはそんな長い根はなく、道は川や海にぶつ切りにされ、たやすく迷う広い森や山で遮られている。里につながる道は古い土の道一本きりで、それも草に覆われている。誰も里へたどりつけないのはそのせいかもしれない。

そう思うと、ティモの心は沈む。

ほかにもティモを驚かせたのは、マッドクリークに住む〈二枚皮〉たちの暮らしぶりや行動が、あまりにも〈毛皮なし〉そっくりなことだった。たしかに、まだ犬のような振る舞いをするなりたてもいる。だが町民のほとんどの話しぶりや服装、仕種はアンカレジの人間たちと変わらず、同じような道具まで使っている。電話、車、ライト、ほかにも色々。

アンカレジで過去三年間働いたティモは、自分が洗練されていると思ってきた。〈毛皮なし〉

の習慣をいくらか身につけもしたし、里から出たことのない仲間に比べて人間たちの世界で自信を持って動くことができた。だがそれ以上彼らに近づきたいと思ったことも、彼らのようになりたいと思ったこともなかった。あるがままの自分を誇りに思っている。野生で自由で、ずっと優れた存在だと――少なくとも自分ではそう思っている。

ただこのマッドクリークでは、その線引きがあやふやになり、ティモはもはや〈毛皮なし〉たちの暮らし方をどんな目で判断していいかわからなくなっていた。

ティモとヒッティは街の端から端までくり返し歩き、すべてを見て、においを嗅いで、光景を目に焼き付けた。たくさんの、それはたくさんの相手と話をした。ティモは彼らに、生まれついての犬か〈二枚皮〉かを聞き、マッドクリークにいつからいるのか、どんな仕事をしているのか、どこに住んでいるのか、つがいや子供がいるのかをたずねた。

〝妻〟という言葉が雌のつがいを、〝夫〟は雄のつがいを表すことも学んだ。そして、ローマンとマットのように〝夫と妻〟以外の組み合わせがあることも知った。

それもまた、ティモの理解を超えることの一つ。

ヒッティは英語がしゃべれないので、町民たちと話はできない。ティモは、後から訳して伝えた。彼女は腕組みしてへっちゃらな顔をしていたが、ティモのそばにぴったりとくっついて彼を離そうとしなかった。ティモは彼女に合わせてゆっくり歩き、手をくり返しつなぎ、幾度も休憩を取ってやった。だがヒッティも、ティモと同じくマッドクリークの町から力を得ているようで、目を大きく見開き、反応の早い視線ですべてを見届けていた。

彼女に疲れが見えると、ふたりはダイナーへ行った。そこでは金髪と優しい笑顔の〈二枚皮〉であるデイジーが、彼らの食べたいものを何でも出してくれた。タダで。


マッドクリークでの二日目の夜、ジウスがティモとヒッティを車で迎えに来てくれて、彼らはジウスの両親の家で夕食を食べ、ジウスの小さなキャビンへ引き上げた。

ヒッティはすぐにベッドに入った。一日の疲れが溜まっている。だがティモは神経が昂ぶっていた。彼がキャビンのリビングをうろうろ歩き回る一方、ジウスはカウチに座ってビールを飲みながらティモを見ていた。

居心地のいいキャビンだ。とてもいい家なので、ティモはついジウスを泊めた里の粗末な小屋を思って情けなくなる。

別に、洒落た家に住みたいなんて思ってはいないが。自分たちの、山あいの里が大好きだ。そんなにあれこれの物だって必要ないし！　ドアの向こうの大自然がありさえすれば。

ただ……ジウスは、ティモの住まいを貧しいと思っただろうか？

どうしてそんなことが気になる？　いや気になんかしてない！　そんなことティモにはどうだっていい。

「テレビでも見ないか？」とジウスが誘った。

ティモの視線は、カウチの正面に置かれた黒い画面へ向かった。眉をひそめる。

「テレビなら知ってる。アンカレジの店にあった。絵の中で〈毛皮なし〉たちがどうでもいいことをだらだらしゃべっているやつだ。それか、白い線を引いた草の上でおかしな格好の連中が駆け回ってるか」

ジウスがクスクス笑うと、低い音が響き、口元が笑みに広がって、目が魅力的に細まった。

「きっときみの好きなものがあるよ。僕が大好きな番組を見てみない？」

「何だよ？」疑り深くたずねながらティモはにじり寄った。

「ＢＢＣの『プラネットアース』だよ。ほら、見てみて」

ティモは心を奪われてしまった。

ペンギン、シロクマの子供たち、カリブー。ティモですら見たことのない景色。

「どうやればこんなに近づけるんだ？」感嘆しながら、巣穴から出てきて初めての雪遊びをする生まれたての子グマを見つめる。「どこからどう見てるんだ？」

「それはね、カメラとか、色々使ってるんだよ。後で説明するよ」

「あれは？」

鹿のような獣が現れて、ティモは前のめりになった。だがテレビからの声が教えてくれる――ワリアアイベックスだ。野生にはもう五百頭しか残っておらず、彼らの暮らしている土地

（『エチオピア』と呼ばれるところにある）は〈毛皮なし〉の大きな機械で破壊されている。

ティモは不安な鳴き声をこぼした。このでかい機械が自分の故郷の山を崩すところを想像したが、これまでにないくらい最悪の気分になる。カウチのぎりぎりまでせり出して見ていたのに、深く座りなおしてジウスにまとわりついた。安心感がほしい。ジウスがティモの肩に腕を回すと、ティモはさらに身を寄せてジウスにへばりつき、テレビを一心に見つめた。

ジウスは温かくていいにおいがして、鼓動はとても、走っているかのように速かった。彼も今の場面が嫌だったのかもしれない。

巨大な〝ゾウ〟と呼ばれる獣や、色とりどりな鳥の群れもいた。とても美しい。それもすぐ近くからの絵だ。どうやってこんな景色が撮れるのだろう？

人間たちがそんなことをしようとしているだけで、ティモには驚きだった。てっきり〈毛皮なし〉たちは、大地や獣たちのことなどどうでもいいのだと思っていた。だが一部はそうではないのだろう、こんな番組を作るくらいだ。ティモには、映像や言葉にこめられた愛や敬意、驚嘆が伝わってくる。

ジウスに、番組制作に〈二枚皮〉が関わっているんじゃないかと聞いたが、ノーという答えだった。ジウスによれば、たくさんの人間たちのグループが自然を愛していて、自然保護に力を尽くしているのだという。たとえばジウスが働いている森林局のように。

これもまた、マッドクリークによってがらりと変えられたティモの世界観の一つ。自分が思っていたより世界はずっとずっと広くて、色々な獣がいるだけでなく、〈毛皮なし〉たちはそれほど役立たずでも自分中心でもないのだと。

　番組が終わると、ティモはがっかりした。もっとあんな光景が見たい。それにジウスに包まれている体勢から動きたくなかった。このカウチから。

　とても居心地のいいカウチなのだ！　ティモのベッドよりすごく、すごくいい。だが何より、このカウチの上でジウスにもたれかかっていると、世界で最高の気分だった。ジウスの右側に寄り添って、背もたれにはジウスの腕がかかり、ティモの腕はジウスの腰にのせられて、頭をジウスの肩にもたせかけ、首筋からの濃密なにおいを嗅いでいる。

　ジウスのことが本当に大好きだな、とティモは満ち足りて思った。ジウスの活力がティモを安心させ、幸せにしてくれる。

「んん……」ジウスが咳払いをした。「第二話を見たい？」

「続きがあるのか？」

「うん。十一話まであるよ」

　十一！　つまりあと十はあるということだ。ティモはとてもうれしくなる。

「続きだ」とテレビに顎をしゃくった。

　五日間かかって、十一話をすべて見た。夜の間に『プラネットアース』をテレビでじっくり見るように、昼の間はティモとヒッティでマッドクリークの町を見て回った。段々とティモも、足元がおぼつかない気分は薄れてきた。誰もがとても親しみやすい。みんな「やあティモ、やあヒッティ！」と言ってはおしゃべりをしたがった。

　小柄で白い髪のやつ、サイモンは、水曜日に公園へやってきた。

「ヒッティ、待って！」と呼んで駆け寄ってくる。ぱたっと立ち止まると、数歩先からヒッティを見つめた。

　ふたりは着替えをあまり持ってきていなかったので、ジウスの母親、アデレードがヒッティにシャツとスカートをくれた。袖なしのシャツは夏の宵前の空のような青色で、ヒッティの長い赤茶の髪（ティモと同じ色だ）によく映えた。

　サイモンがうれしそうに尻をゆらゆらさせた。

「うわあヒッティ、今日はとても素敵だね！　すごくきれいな目の色だ。そういう髪型もとてもいいよ。まるで馬みたいで！」

　ティモは途中まで通訳していたが、馬にたとえられるのはヒッティが嫌がるかもしれないとやめる。もっともこの髪型は〝馬のしっぽ《ポニーテール》〟と呼ばれているから、サイモンも悪気はないのかもしれない。ジウスの母親がヒッティの髪を後ろでまとめるためにゴムバンドとやらをくれて、ティモもひとつもらってきた。マッドクリークはとても暑いし、ゴムバンドで長髪が顔にかからなくなるのは助かる。

「俺の妹はとてもかわいいんだ」とティモは妹を強調して言った。ヒッティの肩に腕を回す。

サイモンが重々しい息をついた。

「今、ちょうど昼ごはんなんだ。俺、犬のシェルターで働いてるんだよ。すごくいいところだ！　きみたちも見においでよ。サミーがボスなんだ。アラスカにも行ってたよ」

「サミーは知ってる。働いていたやつだ」とティモは胸を張った。

「バッチリだね」サイモンはヒッティから目が離せないようだ。「マッドクリークは気に入った、ヒッティ？　今度少しおしゃべりしないか？　六時に仕事が終わるから、その後」

「今からダイナーに行こうぜ」とティモはサイモンにいたずらな笑みを投げた。

悪くはないだろう。このふたりの組み合わせを認めるべきかを決めるユキはここにはいないが、ティモは乗り気だった。昨夜、ジウスは一緒に『プラネットアース』を見ようとヒッティを誘った上、カウチでヒッティをはさんでティモと逆側に座ったのだ。ティモはあれが嫌だった。ヒッティのことは愛しているが、ジウスの隣には座らせたくない。それに、ジウスがつがいの相手としてヒッティを見るのも嫌だ。

というか、ジウスはそうなんだろうか？　ティモではなくヒッティの隣に座りたがる理由が、ティモにはちっともわからないのだ。だが、つがいなんてありえない。ジウスはでかすぎるしヒッティは小さすぎる。うまく合うわけがない。それにユキだって駄目だと言っていた！

なのでティモは見事にひらめいて、サイモンを昼食に誘ったのだった。

三人はダイナーのテーブル席に座って、ティモはデイジーに、尊大な手つきを交えて、サイモンにもタダで食事を出すよう伝えた。

サイモンのほうがずっとヒッティに似合いだし、それにヒッティのことが好きだ！　ヒッティもサイモンのことが気に入ってるようだし。ティモはきりのないサイモンの質問とヒッティの答えを、喉がカラカラになるまで通訳した。そしてヒッティは、サイモンが仕事に戻ってからも一日中ずっと目をキラキラさせていた。

木曜にも、サイモンは彼らと一緒に昼食を食べた。その午後、ティモとヒッティは前より遠くまで道の先へ行ってみた。三人の〈二枚皮〉たちが家を建てているそばを通りかかる。その家は木造で、アンカレジで工事に加わった建物をティモに思い起こさせた。

「やあ、ティモ！」

作業中のひとりが大声で呼んで、腕を大きく振った。彼女は窓枠から飛び下りて駆け寄ってくる。見覚えがあった。黄色い髪の〈二枚皮〉、アラスカでジウスと一緒にいたひとりだ。

「ゴールディよ」とニコニコする。「忘れた？」

「俺は何も忘れない」とティモは答えた。

「へー、すごい！　マッドクリークは気に入った？　きっと物珍しいでしょ。少し変な感じがするんじゃない？」

ゴールディは若そうだが、胸元のボリュームからして子供というわけではないだろう。ほがらかであけっぴろげな表情で、ティモも好感を抱かざるを得ない。

「マッドクリークには別に変な感じはしない、問題ない」

ティモはそう答えて、ゆっくりまばたきした。

「よかった！」ゴールディがヒッティへ笑顔を向ける。「どうも、ヒッティ！　私の友達に会っていかない？」

ゴールディがほかのふたりの作業員を紹介した。ロウニー・ビューフォートはふさふさの黒髪と青い目をしていた。顔がよく、強そうで、腕利きの狩人になれそうだ。三人目はトプシィ、背が低く、灰色の髪はへたって、だみ声だ。盛り上がった筋肉で、肌にはしわがよっている。

ティモは日陰で休んでいるようヒッティに言うと、シャツを脱いで作業に加わった。

骨組みを上るのは気持ちがいい――大した高さではなかったが。釘を打ちこんだり板を運んだり、体を使うのも爽快だった。とても。役に立てているという実感。ジウスは毎日〝事務所〟に行っているが、ティモだってこうして働けるのだ！　作業員たちもティモを気に入って、いつでも手伝いに来てくれと誘った。

そこを後にしながら、ティモの胸は誇らしく膨らんでいた。建築なら、そう当然、お手ものだ！　マッドクリークの誰よりティモは強くて賢いのだ。

そうだとも！

金曜にもなると、海に揺れる氷の上に立つような気分はあまりしなくなった。マッドクリークに少しなじんできたのだ。それでもまだこの群れでの自分の序列がわからなかったし、ほかの誰の序列も、命令を下しているのが誰かも、町がどうやって機能しているのかもわからなかった。

金曜の朝、ヒッティは少し調子が悪くて町に行くのをやめた。ジウスは心配し、ヒッティを母親のところへつれていった。アデレードはジウスに耳打ちしたのだが、ティモにはすべての言葉が聞こえていた。彼女はヒッティがほとんど食べないことを心配し、ジウスも悩んでいた。ティモは、ヒッティは元からそうで、昔から食が細いのだと教えた。

ヒッティはカウチにいたので、ティモはその手を少し握ってやり、テレビを見ている彼女をそこに置いていった。ここならアデレードが一日中世話を焼いてくれる。

つい、ティモも母親が恋しくなっていた。母はヒッティとティモを産んだ後に死んでおり、それもまたヒッティの発育不良の原因になったのかもしれない。

ジウスが山から町まで車を走らせた。ジウスに自慢したくなったティモは、建築現場に直接下ろしてくれと指示する。ジウスは車を停めて、家を建てている仲間を見た——ゴールディ、ロウニー、トプシィ。全員が熱烈にティモに手を振っていた。

ジウスがもじもじと言った。

「きみは、別に働かなくてもいいんだよ」

「どうして?」

「だって……きみの仕事は、この町について学ぶことだったよね?」

「町についても学んでいる」ティモは肩をすくめた。「俺なら両方できる！」

「わかった」ジウスが弱々しく微笑んだ。「きみはゴールディが好きなのかい？　それとも……町で会ったほかの誰か？　その、特別な好意を？　つまり、誰か特別に気になる相手が町にいるとか？」

ティモはまたたいてジウスを見つめた。どういう意味なのかよくわからない。だがそう認めたくはなかった。

「まあな。『プラネットアース』は今晩見終われるよな、あと二話だろ！」ちゃんと数えているのだ。

「できると思うよ」

ジウスが静かな声で言った。奇妙な目でティモを見ていた。ゆっくりと手をのばして、ティモの髪に指をさしこむ。

ジウスを凝視し、ティモの心臓が胸の中で激しく鳴った。何をしているのだろう？　神経のすべてが研ぎ澄まされる。腕とうなじの毛が逆立った。ジウスの視線が口元に下がり、ティモは神経質に唇を舐めた。

そこでジウスが体を引き、指でつまんだ小さな葉を見せた。

「髪についてたよ」

「葉っぱだな」

ティモは間の抜けたことを言って、また足元の氷が揺らいだ気分になった。そばの窓がバンと叩かれる。ティモは狼を嗅ぎつけたカリブーのようにとび上がって、そちらを見た。

ゴールディだった。満面の笑みで目を輝かせ、熱心に手招きする。ティモはドアを開けた。

「ほら、ティモ！　来るかと思ってハンマーを余分に持ってきたんだよ。これで私のを使わなくていいね。おいでよ！」

彼女はティモの腕をつかむと、車外に引っ張り出した。

一度だけ振り向くと、ジウスが窓からあの葉っぱを捨てて、地面に舞い落ちる葉を沈んだ顔で見送っていた。

16　犬とヒトについて

ジウス

土曜日の朝、ジウスは早くに起き出した。彼の〝逃避、否定、回避〟戦略の一環だ。今週ずっと、ティモが眠ってからベッドに入り、ティモが起きる前に抜け出した。おかげで勃起で気まずくなることは避けられたが、ジウスはへとへとだった。

キッチンに入ってコーヒーをポットいっぱいに作る。ぼやけた目であくびをした。カウチで眠ればいいのだろうが、うまい言い訳を思いつけないのだ。嘘をつくのは本当に苦手だ。害のない嘘でさえ。それに、本当のことなんかティモに言えっこなかった。

何とかのりきれる、と自分に言い聞かせる。

テーブルに座って新聞、コーヒー、ピーナツバタートーストに囲まれていると、ティモがやってきた。はつらつと、生き生きしている。

「土曜だぞ！」とうれしそうに言う。「遊ぼう！」

ジウスは鼓動が激しくなってきていたが、眠そうに顔を拭った。

「だけど……今日は出勤しないと」

ティモがしかめ面で腕組みした。

「どうして俺に怒ってるんだ？　俺のせいだろ？」

「え？　怒ってなんかいないよ。どうしてそんな——違うって」

「働きすぎだろ。土曜に仕事なんかない！　ヒッティを、カウチで俺たちの間に入れたし。それに、俺が眠ったと信じてからやっとベッドにやってくる」

ティモは心底傷ついてるように見えた。しまった。ジウスの頬が熱くなる。気がつかないようにと祈っていたのに。ないがしろにされていると、ティモに思わせたくはなかった。そうではなく、ただ……ジウスは少し、自分を守ろうとしていただけなのだ。

「きみに怒ってなんかいないよ、ティモ。本当に、そうなんだ」

ティモはゆっくりまばたきしているが、しかめ面のままだ。

ジウスは唾を飲んだ。

「だから。そう。僕は、今日休んでもいいよ。大丈夫だ。何かしたいことはあるかい？」

ティモの顔が輝いた。

「いいね！　毛皮になって山を走ろうぜ」

駄目だ、まずい。ジウスは絶対にそれはしたくなかった。犬の姿のティモは、あまりにも、魔法みたいに素敵なのだ。

「なあ、動物園はどうだろう？」と提案した。「ここから割と近くに野生公園があるんだよ」

「野生……公園？」

「『プラネットアース』みたいな感じだよ。ただし、実物の」

それに番組よりはるかにずっと陳腐だが。マリポサの野生公園は小さなものだし。とは言ってもティモは気に入るかもしれない。

ティモはニヤッとした。

「いいぞ。その野生公園ってやつに行こう」

ヒッティがキッチンに入ってきた。ジウスの母が持っていた古い花柄のローブを着ている。ほぼ毎日、ヒッティはジウスの母のものを身につけていた。両親がこんなに彼女を気に入ってくれてジウスもうれしい。

ヒッティは冷蔵庫へ行くと、オレンジジュースを取り出した。とても小さなグラスに自分の分を注ぐ。

「やあ、ヒッティ」ジウスは声をかけた。「一緒に野生公園に行かないかい？」

ティモはジウスに向かって目を細めたが、ヒッティのために通訳していた。ヒッティは赤茶の髪を骨ばった肩の後ろに払うと、おざなりな笑みをジウスへ向けた。キミッグの言葉で何かを言う。

「ヒッティは今日はほかのことをする」ティモがきっぱり言った。「彼女には予定がある」

そうなのか。

「うん。わかった」とジウスは言った。

ヒッティはグラスを持つと、キッチンからひっそり出ていった。

となると、あとはジウスとティモだけになる。しまった。だがジウスにもできるはずだし、恋心を隠し通せるはずだ。何とかなる。

ティモが奇妙な表情でジウスを眺めていた。

「ユキは、お前とヒッティはつがいにならないと言った。あの子は小さすぎる。そういうことだ」

「知ってるよ」

ジウスはティモの視線を避けてコーヒーを飲んだ。

動物園に入って五分も経つと、ジウスはここに来たのはとんでもない間違いだと悟っていた。ふたりはバッファローの檻の前にいた。ティモはフェンスにはりつき、指でワイヤーを握りしめながら大きな雄のバッファローをじっと凝視していた。三メートルほど向こうでふわふわしたロール状の緑の干し草を食べている。

ティモは体をこわばらせて、それを見つめていた。喉で低くうなったが、ジウスには意味がわからない。バッファローは顔を上げてしばらくティモをけげんに見つめ、鼻を膨らませていた。またうつむいて食事に戻る。

ティモはフェンスを離し、背を向けた。顔には悲しみが刻まれていたが、ジウスに見られていると気付くと、表情を消して無関心を装った。

ジウスは近づく。必要ならティモからさわれるくらいに近くまで。手をジーンズのポケットにつっこんだ。

「ホームシックになった？」

「それはどんな意味だ。ホームシック？」

「家が恋しいという意味だよ」

ティモはため息をついた。

「ああ。ホームシックだ。谷に、今の獣の群れがいるんだ。ヒゲのやつ、と俺たちは呼んでる。ほら、あるだろ――」と顎をさする。「お前たちは何と呼んでる？」

「バッファロー」

「ふうん。アンカレジにも動物園はある。においはしてくるが、俺は入ったことはない。金を取られるし、獣が見たければ何だろうと谷に行けばいるからな」

ティモが胸を張る。

故郷について語る時のティモはいつも誇らしげだ。それを見るとジウスの心は波立つ。ティモの態度は傲慢と取られかねないものだったが、それも愛ゆえだとジウスは知っている。それと、きっと少しの虚勢と。

「そうだね」ジウスは足をもぞもぞさせた。「この動物園は、なんか、駄目だったね。何ならもう帰ろうか」

「いや。お前が俺のぶんも払って入ったんだ。なら全部の獣が見たい。サルはいるのか？　あのオレンジ色のやつは」

オランウータンのことだろう。

「どうかな。ここにいる動物はアメリカにいるものがほとんどだと思うよ。オランウータンはアフリカだ。ええと、地球の別のところだ」

ティモが鼻をうごめかせた。

「覚えている。『プラネットアース』で。次は何だ?」

彼らは歩きつづけた。ティモが気に入ったものもあった。二匹の子ギツネがいるキツネを見て笑っていた。ヒョウにも見入っていた。看板によれば、この大きなネコ科動物は個人に飼われていたのが動物園に寄贈されたとのことだった。そのヒョウは一辺五メートル弱の檻の中で、木陰に寝そべっていた。中には木造の小屋があり、草はほとんどない。

そのヒョウは憂鬱そうに、ジウスからは見えた。無理もないだろう。ネコ科動物は犬たちのように群れる気質ではないが、それでもずっと孤独だなんて、想像を絶する恐ろしさだ。見つめているティモの真剣な顔にも同じ思いがにじんでいた。

彼らは園内唯一のフードコーナー〈スナック・シャック〉で昼食を食べた。ピクニックテーブルには古びた緑のパラソルが立ち、日差しをやわらげている。気温が高い日で、ジウスは汗をかいていた。ヒトの姿でいる時もやはり暑いのは苦手だ。

ティモも暑さがこたえているように見えた。座った後、髪からゴムバンドを取ると、首を振って髪を広げ、風で冷やしていた。ゴムを戻そうとしたが、ジウスはその腕にふれる。

ティモが彼を見て眉を上げた。

「髪を……下ろしたままにしてくれないか?」

「どうしてだ」

いい口実が思いつかない。

「僕が……いいと思うから？」

ティモはけげんに首をかしげ、ジウスの顔をじろじろと見た。肩をすくめてゴムバンドをポケットにしまう。

ジウスは内心、自分を蹴とばしていた。言わなきゃよかったのだ。顔がカッと熱いのは、朝から日なたにいたせいではない。ただ……今日のティモは美しかった。白い半袖のTシャツ、ジーンズ、靴、というだけの格好だ。だが彼を輝かせるのに余計な飾りなどいらないのだ、雄々しい鹿と同じく。狼とか。ティモの空色の瞳はとても澄んでいて、冷たく見えてもおかしくないほどだ。だがそんなふうに見えたことはなかった。その目は生命力やユーモアにあふれ、山の清流のように濁りがない。赤茶の髪は陽を受けると赤みが増し、豊かに輝く。

だからジウスは、ただ……。

ジウスは自分のグリルチーズサンドに集中して、六口で食べてしまった。

食べ終わって気付くと、ティモのほうはサンドイッチを食べる口が重そうだった。

「野生の獣を捕まえてきて檻に入れるのは、よくないことだ」ティモが心を決めたようにそううなずいた。コーラに口をつける。

「うん。そのとおりだ。いいことじゃない」

ジウスへ、ティモが批判的な目を向ける。

「だがマッドクリークの〈二枚皮〉も同じだろう。お前たちは喜んで町で暮らしている。でかい檻みたいな町で」

ジウスはうーんとうなって、考えこんだ。

「そうじゃないと、僕は思うけどな。出入りが自由なら檻ではないよ。友達がみんな一緒だし」

ティモは首をひねってから、同意の呟きをこぼした。

「たしかに、それもそうか。マッドクリークのクイックたちは、あのヒョウとは違う」

「うん、違う。僕らはああじゃない」

自分のグリルチーズサンドにかぶりついたティモは、じっくり考えこんでいた。

「それに、お前らはその気になればいつでも、毛皮になって山を駆け回れるしな」

「そうだね」

ティモのうなずき。

「マッドクリークは動物園とは違う。ただ……」

そこでためらい、伏し目がちにジウスをうかがう。

「言ってよ、ティモ。どう思ってるのか聞きたいんだ。気を悪くしたりはしないから」

不思議がるようなティモの笑みは、ジウスの機嫌を取ることなど初めから頭にもなかったようだった。ティモの自負心の強さからいって、そのとおりかもしれない。

「お前たちは家に住み、テレビを持ち、電気があり、トイレやカウチもある。写真、本。それに郵便局や銀行がある」

「そういうものをいいとは思わないってこと？」

ティモが首を傾けた。

「悪いものだとは言ってない。だがそういうものを得るために、お前たちは〈毛皮なし〉の世界に住まないとならない。物を買うために〈毛皮なし〉の金をたくさん稼がないとならない。〈毛皮なし〉にたよった暮らしになる。俺たちはキミッグだ！　俺たちはそれは嫌だ」

集中した顔で、何かを必死に考えようとしているようだった。

「そこが違うんだ。お前たちは〈毛皮なし〉が好きなんだよ。群れの中にも〈毛皮なし〉がいるだろう。マットやティム。ほかにも」

「そのとおりだね」

「だが、獣はそんなことはしない。狼は〈毛皮なし〉たちをわざわざ求めない。カリブーもそうだ。『プラネットアース』にいたすべての獣たちも」

その指摘は興味深く、ジウスはこの会話を楽しみはじめていた。

「でもそういう獣たち、人間を避けている動物たちは、〝種火《スパーク》〟を得ることもないよ。その動物たちが……それ以上になることはない」

ティモが目を細めた。「どういう意味だ？」

「きみたちの祖先がイヌイットのところでソリ引き犬として飼われていなければ、イヌイットたちと仲良くなってなければ、きみたちは犬のままだったんだ。〈二枚皮〉になることはなかった」

「そりゃ言い伝えはそうだが」ティモは懐疑的だ。「でもただのお話だろ」

ジウスは力強く首を振った。

「ううん、それが真実なんだよ、ティモ。僕らクイックたちが〈毛皮なし〉の世界を愛しているのも、僕らの心がありふれた人間の在り方を好きになるのも、きっと、僕らが犬だからなんだよ。犬は何千年も何万年もヒトと一緒に生きてきた。それが僕らなんだ。ヒトと力を合わせてきた、それが骨に染み付いている。きみは、〈毛皮なし〉の世界とつながりたいという願いを持ったことはないの？　だからアンカレジで働いていたんじゃないのか？」

これまで格別不思議に思わなかったジウスだが、考えてみればキミッグたちが――そのほとんどが――外界との接触を極端に避けて孤立しているのは奇妙だった。イヌイットたちですら、キミッグ側から関わりを避けられているとはっきり言っていたくらいだ。キミッグはすっかり野生化するうちに、人間によりそいたいという本能も失ったのだろうか？

ティモがまばたきをした。

「いいや。俺がアンカレジに行ったのは、ユキから逃げ出すためだ」

あんまり当たり前のように言うので、ジウスはつい微笑んだ。

「興味もあった」とティモが白状する。

「僕が会ったユキの感じだと、きみが行くのをよく許したね」

ティモは、空を長いこと仰いでいた。

「……俺はユキに、新しい〈二枚皮〉を探すならアンカレジでしばらくすごさないと、って言ったんだ。賢いだろう、ああでも言わなきゃユキは絶対に承知しなかった」

「ああ……」

いきなり胸がズキッとした。新しい群れの仲間を見つけることがティモとユキにとってとても大事なのだと、ジウスもよくわかっている。

「最初の夏は、俺ひとりで行った」

「勇敢だね！」

ティモがうれしそうに笑う。

「勇敢だろ！　俺は塔に上るのが得意で、ほかのことは〈毛皮なし〉から教わった。あいつらの道具の使い方とか。溶接。リベット打ち。俺はとても上手なんだ」

「だろうね」

「二回目の夏に、カプンとヌーキをつれていった」

「ヒッティも」

ティモが唇を舐める。

「ヒッティは三度目の夏に来ただけだ。俺がいない間、里にいるのが嫌だと言って」

そうなのか。ジウスにも気持ちはわかった。ティモがいないと世界はちょっとばかり曇って見える。ジウスの胸に愛しさが、痛みとともに広がった。

「うん、きみがアンカレジで働いててくれてうれしいよ。でなければ一生出会えなかったと思うから」

ジウスとティモは、長い間お互いを見つめ合っていた。

「俺がアンカレジで働いていなかったら、お前に会うことはなかった。マッドクリークへ来ることもなかった。それは、とても悲しいことだな」

ティモの声も真剣だった。

ジウスは、顔をそむけなければならなかった。空咳をする。

「だね。とにかく。あれは本当のことなんだよ、〝種火《スパーク》〟を得てクイックになるのは、人間と深い絆を結んだ犬だけなんだ。ヒトの姿や犬の姿になれるのはすごいことじゃない？　だって、きみはただの狼でいたいって思う？」

下を向いたティモが、ジーンズに親指をなすり付けた。

「ただの狼でいるほうが、死にかけた群れの〈二枚皮〉でいるよりはマシだな」

軽い口調で言っていたが、それでも——きつい。深々と、ジウスの心が痛む。こらえきれずにティモの手をつかんでいた。

「ああ、ティモ。ごめんよ」

「何であやまる？」

「きみの群れが大変な目にあっているのが悲しいんだよ。でも、ほら、ジェイソン・クーニックがもうじき戻ってくるから。明後日。彼なら助けになってくれる。マクガーバー医師《せんせい》も、きっと。僕らが力になるよ、ティモ。約束する。きみの群れを助けられるなら、僕らは何でもするよ」

ティモが鼻にしわを寄せて、雲を見上げた。

「鳥を見に行こうぜ」

立ち上がったが、まだジウスの手を握ったままで、テーブルからジウスを引き離した。

それから一時間、ティモはジウスの手を離そうとしなかった。彼らはハゲワシを見て、七面鳥を見て、コウモリやイノシシを見た。いくらかおかしな目を向けられもしたが、ティモは気付きもしていなかった。そしてジウスは——。

ジウスは、決してこの手を離すつもりはなかった。

17　からっぽの毛布

ティモ

月曜の朝、ジウスにダイナーまで送ってもらうと、ティモは恐れと希望が入り混じった思いでヒッティをつれて中へ入った。

「おはよう、僕はマイロ！」

ほっそりした、金茶の巻き毛と緑の目の若者がテーブル席から立った。ティモをたっぷりハグする。彼の活力は、ティモが感じたこともないほどのびのびしてしなやかだった。

それから、マイロはヒッティをハグする。その肩ごしにヒッティがティモへ笑顔を見せた。雄弁な目をしていた。

（ね、ティモ？　あたし、この町が大好き。ティモも好きになれない？　お願いだから）

ヒッティは、前にティモにそう伝えてきた。彼女は里に帰りたくないのだ。ティモとしても怒れなかった。カウチだってあるし、毎回素晴らしい食事が出てくるし、マッドクリークの町民たちはヒッティを対等に扱って、里の誰かのように——とりわけティモがそばで守ってやれない時——群れの底辺だと見下したりしない。

マイロは満ち足りた吐息で、ヒッティから離れた。

「こっちに来て、座って。ここのハンバーガーもう食べた？　すごく、すっごくおいしいよね！　僕の一番はフライドポテトなんだけど」

「ああ、ここには何度も来ているからな」ティモは胸を張った。「ハンバーガーはうまい。アラスカのカリブーもうまいぞ」

「すごい！　わくわくするね。いつか僕も行けたらなあ」

マイロは彼らをつれてテーブルに戻ると、ドクター・ジェイソン・クーニックと引き合わせた。ジェイソンはとても地位の高い〈二枚皮〉のようだが、彼も群れのアルファではない。

ティモは一目で、ジェイソンにハスキー犬の面影を見てとる。薄いクリーム色の肌、黒い縁取りのある淡い青の瞳と、艶のある黒髪の質感にはなじみがある。ティモの群れにいてもおかしくない。ただしこの男は眼鏡をかけてボタンダウンのシャツを着込み、テレビのアナウンサーのようなしゃべり方をしていたが。

マイロはジェイソンと向かい合う席へ滑りこむと、隣にヒッティを手招きする。なのでティモはジェイソンの隣に座った。外側にいるほうが落ちつくのだ、一瞬で席をとび出せる。ジウスはあの後またジェイソンの目的を説明しようとしたのだが、ティモとしてはまだ〝血液検査〟とやらを怪しんでいる。いくらジェイソンの姿に親近感を抱いても。

一行は注文を決めた。ティモはハンバーガー二つとポテト、チョコレートシェイク――いつものメニューだ。そしてヒッティはいつものチョコレートシェイク。

「シェイクだけ？」マイロがにっこりとヒッティにたずねた。「グリルチーズサンドもおいしいんだよ」

「妹はあまり食えないんだ」とティモは言った。

マイロが「どうして？」とまばたきする。

「肉を食わない。パンも。昔からそうだから」

ヒッティをかばいたい思いに駆られる。ジウスも彼の母親も、ヒッティを心配していた。だがヒッティ自身にはどうしようもないことだし、同情されたがらないのもティモは知っていた。

「そうなんだね」マイロはあっさり言った。「ヒッティ、僕はチョコレート・ペパーミント・ミルクシェイクが大好きなんだよ。飲んでみたくない？」

デイジーがテーブルまでやってきた。

「ようこそティモ！　ようこそヒッティ！　来てくれてうれしいわ！　いらっしゃいマイロ！　どうもジェイソン！　あらあら、みんなお揃いでうれしいこと。仲良しなの？」

「これはむしろビジネスランチだ」とジェイソンが堅苦しく言った。

「とても仲良くなれると思うよ！」マイロがニコッとする。「あとね、ヒッティがチョコレート・ペパーミント・ミルクシェイクを飲んでみたいって」

全員が注文し終わるとデイジーは下がって、ジェイソンがペンと紙を取り出した。

「よし。さて。ではまず基本のところからだ、ティモ。ジウスから聞いた話では、きみたちのクイックの群れはアラスカの人里離れたところで暮らしているそうだな。間違いないかね？」

ティモがうなずくと、ジェイソンが紙に何か書きつけた。

「では、きみたちが人間から隔絶された暮らしを始めてから、推定何年ほどになる？」

考えてはみたが、ティモには数え切れないほど長い時間のことだった。

「たくさんだ、祖父の祖父にさかのぼって」

ジェイソンが眉をしかめてペンをコツンと鳴らす。

「それは百年前かね？　それとも二百年前？」

ティモは、壁を眺めた。白い壁に何枚もの額入り写真が飾られている。古いものから最近までの町の写真だ。写っている誰もがそれは幸せそうだった。それを見ていると、里が恋しくなる。

「ハニー、ティモは知らないんだよ」マイロがのどかに言った。テーブルごしにのばした手をジェイソンの腕にかける。

ジェイソンがふうっと息を吐いた。

「そうか。なら〝何世代も前から〟としておこう。では……きみの群れには、幾人のクイックがいる？」

「二十八だ。二十九だったが、去年ふたりの灰毛を失ったし、生き延びた仔はひとりだけだった」

紙の上でペンを浮かせたジェイソンが、ぎょっとティモを見た。

「二十八名。群れ全体でか？　たしかかね？」

「数くらい数えられる」と言い返して、ティモはイラッとした。それに続いて絶望が忍び寄ってくる。ジェイソンのことがどうも気に食わない。ジウスに、ジェイソンなら助けてくれるかもと希望をもらったのに。もし無理だったら……。

デイジーが飲み物を運んできた。ティモは、ヒッティがストローの紙を外してミルクシェイクを少し飲むまで見守っていた。彼女はティモにうなずいてから、マイロににっこりと微笑みかける。

「これ、おいしい」と英語で言った。どんどん言葉を覚えているのだ。とりわけサイモンと話すようになってから。

マイロも自分のシェイクに口をつけた。

「うーん、うまい。今日みたいに暑い日には、特においしいよね？」

「うん。あつい」ヒッティがティモに内気な笑みを見せる。

「ゆっくり飲め」ティモは自分たちの言語で注意した。

ストローをくわえたヒッティが目を伏せる。

ティモは自分のグラスをつかんで座り直した。その時になって、ジェイソンの膝にマイロの足が乗っていて、ジェイソンが右手で書きながら左手をマイロの足首に置いているのが見えた。

「あんたたち、つがいなのか」

ティモの大声に、いくつかの頭がこちらを振り向いた。自分が間抜けに思える。だが驚いたのだ。

「ああ、ティモ。我々はつがいだ」とジェイソンが誇らしげに言った。

「つがいなだけじゃないよ。結婚してるんだ！」マイロが手の指輪を見せる。「ジェイソンは僕の夫なんだよ」

「もう二年になる」ジェイソンもやわらかな笑顔をマイロへ向けた。

ティモは唇を舐め、指輪へ目をやった。金色でピカピカしている。それが何かの身分を表すことはティモにもわかったが、どういうことなのかはわからない。

心を読んだかのように、マイロが話してくれた。

「つがいを見つけて、その相手とずっと一緒に家で暮らしたいと思ったら、結婚するんだよ。そうすると友達とか牧師さんとか町長さんとか、そういうひとたちとパーティーをするんだ。式を挙げて、みんなの前で永遠に一緒にいるって誓うんだ。それから書類にサインをする。そうすれば州や国や世界中に、ふたりがつがいだと知らせられるし、誰も割って入れないんだよ」

「法的な結婚には利点がある」とジェイソンが同意した。「たとえば私の身に何かあれば、財産はすべてマイロのものになる。自動的に」

「それに、僕の身に何かあったら」とマイロが続く。「僕が入院したりしたら、ジェイソンは付き添えるし、お医者さんと話もできる。僕がちゃんと看てもらえるように。僕自身が決められないような時でもね」

まだ謎の多い話だったが、ティモにも大まかなところはわかった。〈毛皮なし〉の世界で働く時にも書類が必要だったものだ。ティモの群れよりずっと〈毛皮なし〉のやり方に近いマッドクリークで、そういうことがあるのは納得がいく。

「だが、どうして……」言葉を切り、ティモはふたりを交互に見た。「両方とも雄だろう。どうしてつがいになった？」

マイロの胸元を見る。Tシャツを着ているがマイロは雄に見えた。においも雄のものだ。このふたりとも。

「そういう組み合わせを、ほかにも、マッドクリークで見た。どうしてそんなことをするんだ？」

前から不思議だった。だがどうしてか、ジウスには気恥ずかしくて聞けなかったのだ。

マイロが笑い声を立てた。

「僕らはね、絆を結んだ相手——恋をした相手、一番の友と結婚するべきだと信じてるんだよ。それが同性だったとしてもね」

ティモはシェイクをもう一口飲んだ。疑いの目つきでまたマイロとジェイソンを見比べ、このふたりのどちらが格下なのかと勘ぐる。マイロだな、と見当をつけた。マイロのほうが小さいし、ジェイソンのほうが賢そうだ。

どうしてマッドクリークでは序列を見抜くのがこんなに難しい？　頭がどうにかなりそうだ。

ジェイソンがティモに半身で向き直った。

「では、きみの話では、群れの総数は二十八名。ほかにきみらの知っているクイックはいるのだろうか？　アラスカに？」

ティモは首を振った。数が少ないことに、ジェイソンは驚いたらしい。不意にティモは、これほどキミッグの数が少なくてはマッドクリークが興味を失ってしまうのではと思う。

「それと、去年二名の〝灰毛〟を失って仔がひとりだけと言ったな？　クイックの赤ん坊のことだろうか？　そう取っていいのか」

「そうだ」

ジェイソンは考えこんでいた。パチパチとまたたく。

「たとえ人口が二十八名だろうと、生殖適齢期が正規分布どおりと仮定して、避妊しないのであれば、一年間に四から六件の妊娠があると予測できる。そしてクイックたちは多胎出産が多い。それは通常のことなのか？　一年間に新生児がひとりというのは？」

ティモの中で、自分の群れについての話しづらさが増していく。群れが問題を抱えていると、ジウスに言うだけでも精一杯だったのだ。ジェイソンに、まったくの他人に——そしてマッドクリークの群れでの重要人物に、それを認めるのは裏切りのように思えた。キミッグの群れの弱さをどうしても認めたくない。

それに危険でもある。ティモは出口へ視線をとばした。

マイロが口をはさんだ。

「ティモ、僕らは助けたいだけなんだ。ジェイソンは世界で一番クイックについて詳しい専門家なんだよ！　本当だよ。ジェイソンに群れのことを話してくれたなら、きみたちのために、僕たちのために、みんなのためにきっと何かできるはずだよ」

ティモは鼻にしわを寄せた。そう、ジウスも同じことを言っていた。マイロの目をのぞきこんだが、そこには一片たりとも不穏なものはなかった。

ティモはため息をつき、背すじをのばした。

「前の冬からその前の冬までの間で、三腹、仔が宿った。ひと腹は、腹の仔が大きくなる前に流れた。もうひと腹は仔がひとり生まれたが、息をしていなかった。あとひと腹からはふたり生まれた。両方とも生きていたが、片方は一日の命だった。片割れはまだ生きていて健康だ」

席の上で体をずらし、ジェイソンを見られる体勢になった。相手の目を見つめ、じっとにらむ。これ以上失うものなんて何がある？　今は強さを示す時だ。

「元気な仔犬《こども》がどうやれば生まれるか、教えてくれ。マッドクリークにはたくさんいるだろ。ここに着いた日、公園で、母親に抱かれている赤ん坊が十はいた。健康な〈二枚皮〉の仔だ。それに駆け回る仔どもたちもたくさんいた。あれは、あんたが何かしてるのか？」

ジェイソンは面食らった様子だった。眼鏡を外して片方のレンズを磨きはじめる。

「私は何もしていないよ、ティモ。だが確かに、この町には十分な人口があって生殖の問題も起きていない。きみたちの赤ん坊についてもっと詳しく教えてくれ。覚えていることがあれば、何でも」

なので、ティモは話した。仔が胎《はら》の中で育たないうちに母親から出てきてしまうことがあるのを。産まれた仔が問題を持っていることがあるのを——頭が大きすぎたり肌が裂けて臓器や骨が見えていたり。だがもっとも頻繁で、もっとも恐ろしいのは、多くの赤ん坊が命なく産まれてくることだった。見た目は完璧な、小さなキミッグの赤ん坊。髪もすでにふさふさして、顔も体もちゃんと育っているのに、息もしていなければ命の気配もない。

あの赤ん坊たちが、ティモは恐ろしかった。いや赤ん坊がではない。怖いのは、いつか自分が小屋の外で待つ父親のひとりになって、希望を抱き、未来に夢を見ている時、毛布に包まれた命なき重さを手渡されることだ。そしてその後、その毛布は洗われて干される——からっぽのまま。

駄目だ。嫌だ。ティモの群れでは、つがいになることは重大な問題で、そこには嘆きの鎖が絡みついている。そしてティモはまだ若い。とらわれずにすごしていたい。心痛の重さに耐える覚悟なんかまだない。

だから責任から逃げていた──タピーサ、ジシカ、ウミ、ほかの雌たちから。確かに彼女たちは群れの仲間で、魅力を感じるには見慣れすぎてもいる。だが……それだけではないのだ。悪ガキの笑顔でユキをかわしてきた。事態には、軽々しいところなんかひとつもないのに。

どうしてこんなことが起きている？　何故だ？

ティモはジェイソンに、脚が動かなくて腕だけで動き回る老いたキミッグのことを話した。消えない犬の尾を持って産まれたもののことを。ジェイソンはとりわけそれに興味を持っていた。

キミッグたちは、健康な仔が産まれると群れをあげて祝った。今、里では四人の子供たちがすくすく育っている。だがティモが同じくらいの年だった頃には、十以上の子供たちがいたのだ。それですらティモの親の時代より減っていた。だからその点も、とても不安だ。

ジェイソンは、すべてを書き留めた。

彼は眉をしかめ、ためらってから問いかけた。

「ジウスによれば、きみたちの群れは元はイヌイットのソリ犬だったと言うが。真実かね？」

「言い伝えではそうなってる」

「では、イヌイットのところを去った時、群れが何名だったかわかるかね？」

ティモは首を振った。

「群れがもっと大きかった頃があることしかわからない。今の五、六倍は。俺のじいさんより前のことだ」

「これは、ただの仮説だが」ジェイソンが熟考している声で続けた。「十頭あまりがイヌイットから離れたと、そう仮定してみよう。そして何世代も、お互いだけしか繁殖相手がいない環境だった。しばらくは増えることもできただろう。だがいずれ、限られた遺伝子プールの中では、破綻が訪れる。きみたちの現状はそういうことなのかもしれない」

破綻、という言葉が何を意味するのかティモにはわからなかったが、いい響きではなかった。

彼はヒッティへ目をやった。いつのまにかマイロがすぐそばに座って、ヒッティの肩の後ろでブースの背もたれに手をのせている。もう片手をヒッティの腹のあたりに、みぞおちのすぐ下にのせ、マイロは目をとじて、何かを考え詰めているようだった。

ヒッティに身構えた様子はない。ストローからミルクシェイクを飲みながら、ジェイソンとティモを、会話についていこうとするように見比べていた。

何も痛いことはされていないようだ、とティモは判断する。なのでジェイソンのほうへ向き直った。

「いいかね」ジェイソンが続ける。「近親者同士で子を作ると――たとえばきょうだいで――

異常を持った子が産まれてくるリスクが高まる。つまり――」

「そんなことは知っている」ティモは馬鹿にされた気がして語気を強めた。「俺たちだって能無しじゃない。うちの群れでは同じ母親の〈二枚皮〉同士はつがいになれない」

ジェイソンは紙をペンで叩いた。

「ふむ。それはいいことだ、ティモ。だがそれでも、いとこ同士、またいとこ同士と、幾度も、何世代も重ねられていくと、いつか遺伝子プールは――」

「ほかを探そうとしたんだ！　アンカレジにも探しにいった」

ティモは悔しさを呑みこんだ。ジェイソンに怒っているわけではないが、ひどいだろう、彼の群れがあんなにもがいている間、このマッドクリークでは……ティモはテーブルを見下ろした。

そして今やジェイソンに、ティモたちの群れは病んでいるからいいつがいにはなれないと知られてしまった。話したのは失敗だった。ジェイソンは口では否定しているが、マッドクリークのつがいの形にどこかで関わっているに違いないのだ。これで、ジェイソンは町の皆に、キミッグたちとはつがいになるなと言うに決まっている。

自分がこんなに弱く、こんなにちっぽけに感じられたことはなかった。

マッドクリークは、何だろうとキミッグたちに与えられる。だがキミッグ側は何を差し出せばいい？　ティモはもっと賢く立ち回るべきだったのだ。もっと……うまくごまかしたり。

「きみたちはアラスカでほかのクイックを探したが見つけられなかった、ということか？」ジェイソンがたずねた。単に知りたいだけで、見下されている感じはない。だからティモは答えた。

「そうだ。いくらかはいた。長い間には。だが俺が産まれてからは、たったふたりだけだ」

「ふうむ……どれほど私の心が鷲摑みにされる話なのか、とても言葉では表せないな！」ジェイソンの声は熱っぽかった。「是非きみの村に行って、遺伝歴を調べたいね。今日きみとヒッティの血液サンプルを採取させてもらえれば、どこを重点的に調べるべきか、大まかに絞り込めるはずだ」

ティモはぽかんと、ジェイソンを見やった。ジェイソンに嫌悪の色はない。それどころか興奮していた。猛烈に何かを書き留めている。

「あんた、助けてくれるのか？　俺たちが元気な仔を作れるように？」とティモは切りこんだ。

ジェイソンが書く手を止める。眼鏡を押し上げた。

「うむ。ああ。できると思うね。私個人がではないが、原因を特定してどのような選択肢があるか私なら見つけられるだろう。まずはリサーチだ。これまで小規模の遺伝子プール内で起きる問題について研究した経験はないが、おそらく――」

ヒッティが喉をつまらせた――深い喘ぎを立てて。ティモは席からとび出していた。ヒッティの顔を両手ではさむと、チョコレートミルクシェイクが彼女の口からあふれ出した。目が見開かれている。

「息をしろ」ティモは指示した。「吐き出せ、ヒッティ。息をしろ！」

マイロもそばで、彼女の背をさすりながら心配そうに顔をこわばらせている。

「大丈夫だよ、ヒッティ。大丈夫だから」

ヒッティが喉を詰まらせた時はいつもだが、これが命取りになるかもしれないという恐怖で心がひんやりする。ヒッティがもう息を取り戻せないんじゃないかと。

彼女の口にナプキンを当てた。自分たちの言語で低く励ましつづける。ヒッティが注目されたくないのを知っていたので、ダイナーの客たちの目から自分の体で隠そうとした。

何秒か、喉を詰まらせてから、ヒッティが生クリームの塊をナプキンに吐き出して、また呼吸を始めた。疲れ果て、マイロにぐったりと寄りかかる。褐色の肌は冷えきって汗ばみ、首筋で乱れる脈が見えた。この発作はとても苦しいのだ。防げるならティモは何だってするだろう。

ティモを見上げたヒッティの顔は、申し訳なさそうに歪んでいた。「ごめんね」とキミッグの言葉で言う。

「お前のせいじゃないさ」ティモは彼女の髪をなで付け、額に頬ずりした。「もう大丈夫だ、ヒッティ」

マイロの手がティモの腕にのせられ、注意を引いた。ティモが顔を向けると、マイロは難しい顔をしていた。

「みんな。ヒッティをマクガーバー先生のところへつれていかないと。今すぐに」

18　ヒッティの決断

ジウス

「ヒッティの状態はきわめて深刻です。このまま放置すれば、おそらく一年ともたないでしょう」

その言葉がジウスを恐怖で貫く。ヒッティの調子がよくないのは知っていた。彼も母も、ヒッティのことを心配していたのだ。だがここまで深刻だなんて想像もしていなかった。

それに、ジウスがこんなに怖いのだから、ティモは一体どれほどつらいのだろう。彼の空色の瞳はまたたきもせず医師を凝視し、重々しい顔して、本音をちらともものぞかせない。

彼らはサクラメントにあるサッター病院の、グリンゴールド医師の診察室にいた。昨日、マクガーバー医師（マッドクリークの獣医かつクイックたちのかかりつけ医だ）がヒッティのレントゲン写真を撮り、急いであちこちに電話をかけたのだ。それでこの地域で指折りの耳鼻咽喉医、グリンゴールド医師に見てもらえることになった。なので今朝、ヒッティをつれて車で山を下り、ヒッティはバリウムを使っての嚥下造影検査を受け、レントゲン写真を撮った。

今、モニター上では、ヒッティの弱った体の内側が映し出されている。いい話ではなかった。

ティモの拳が太ももの上で白くなるほど握りしめられた。

「もう一度見せてくれ」と医師のコンピューター画面へ顎をしゃくる。

グリンゴールド医師がペンを使って、ヒッティの体中央にのびる白い線を示した。

「これがヒッティの食道です」と下にすべらせていくと、白線が黒く変わった。「ここに食道狭窄《きょうさく》がある。つまり食道が、この部分で異常なほど狭くなっています。お話では、生まれつき食が細いと？」

ティモが固くうなずく。

「ならば、おそらく先天性のものでしょう。この細くなっているところがわかりますか？　ここに食事がつかえてしまうんです」

医師は親指と人差し指を丸めて、小さな輪を作った。

「ここの開口部は、これより狭いでしょう。そうなるとヒッティが飲みこんで胃に届けられるものはとても限られる。彼女はほぼ飲み物しか取らないと言ってましたね。大きさのあるものを食べようとしたり一度に多く飲みすぎると、喉が詰まって吐き出してしまう？」

「そうだ」

「ふむ、妹さんが虚弱なのはそのためです。血液検査によれば、総蛋白が極端に低い。カルシウムの値も異常に低く、それによって骨密度も低いため、骨折のリスクが上がっている。血中尿素窒素、クレアチニンの値も高く、腎臓に負担がかかっているのでしょう。慢性的な栄養失調により、心臓が弱っている。命が危険な状態です」

ティモが、やっとジウスのほうを向いた。その目にあるのは喪失――海で遭難したかのような。ジウスが動くにはそれで十分だった。椅子をそばに寄せると、ティモの肩に手をのせる。

一瞬、ティモはジウスの手に頬を預けた。その肌は燃えるように熱く、強烈に押さえこまれた感情を秘めている。だがティモは打ちひしがれることも、声を出すことすらなかった。

ジウスの胸が、悲しみとやりきれなさに激しい鼓動を打つ。この重荷を彼の手で取り去れたなら、この事態を何とかできたなら。だが彼にできることは少しの励ましを与えて、ひとりきりではないとティモに伝えることだけだった。

もっと早くヒッティを医者に見せていればと、ジウスは悔やんだ。かわいそうなヒッティ！固形の食べ物を一切飲み込めないなんて、ジウスには想像もつかない。

だがティモもヒッティも、彼女の少食が当たり前のことであるように振る舞っていた。それはそうだろう！　ティモはまず間違いなく一度も医者にかかったことがないのだから、医療なんてはじめから選択肢になかったはずだ。

そう思うと、ジウスは恐ろしくなる。ティモの群れが医療と無縁だとすれば、ヒッティのためだけでなく、ティモにとっても過酷なことだ。もしティモが集落に戻って、怪我をして、化膿でもしたら？　いつもの無茶な遊びで脚でも折ったら？　考えるだけでぞっとする。

　ティモが背すじをのばし、ジウスの手から離れた。ぴんと胸を張り、顔がところどころ赤らんではいたが、まだ表情は抑制されている。

　グリンゴールド医師は、ティモを力づけるように微笑んだ。

「いきなりで驚いたでしょう。だが、いい話もある。治療法があります。まずは高タンパクの栄養補助液をヒッティに与えましょう。これで栄養状態を改善できます。優先的に彼女の体力を回復させましょう。血液検査の数値が改善されれば、さらに進めて、手術について考えます」

「手術とは、どういうことだ？」とティモが聞いた。

「そうですね、狭窄を処置する必要がある」

　グリンゴールド医師はいかにも当然という口調で続けた。ＭＲＩ画像の、狭くなっている部分を円で囲む。

「私としては、まずはじめに探触《プローブ》で状態を詳しく確かめるのがいいと思います。その結果次第で、麻酔が効いている間に拡張の処置が行える」

「ますい？　何が効いているって？」

　ティモの声は恐れているようでもあり、脅しているようでもあった。ジウスはその腕をなでる。

「眠くなる薬のことだよ。いいものだ。それなら体の内側をカメラでのぞく間、ヒッティは何も感じないから」

ティモは、表情を読もうとするようにジウスの顔を眺めた。

「カメラで？　『プラネットアース』みたいにか？」

「そう。でもとても小さいカメラを使ってるから、喉のずっと奥も見られるんだ。そうですよね、ドクター？」

グリンゴールド医師がうなずく。

「そのとおりです。プローブ自体はとてもリスクが少ない。そして今言われたとおり、ヒッティは何も感じない」

少しだけティモが緊張をゆるめる。

「そして、狭窄への対処は、いくつかの段階に分けられます。まずは拡張を試します。これはバルーンを膨らませることによって、食道の狭窄部を拡張するものです。ごく一般的な処置ですね。しかし生まれつきの狭窄であるため、効果がない、またはいくらか拡張できてもすぐ戻ってしまう可能性もあります。それならステップ2を行い、ヒッティの食道にカテーテルを埋めこみます。比較的新しい手法だが、見込みが高い。これによって、ヒッティもしくは付き添いが日に数回食道内のバルーンを膨らませることができ、食道を拡げておける。特に、食事の直前などに」

　ティモはまばたきし、唾を呑んだ。手が喉元へのびる。

「ステップ3は、内視鏡を用いた切除術です。内視鏡ナイフやニードルナイフで瘢痕《はんこん》組織を切除したり、食道の狭窄部分を切開します。狭窄期間が長すぎる場合、拡張術だけではうまくいかないこともあるので」

「リスクが高そうに聞こえますが」とジウスは言った。ティモが医師の説明についていけていないのは明らかだったので、せめて自分が理解して後で教えなければと思う。

　グリンゴールド医師は顔をしかめた。

「そうですね、拡張術よりはリスクがある。それはたしかに。ヒッティにとっても、回復期が大変になるでしょう。ですが、ここまではじめの手術の内に処置できる。しかし――」

　医師は背もたれに寄りかかり、重々しい顔でデスクをペンで叩いた。

「率直に申し上げましょう。もしこれらの手法で大幅な改善がなかった場合、ヒッティの食道を取り替える必要があるかもしれません」

　ティモが喉を大きく上下させて唾を飲んだ。

「どういう意味だ？」

　突然に、すべてが暗く、重く、押しつぶされそうになる。ジウスはティモの手を握りたかった。手をのばしそうになる自分を抑えて、胸の前で腕組みした。

「そうですね、これはもっと大がかりな手術になります。現在、もっとも実績があるのは小腸の一部を取って食道に移植するものですが、合併症を引き起こすこともあります」

「ヒッティの腸を取る？」

ティモは茫然としてジウスを見た。

なんてことだ。今にもティモはヒッティを抱えて全力で病院から逃げ出してしまいそうだった。無理もないと、ジウスだって思う。

「まずは、手軽な処置のことだけ考えませんか」とジウスは、医師をひとにらみして言った。

「もちろん」グリンゴールド医師は背すじをのばした。「ただ、一度目の診査手術が効くとは限らないことは承知してもらいたいのです。できる限りのことはしますが、膨張術や切除が有効かは、実際にやってみないとはっきり言えません。とにかく、今の段階では希望を持ちましょう。初回の処置は、一泊入院して行うほうがいいかと。予約していかれますか？」

ティモがすがるような目でジウスを見た。

「少し話し合う時間をいただけますか？」とジウスは聞く。

「かまいませんよ。ヒッティをつれて帰って結構です。数日分の液体サプリメントを出すので、それで体力の回復をはかりましょう。処置の日程について話すのは、心の準備ができてからで」

時間。時間はほしい。だが今となっては、彼らの前に広がる時間がいいものには思えない

——ティモとヒッティがマッドクリークを探索する時間、一緒にすごす時間、そしてやがて来るティモとの別れ。

それですら考えたくもないものだったのに。

なのに今……今や、時間は恐怖まじりの重荷となった。時を刻む爆弾のように。

ティモ

「駄目だ」とティモは言った。「駄目だ、駄目だ駄目だ駄目だ駄目だ。ヒッティの体の中にカメラも風船もナイフも入れさせるか！」

語尾はうなりとなった。近づくなという警告で発せられるうなり。彼の食料や縄張りに——そして妹に近づくな。

ジウスがラングラーを運転して、長い山道を帰るところだった。ありがたい。ティモはサクラメントが気に入らなかった。たくさんの車も都会の醜い道路も空気の濁りも気に食わない。今日という日に、そしてこの町に嫌なものはたくさんあったが、一番嫌いなのはあの病院だ。

ジウスはティモへ心配そうな目を向けた。

「不安なのはわかるよ。考えるだけでも怖いしね。でもビル・マクガーバーによく説明してもらって――」

「断る！　決まりだ。もう決めたことだ」

決まりだ、もう決めたこと――ユキのような言い方をしていた。それだけはするまいと思っていたのに。だが気が荒れていてどうでもよかった。確かに医者の話をすべて理解できたわけではないが、わかった分だけでも十分だ。

「あのひとたちは、あたしに何をするつもりなの？」

ヒッティがキミッグの言葉で問いただした。後部座席から身をのり出し、ティモの髪を強く引いて、にらみつける。

「教えてよ、ティモ」

ティモは小馬鹿にした鼻息を立て、窓の外を見つめた。

「教えて！　お願い、ティモ」

大きなターコイズの瞳がティモに懇願する。

ティモはふんと息をついた。

「お前の口から胃につながっている管がとても細くなってるんだ」親指と人差し指で、あの医者がやってみせたように、ごく小さな穴を作る。「だからあいつらはお前の喉の奥に……その……〝プローブ〟とかを入れたいんだと」

その単語を、ティモは英語で吐き捨てた。キミッグの言葉には、そんな訳語どころか概念すらない。

ジウスが口をはさんだ。

「曲がる金属の棒のようなものだと思うよ。帰ったら、調べて写真を見ればいい」

それを無視して、ティモはヒッティへの話を続けた。

「そして中で風船を膨らませるんだと。それがうまくいかなかったら、お前の中をナイフで切って、それもうまくいかない時は、お前の腸を取るんだと！　駄目だ。許さない。そんなことさせるものか。あそこには二度と行かないぞ。絶対に！」

ヒッティは顔をくしゃっとしかめて、考えに沈んでいるようだった。自分の胸元をさする。

「ここでしょ、あたしの管が狭くなってるところ。お医者さんもそう言ったのね？　ここだって、あたし、ずっと知ってたの。物を飲みこむとそこが痛むから」

ティモはぎこちなくうなずいた。医者に見せられた写真によれば、たしかにそのあたりだ。

「写真だけでそれがわかったのね？　あの機械で撮られた写真で？」

ヒッティはまだ胸をさすりながら、感心した様子で呟いた。

「そのとおりだ！」ティモは自慢げに言った。「あの『プラネットアース』と同じことだ。今回は内側なだけで。俺も写真を見た」

「それで、あのひとたちには治せるの？　細いところを、ほかのところみたいに太くできるの？　そしたらあたしも食べられるようになる？　ちゃんとした食べ物を？」

ヒッティの顔には希望があふれていた。

ティモは首を振ってにらみつけた。

「かもしれないが、駄目かもしれない。医者は、うまくいかないかもしれないと言っていた。それにお前を眠らせて、喉からカメラを入れるんだと。ナイフもだぞ！」

「かまわないわよ！」ヒッティがか細い声を上げた。「元気になれるならカメラでもナイフでも風船でも飲みこんでやる」

「駄目だ」

「やりたいの、ティモ！」

「駄目だ、ヒッティ」ティモは一番〝アルファらしい〟声で言い渡した。「俺はあの〈毛皮なし〉どもを信用できない。それに、そんなことしなくていいんだ」と後部のシートへ手を振る。「あの飲み物でお前は元気になれる。体力がつくと、医者は言っていた。だからあれこれやる必要なんかない」

ヒッティはその飲み物を、唇を歪めて見やった。

「その水がどれだけいいものでも、どうだっていい。そんなもので、つがいになれるくらい良くなれるわけがないもの。きっと子供だって産めない。そのためには肉を食べられなきゃ。パンもね！　あたしは、みんなみたいにまともな食事を食べたいの、ティモ。もう自分だけ違うのはいや！」

「もういい、ヒッティ！」ティモはぴしゃりと言った。「俺が決めたんだ、もう決まったことだ」

ヒッティがふくれっ面で座席に寄りかかった。その渋面は雷鳴のようで、目からはティモへ稲妻が放たれていた。ティモはこれまで一度もヒッティにこんな態度を取られたことはなかったが、ユキが時々ヒッティの言いなりになる気分がわかった。

だが、ティモは言いなりになるものか。ならないぞ。これについてだけは。二度とあの病院に行くものか。

ここにユキがいれば同じように思うだろうと、ティモには自信があった。あんな〈毛皮なし〉どもにヒッティをいじくり回らせたりはしないだろう。腸を取るだと！　考えるだけで血が煮えくり返る。誰にもヒッティを切らせたりはしない、彼女が生きてようが死んでようが。ティモがいる限り！

車内は無言のまま、一時間が経った。ヒッティは後部座席で眠っている。ジウスの家までは山中をかなり長いこと走るのだ。怒りを保ちつづけるには少し長すぎるくらいに。

ついにジウスがティモを見やり、咳払いをした。

「ヒッティは手術をしたいって言ってるんだね？」

「あいつが何をしたいかなんて関係ない」とティモはきっぱり言い切った。

ジウスが微笑する。ティモは意表を突かれた。

「何がおかしい？」と問いつめる。

ジウスは肩をすくめた。

「おかしいわけじゃないよ。ただ……そうだな……マッドクリークの皆は、特に女性たちは、大抵自分がしたいようにするから。つまり――」と唇を噛む。「ヒッティ自身の体の話だろう？　どれだけ大変な思いをしてきたか、本当にわかっているのもヒッティだけだ。食べられないなんて。きっとつらかっただろう」

「マッドクリークにいる間は、俺があいつのアルファだ」

「そうだね」

ジウスはあっさり受け入れた。

だがその声には何かがあった。賛同はしかねるかのような。

ティモは大きく息を吸いこんだ。

「ヒッティを守るのが俺の役目だ」

「わかるよ」

ティモはふんと息をついて窓の外を見た。道の端に並ぶ高い緑の木々が、すごい勢いで迫ってきては去っていく。ジウスの運転するラングラーは、彼らがイヌイットから拝借しているバギーよりずっと速い。

頭には言葉が次々と浮かぶ。誰かが責任を持たないとならないし、ここではそれが自分なのだ、とか。だが口を開けて言おうとするたび、ティモは考え直して口をとじた。何と言っても、本当のところ、彼にはまだマッドクリークが理解できていなかったからだ。

しまいに、ティモの強情さを好奇心が上回った。

「どうやってるのか教えてくれ。マッドクリークには、そういう決定を下すアルファがいないんだろ？」

「いないね。町には法律があるから。たとえば、誰かの家に入って自分のものじゃない物を盗むのは悪いことだ」

ティモはきまり悪く身を縮めた。

「誰かに怪我をさせてもいけない。たとえ腹が立ってもね。法律を破ったら、警察が——ランスやローマンやチャーリーが——どんな罰を与えればいいか決める。でもそれ以外のことなら、自分の人生で何をするかは自分次第だ。家族と話し合って、どうしたらいいか決めることもあるよ」

「俺たちのやり方のほうがいい。群れにとって何が一番なのか、誰かが決めないと。お前らのやり方は手間がかかりすぎる」

「そういう時もあるかもね」ジウスがためらった。「でも、周りを思いどおりに動かすというのは、大変なことだ。きみはユキにあれこれ指図されるのは嫌なんだろ。だよね？」

ティモは鼻息をついた。確かにそうだ。気に食わない。だが言い訳がましくなっていた。

「そんなの、お前らは恵まれてるから、ルールなんかなくていいって言えるだけだろ」

ジウスは少しの間黙って、道を見つめていた。車内の沈黙が重苦しい。

「……ごめんよ」とやがて言った。「きみたちの文化を悪く言う気はなかったんだ」

ティモは鼻にしわを寄せた。

「ねえ、腸を取るって話が怖いのはわかるよ」ジウスの声は静かだった。「でも医者が言ってた最初のやり方、バルーンで膨らませるって話？　あれはそんな危険ではないと思うんだよ。もしそれでヒッティがちゃんと食べられるようになるなら、やってみてもいいんじゃないかな。うん」

ティモは腕組みして窓の外をにらんだ。ジウスの言い方に高圧的なところはなく、おかげで反応に困る。喧嘩腰で言い返すこともできない。だが耳を貸したくもないのだ。

あの奇妙な、冷え切って命のない、薬品のにおいだらけのところにいるヒッティを想像すると……頭がおかしくなりそうだ。マッドクリークには好きなところがたくさんある。だが病院は。病院は、別だ。

19　響き合う遠吠え

ジウス

マクガーバー医師、マイロとジェイソン、それにいくらかのオンライン動画（ティモはそれを食い入るように見ていた）の力を借りて、ついにティモは診査手術に同意した。

ジウス、ランス、マクガーバー医師はその裏で、手術費用とその扱いについて話し合った。ティモは現代医学にまったくなじみがないから、無料だと思っているだろう。ジウスも悲しい真実を告げたくはない。もしティモが知ったなら、きっと一歩も踏み出さなくなるだろうからだ。

そう、ティモには言えない。三人で、町が費用を負担することにした。あまりに多くのクイックたちが無保険でやってくるので、町では医療費の積み立てをしているのだ。その金を使う。ランスは、医者がクイックについて見抜くのではないかと心配していた。だがビル・マクガーバー医師はおそらく大丈夫だろうと見ていた。外科医はヒッティの上部消化管に注目するだろうし、その部分は人間とほぼ変わらないので、少々の違いは〝先天異常〟で片付けられる。

実行日は月曜に決まった。ヒッティはまるで緊張していなかった。彼女は「良くなったら」何を食べたいかひっきりなしに話していた——時間もかかるし一度の治療では済まないかもしれないとビルから聞かされていても。

だが、浮かれるヒッティと裏腹に、ティモはどんどん暗く沈んでいった。

明日が手術だという夜、ヒッティが空き部屋に引き上げた後、ティモはカウチに座って手で顔を覆っていた。皿を片付けに数度通って、ジウスはティモが震えているのに気付いた。

グラスを置くと、ティモの横に座る。ティモの肩に手をのせ、無言で励ました。するとティモがその手を取り、すぐジウスに体を向けて、両腕で抱きつき、ジウスの首筋に顔を埋めた。

ありえないほど甘い痛みがジウスの心臓からあふれ出した。大きく息をついてティモを抱き返し、きつく力をこめる。ティモの体を抜ける小さな震えに魂を切り刻まれ、ジウスはただ目をとじて、心に開く傷口に耐えるしかなかった。

「ほら。なあ。きっと大丈夫だよ。約束する。大丈夫だから」

ジウスが長いこと抱きしめていると、ついにやっと、ティモの震えが途切れ途切れになり、止まった。体を離したティモの表情はもう冷静さを貼り付けた後だった。目を合わせようとはしない。

「……うちの群れで、重い病気になったものは、小さな小屋に移される。屋根にあいた穴から病人にも空が見えるから〈空の家〉と呼ばれるところだ。そこに行くと、食事や水を摂らなくなる。皆が別れを言いに立ち寄る。そして息を引き取るまでの数日、女たちのひとりが世話をする」

ジウスは唾を飲んだ。「そうか……僕らのところにも似たような場所がある、と思う。ホスピスと呼ばれてるよ。自分の家のこともあるし、専用の場所のこともある。マイロは、犬だった頃にホスピスで働いていたんだ」

ティモはあやしむような目でジウスを見た。

「でもお前たちは、病気になれば病院に行くんだろ」

「うん。たいがいは、病気は治る。でもいつか、とても年を取った時とか、医者でも治せない時が来るんだ。そういう時にホスピスに行って、できるだけ安らかに最後をすごせるようにするんだよ」

ティモはうなって、神経質に手のひらを太ももへ擦り付けた。ジウスはまだティモの背に回していた片手で、背中を上下にさすってやる。

「ヒッティもな、一度〈空の家〉に行ったんだ。でもあいつの活力は強くて、消えようとしなかった。何日かしてそこから出てきたよ」

なんてことだろう。ジウスの心臓がまたドクンと、痛む鼓動を打つ。

「ヒッティは、とてもつらい思いをしてきたんだね。でも彼女はとても強い。だから、手術を乗り越えて、良くなるよ」

ティモはジウスへまばたきする。その目は潤みはじめていた。

「でもな、もしヒッティが死ぬなら、里で、空を見上げながらにしてやりたい。あんなおかしなところで、ナイフを持った〈毛皮なし〉に囲まれてじゃなく」

激情の震えがティモを抜け、表情が苦悩に揺れた。

ジウスはその手を取り、強く握りしめた。喉に詰まるものを飲みこみ、声に確信をこめる。

「ティモ、聞くんだ。ヒッティは死んだりしない。見違えるくらい元気になれる。でももし……もし何かおかしなことが起きて手術を乗りきれなかったとしても、きっとヒッティは、これまでどおりに生きるより挑戦を望むと思う。きみなら彼女の背中を押してやれるよ、ティモ」

ティモはゆっくりと首を振った。

「いや。俺にはできない。でもお前ならできる。今の俺は、つらすぎてお前に礼も言えない。でもあいつが良くなったら、その時は礼を言うから」

そんなに真剣に言うのだ。いかにもティモらしい言葉を。ジウスはつい微笑んでいた。

「うん、待ってるよ。今夜は眠れそうかい？」

「いや。ひとっ走りしないと」

その言葉の意味はわかる。ふたりとも眠らなくてはならないのだが、まずはこれが必要かもしれない。

そこで、ジウスは立ち上がるとシャツを頭から脱いだ。まばたきひとつのうちに、ティモはすでに半裸でドアのところにいた。

ふたりは変身し、走った。森の奥深くへ、夜の奥底へ。

そしてもっと深く、ジウスの心の底へ。

ティモと一緒に変身したのは、アラスカで狼とともに走った時以来だ。今、ティモのハスキー犬の姿の隣で走りながら、野生と喜びのただ中で、ジウスの脳の論理的な部分は、どうして言い訳や抵抗で変身を拒んできたのかつくづく悟っていた。

まるで、ティモの魂をじかにのぞきこむのと同じだったからだ。切ないほどに美しい。人間としてなら、ジウスにも感情を区切り、そんな気持ちはいけないと脳に言い聞かせることもできる。でも、犬の時は？　犬の無防備な心を守るすべはない。

彼らは山道を駆け上がり、まずジウスが先に立ち、続いてティモが先導した。ふたりで取っ組みあい、追いかけあう。鹿の臭跡をしばらくたどり、それから雌鹿とその子らが丈長の草むらで軽やかにはねるのを眺めた。せせらぎの水を飲む。

ジウスは水に映るものに心奪われた――夜空でふくよかに満ちた月、そして彼のそばの岸辺に立つ、幻影のようなティモ。ティモが首をそらし、輝く天体に向かって遠吠えをした。そしてジウスの犬の内側からも呼応の咆哮が上がる――荒々しく、深く、ざらついた声は、ティモに比べると優雅さには欠ける。

だがどうしてか、ふたりの咆哮は見事に調和し、低音の、土のにおいをするハーモニーを生んだのだった。

ジウス

サッター病院外科病棟の待合室には、パーティーかというほどの数のクイックたちが詰めかけていた。誰の頭にもパーティーなんて思いはかけらもないだろうが。

ランスとティムもいて、気持ちの支えになってくれている。ジェイソンとマイロも来ていた。マイロは手術室に運ばれていくまでヒッティのそばについて励ましていた。今、マイロはティモに注意を向け、自分が必要とされていないかうかがっているようだ。ビル・マクガーバー医師と妻のジェインも仲間として、そして医療上の問題にそなえるためにも、そこにいた。

ジウスの両親は、彼の隣で待合室の椅子に座っていた。ふたりともヒッティを心からかわいがるようになっていたのだ。実の娘が手術を受けているような心配顔だった。

そしてサイモンも、椅子の上にしゃがみこんで、ゼンマイじかけのおもちゃのように跳ねながら爪を噛んでいた。今朝、ジウスが驚いたことに、サイモンはヒッティの病室にキラキラの赤いギフトバッグを持って現れたのだった。中にはチョコレートが入っており、良くなったら食べようねと言って。サイモンはベッドの上でマイロとヒッティの隣に、当たり前のように座りこみ、ヒッティは彼を憧れの目で見ていた。

サイモンとヒッティが？　いつの間に、とジウスは首をひねる。どうやらヒッティとティモがマッドクリークにいた二週間、ジウスは色々見逃していたらしい。距離を取ろうとしたせいでそのツケを払っている。どのみちもうその戦略もボロボロだ、こうして待合室に座り、乳のように白い顔でうろつくティモがきつく腕組みして勇敢に前を向くのを見ると、ジウスはただ一つを望む――ティモがよりかかれる相手になりたいと。ティモのそばにいたいと。

だが、昨夜犬の姿で一緒に走ったというのに、やっとジウスが自分の気持ちをはっきり悟ったというのに、ティモの気持ちは違うようだった。すっかり自分を閉じている。歩き回りながら、ジウスを見向きもしない。手術着で現れたグリンゴールド医師も、ティモに――ティモだけに話しかけていた。

「処置は最大限うまく行きました」医師は説明した。「狭窄は、バルーンによる拡張の繰り返しで、拡がりました。ヒッティの食道は拡張の後にすぐ収縮する様子が見られたため、事前に説明したバルーンカテーテルを留置しました。そのバルーンを日に四、五回膨張させれば、食道が拡がったままでいる時間がだんだん長くなるはずです。もう固形物を食べられるはずですが、徐々に始めたほうがいいでしょうね。食生活の変化に体が慣れるまでしばらくかかるでしょうから」

「ナイフは、やったのか？」とティモが不安そうにたずねた。

医師は当惑気味に小さく微笑んだ。

「いいえ、切開はせずにすみました。前にお話ししたように、この拡張術の経過を見ます。ですが、見通しは明るいかと」

ビルが立ち上がっていた。ティモの背中を叩く。

「よかったじゃないか！　これはいい知らせだ。だろう、ティモ？」

ティモの体がぐらついた。今にも気絶しそうだ。

「ヒッティは、どこだ？」

「回復室です。ここにいるご家族はあなたひとりですか？」

外科医は待合室の面々を見回した。サイモンが勢いよく手を上げたが、ビルが眉を上げたのを見てその手を下ろす。ジウスはためらい、その一瞬で出遅れた。医師がティモを振り返る。

「では、あなたはこちらへ」

歩いていく彼にティモが続く。肩がきつくこわばっていた。

ティモには解説する連れが必要だと、ジウスは進み出して言いたかった。ティモの手を握り、選択肢を理解する手伝いができる誰かが。彼を支える誰かが。

だがジウスは家族ではないし、口出しする権利もない。

ティモが振り向いていたなら、ジウスも何か言えたかもしれない。だがティモは一度も振り向かなかった。彼らの姿が廊下へ消える間、ジウスの内の犬が叫びを上げ、ついて行きたがった。

その衝動は強烈で、ジウスは目をとじ、抑えこもうと抗った。身の内が焦がれて震える。

やわらかな手が腕に置かれた。顔を上げるとそばにマイロがいて、緑の目に思いやりがあふれていた。ジウスの背に腕を回し、肩に頭を預けてくる。そして、ゆっくりと、ジウスの犬は落ちつきを取り戻した。

自分を立て直し、また顔を上げると、ランスもこちらを見ていた。

「なあジウス、カフェテリアに行ってコーヒーでも飲まないか？」とランスが誘う。

「でも、ティモが戻ってきたら？」

「そしたらメールで知らせるよ」とティムが言ってくれた。

「行ってきて、ジウス」マイロもそううながし、優しくジウスを押し出す。「少し散歩すると楽になるから」

楽になるのはいい。それにどのみち、ジウスの内なる犬は「散歩」の言葉に浮き立っていた。

なので、ジウスはランスを追って待合室を出た。

20　ランスの言葉

ジウス

「よし、ジウス。話してみろ」

　ふたりは病院のカフェに行き、窓際の小さなテーブル席を選んだ。

　答えなくていいように、ジウスはランスが買ってくれた大きなチョコレートケーキにかぶりつく。話をそらす方法を探した。だがごまかすのは苦手なのだ。そこでがぶりとケーキを食べながらランスに謝罪の目を向ける。「ひゃべれない」

　ランスがあきれ顔をした。

「いつまでもケーキを食ってはいられないぞ。なあ、何かあるんだろ。お前は痩せてきてるし。それに目が充血して、グランドキャニオンのかわりでもできそうなくらい赤いぞ」

　それはジョークだと、ジウスにもわかる。彼はたしかに大柄だが、赤土のグランドキャニオンとは比べ物にならないからだ。「ハ、ハ」と口いっぱいのチョコレートケーキごしに言う。

ランスがニヤッとした。

「お行儀のいいことで。なあ、俺は本気で言ってるんだ。俺に話せなきゃ、ほかに誰がお前の話し相手になれる？」

それは、たしかに。ジウスが話せる相手といえばランスしかいない。話したい気持ちがどこかにあるのも確かだ。心にとじこめておくのがつらい。

ケーキをコーヒーで流しこむと、ジウスはため息をついた。カップを置いて窓の外を見る。ランスの目を見つめるまでもなく、この告白には勇気が要る。

「ん。僕が、誰ともつがいになりたがらなかったのは知っているよね。うん。今は、ちょっとなりたい気分なんだ。とっても。ただ、絶対に一緒になれない相手で。だから僕はとても……」

胸と腹の前で円を描くような仕種をして、自分の懊悩をランスに伝えようとする。「ここも」と胸を叩いた。「とても痛い」

テーブルに肘をついて頭を抱えた。

「かなわない相手を思うのは、つらい。こんなのは嫌だ」

ランスが身をのり出してジウスの上腕をさすった。

「そうだな。ああ、つらい」

ジウスはうなずいた。話したせいで嫌な気持ちが一気にせり上がってくる。だがランスの思いやりはありがたかった。揺れる息を吐き出す。

「どうしてそこまで望みがないと思うんだ？」ランスが聞いた。「相手は……ヒッティか？

確かにあの子はサイモンと……」

「違うよ！」ジウスはぎょっと顔を上げた。「ううん、ヒッティじゃない」

眉を上げ、ランスがその先を待つ。

「誰にも秘密だぞ」とジウスはきっぱりと言った。仮にティモに知られでもしたら、顔向けできない。

「犬に誓って」

ランスが重々しく胸に手を当てた。

言葉に出すのがとても難しい。まだ自分にしか認めたことがないのだ。

「……ティモなんだ」囁くような声になった。「僕は、ティモに恋をしてるんだ」

ランスは二回まばたきし、後ろにもたれて、耳をポリポリかいた。

「そうか。そうだな、正直、それは予想してなかった。でも今思えば、たしかに、なるほど」

「ティモを好きになったのは間違ってるのかな？　僕は……壊れてるのかな？」

ランスが鼻息をつく。

「誰を愛したってそれが『間違ってる』ことなんてない」コーヒーを、考えこむ表情で飲んだ。

「というか……俺たちがジョン・ミューア・トレイルでキャンプしたのを覚えてるか？　いく

つの時だったかな、十六だっけ？」

「覚えてるよ」

あれは最高の旅だった。何マイルも歩きつづけ、山の静寂の中、すれ違う人影もわずか、雄大な景色、そしてジウスと親友のふたりきり。人生がいつもこんなふうだったらいいのにと、ジウスは願ったものだ。それなら完璧なのにと。

「お前はいつも、ああやって外にいる時が一番楽しそうだ、ジウス。自然の中で。野生動物が何より大好きだ。だから、たしかに、お前がティモに夢中になるのはわかる」

ジウスはうなずいた。ランスの言うとおりだ。キミッグの里での一日を、ティモとカプンと走ったことを思い出す。人生で一番心が浮き立つ出来事だった。

それでも――。

ランスへ無力な目を向けた。

「でも、僕は野生じゃないから。狼と一緒に走るのは大好きだけど、大自然の中でこの先ずっと生きていけるかはわからない」自分の言葉が心に棲んでいる悩みを形にして、浮き上がらせていく。「僕は、狼のふりはできない。でも町だけで生きていても幸せじゃないんだ、きみらのようにはさ。どうして僕はこんなに駄目なんだろう？」

「ジウス――」

「ティモたちが僕らのような種をなんて呼んでるか知ってる？〈二枚皮〉だよ。僕はまさにそれなんだ、ランス。二枚の皮、二つの頭、二つの心。こんなの大嫌いだ！　僕の居場所はどこにもない」

　ランスが苦々しい顔になって、口をきっと引き締め、目に怒りを宿らせた。周囲へ目をやって誰もいないことを確かめると、低い声を出す。

「そうか、いい加減にしろ、ジウス。二枚皮でいることは祝福だ。我々が得たものだ。俺たちは犬の姿で、大自然とつながる。俺には、前はその良さがわからなかった――ティムに会うまでは。だが今なら、これがどれほど特別なことかわかる。素晴らしいことなんだ」

　ジウスはまばたきした。

「それに、知ってるぞ」とランスが手を上げる。「お前は元からその素晴らしさを受け入れてきた。俺の知るどんなクイックたちよりもだ。お前は大自然の一部だ。半分だけだろうとな。そして、ティモのほうは、そうだな、十分にヒトの形に慣れている。俺が見た彼はいつもそうだ。ダイナーで飯を食い、服を着て、流暢に話す。それなら、どうしてお前は彼とそんなに距離を感じるんだ？」

　それは鋭い指摘だった。ジウスは考えこんだ。家にティモがいるのはとても楽しかった――ジウスは腰が引けて最大限に楽しめてはいなかったが、それでも。ティモの、ＢＢＣの『プラネットアース』やナショナルジオグラフィックチャンネルへの憧れを思うと、微笑みがこみ上げてくる。今となっては、ティモはジウス以上にテレビが大好きだ。

だがティモはマッドクリークに残りはしない。そしてアラスカでは……。

「ティモのことだけじゃない、と思う。彼の群れのこともあるんだ。彼らのほとんどが山の集落を出たことがないんだ、ランス。外界との関わりがない。それに群れのルールも違う。あの群れには、正真正銘のアルファがいるんだよ。ユキという名前の。彼が、ほかの皆に何をするべきか命令するんだ。特に……つがいに関することは。ユキは、許してくれないよ。僕とティモのことは」

ジウスは目を伏せ、テーブルに落ちたケーキ屑の間に指を滑らせた。

「だってさ、ユキに初めて会った時、群れの三人の女性から僕にひとりを選ばせてつがいにさせようとしたんだよ。その場で！」

ランスが鼻から笑いを吹いた。

「そいつは、また……大したもてなしだな」

ジウスはコクコクとうなずく。

「彼は僕の股をさわったんだよ、ランス！　全部揃ってるか確かめるみたいに」

ランスが大声で笑い出した。最高に受けたらしい。

「ダメだって！　笑い事じゃないんだよ。本当に、ランス、あの群れは行き詰まってるんだ。妊娠とか、出産とか、そういうことが。だから……群れにとっては大事なことなんだ、誰と誰がつがいになるかは」

ランスが真顔になった。

「そうか、それは大変だな。つらい話だ。だが、ティモはどう思ってるんだ？　彼はマッドクリークにお前と一緒に残りたがるかもしれないぞ。群れのアルファがどう思うかなんて気にせず」

そんなに単純な話だったなら。

「ティモは決してアラスカを離れないよ。それに大体、彼は僕のことをそういうふうに好きなわけじゃないし。彼らのところじゃ……僕が女でない限り、つがいの相手として考えすらしないと思うよ」

ジウスはまたトクンと痛んだ胸元をさすった。

「どうしようもないことばかりだ。望みはないよ。人生は最悪さ。どうして希望のない恋なんかしてしまったんだろう？」

ランスがテーブルごしに手をのばしてジウスの腕を叩いた。

「ほら、大丈夫だ、めそめそ虫。俺が保証する、思ってるほど悪くはないよ。あのな、俺もティムとの恋には望みがないって思ってた時があるんだ」

「そうなのか？」とジウスは驚いた。

ランスがくすっと笑う。

「そうだったのさ。ちっぽけな問題だがな、ティムは俺を犬だと思ってたんだ――自分の飼い犬だってな。クイックの存在を知りもしなかったし。俺の母親のせいでほぼ文無しになった上、警官や保安官が大嫌いときた。だからそう、一筋縄とはいかなかったね」

「どうやってうまくいったんだ？」

ランスが考えこんで首をかしげた。

「それはな……愛のおかげだろうな。お互いの気持ちが十分に大きければ、それだけの意志があれば——一緒になりたいと願ったなら……それは強い力になる。何だろうと乗り越えられるくらいの」

ジウスは胸にこもる感情を思い、全身がきしむほどの渇望を思った。

「僕のほうの気持ちは、十分大きくなってる。でもティモのほうはきっと、願ったりしないよ」

「直接聞いてみればいいだろう」

そんなのとても恐ろしい。顔にもそれが出ていたに違いない。

「なあ」とランスが肩を揺らす。「どれくらい悪いことが起きるって言うんだ。ティモがノーと言ったなら、少なくともはっきりした答えがわかるだろう。そうすれば、ここは少し楽になるかもしれないぞ」

手で、ジウスがさっきやった胸と腹の前で円を描く仕種を真似た。

「ううん、きっと僕は吐いてしまうだけだよ」

ランスはニコッとした。

「そうか。考えてみろ、な?」

無理だ。そんなこと考えられるわけがない。

絶対に。

21 ジウス、思いきる

ジウス

ヒッティが病院に泊まったのは一晩だけだった。ヒッティの喉のバルーンカテーテルの膨ませ方を看護師が実演し、それをジウスとジウスの母、ティモが注意深く見ていた。その間ヒッティはじっと横たわり、目を大きくしていたが、それがすむとティモに「痛くはないけどヘンな感じ」と言った。何もないのに喉に何か詰まっているような。

その日の夕方、ヒッティはプロテインシェイクを飲んでみた。飲む勢いを増しながら問題なく飲みこむ彼女の表情に、ジウスの母はそっと涙を拭っていた。それからヒッティが泣いた。

心から安堵したすすり泣き。ティモが彼女を抱いてなだめ、ジウスと親たちは病室を出てふたりきりにした。

日暮れには、ジウスの親は家に帰り、ジウスとティモはヒッティの病室に泊まった。ジウスは並べた椅子に窮屈に寝そべり、ティモは床に敷いた毛布で。

火曜の午後には、彼らも帰宅した。

ジウスの母がヒッティを母屋のカウチへ座らせると、せっせと世話を焼いたものだから、ジウスとティモはすることがなくなった。ジウスは仕事を休んでいたし、素晴らしい八月の気候だった。これを無駄にする手はない。

それに、ランスの言葉が耳に残っていた。（聞いてみればいいだろう）

その言葉を聞けば聞くほどなおさら緊張して、ひどくいたたまれない。

「ハイキングに行かないか？」

テレビのチャンネルを上の空で変えているティモに、そう持ちかけた。

ティモはすぐにリモコンを置いた。「犬でか？」と立ち上がり、すでに乗り気だ。

「えーと、僕が行きたい道は、ヒトの格好のほうがいいんだ」

それは嘘だったので、ジウスは顔が燃えそうだった。本当のところ、ティモに話をしたかったから、犬の姿では駄目なのだ。

ティモに話すとは限らないが。恐ろしくて無理かもしれないし。吐いてしまうかも。だがもし勇気が振り絞れたのなら、その時のために声が使えるようにしておきたい。

ティモは特に疑いもせず、うなずいた。

町まで車で行くと、川沿いの公園に停めてから、小さな歩行者用の橋を渡ってリトル・フォールズへ向かう小径を登っていった。

ふたりとも足取りは速かったが、それでも滝まで一時間かかった。平日なので山道にも人は少なく、ジウスはありがたい。滝に到着してみると誰の姿もなかった。

リトル・フォールズは、滝としてそう立派なものではない。二メートル弱の落差で、でこぼこの岩だらけだ。だが滝の下には小ぶりで素敵な滝つぼがあって、気持ちよく泳げるのだ。

教えられるまでもなく、ティモは滝つぼを見て歓声を上げると、服が宙に舞った。ほんの数秒のうちに、彼は裸でバシャバシャとしぶきを上げていた。

ジウスはぎこちない指でジーンズのボタンを外し、押し下げる。心臓が荒々しく鳴っていて、滝の音がありがたい。水に分け入りながら、自分が不器用でかさばる気がしてくる。水温は凍るように冷たい。犬の姿ならぴったりだったろうが、ヒトの肌には少し厳しい。

ジウスは何とか腰まで浸かった。冷たさより恥ずかしさが勝る。ティモがそばに浮かび上がり、笑っていた。ああ、もう。彼は陽光の下でダイヤモンドのようにきらめいていた。頭を振って、長い、重い髪の房から水を飛ばし、目を拭って顔中で笑う。

「アラスカより全然温かいな！」

ジウスの口がぽかんと開いた。

「温かい？」

ティモはジウスの表情を見て、何より愉快だというように笑った。彼はあまりにも若々しく、美しく見えて、ジウスは自分がでかくてのろまでくよくよ落ちこむ熊になった気がした。さわりたくて、こらえるのが苦しい。喉の詰まりを呑みこんだ。

「ティモ……」

「ん？」

ティモは首を傾けて太陽に顔を向けた。

滝つぼのふちで、鳥がふたりを罵った。馬鹿にされても仕方ないとジウスは感じる。

「ティモ……」と、また言った。

ティモが彼を見て、片方の眉を不思議そうに上げた。

「ティモ、の後ろは何だ？　俺に何か言いたいことがあるのか？」

ジウスは勢いよくうなずいた。

「何だ？」

ティモは小さく笑う。ジウスが冗談でも言っているかのように。ふざけてジウスにしぶきをかけ、その腕を下ろして近づいた。首をかしげてジウスの顔を眺める。

だがジウスは言葉を出すことができなかった。今は。ティモにそんなふうに見つめられていては。

唇を舐めた。鼓動が激しく、今にも死にそうな気がする。

（聞いてみればいい）ランスの声がする。（どれくらい悪いことが起きるって言うんだ？）

「僕は……きみが好きだ」と、ジウスはやっと絞り出した。

ティモは眉を寄せ、考えこむ顔になる。「俺もお前が好きだぞ、ジウス」と当たり前のことのように、太陽やハンバーガーが好きなのと同じ調子で言った。

「違うんだ」とジウスは焦れて首を振った。

ほかにどんな言葉で言えばいい？　あまりにも重いだろう――『つがいになってくれないか？』なんて言うのは。しかも、自然な欲求が体の中で膨れ上がってきて、言葉ではとても追いつけない。

そもそも彼は口下手なのだ。言葉ではこんがらがるばかりだ。なら、意味を示すしか。

怯え、同時に昂揚して、ジウスは一歩近づき、ティモの顔を手で包んだ。ティモの空色の目が彼を見上げ、黒っぽい眉がひょいと愉快そうに上がる。

ジウスは息をつき、身をかがめると、ティモの口に唇を押し当てた。

数秒間、ティモは動かなかった。その唇はなめらかでやわらかく熱い。感触にぞくぞくしながら、それでもジウスは動けずに、とどまり、受け入れられるか拒絶されるか、ティモの反応を待った。

その時、ティモの唇が動いた。ためらいつつ、好奇心をにじませ、ジウスの唇とそっとふれあう。

そして……。

どちらからだったのかはわからない。だが突然にふたりはキスしていた——本当のキスを。ジウスの唇はわずかに開き、ティモの唇も同じく開き、そこからティモの舌のなめらかな湿り気が感じられる。情熱のままに吸い上げ、絡めとるほどに。

ジウスの血が沸騰した。本能のままに腕をのばし、ティモの熱い体をきつく引き寄せ、腰、胸板、波打つ水面——ティモの締まった腹にもたげる勃起を押し付ける、うっとりするような刺激。

つがいだ、つがいだ！　頭の中で声がくり返す。これほどの喜びは人生で感じたことがない。こんな、めぐり逢い、受け入れられ、歓喜する感覚は。

その至福の一瞬、ただ喜びにつつまれる。

それから地面に叩き落とされた。

はっと気付くと、ティモがジウスを押しのけようとしていて、ぬめる魚のように腕の中でもがいていた。ジウスは手を離して下がった。ティモの表情が、ジウスの心を千々に粉砕する。

ティモの顔は紅潮し、怒っていた。口元を手の甲で拭ってジウスをにらみつける。

「やめろ」言葉というよりうなりを上げる。「やめろ！」

「ごめんよ」ジウスはすぐに言って、また一歩下がった。「本当にごめん」

ティモは岸へ向かいはじめ、ジウスと距離を開いていく。憤怒で動きが固い。

「ティモ、待ってくれ！」

無視された。ティモは滝つぼから素早く上がり、服をつかんで、山道を駆け下りていく。

ジウスは水の中に立ち尽くした。おぞましく耐えがたい感覚が腹に重く広がり、頭が真っ白になる。

どうすればいい？

まるでわからない。

ティモを追いかけたほうがいいのか？　どうにか話をしに？　もっとあやまりに？

せめてティモが無事に町に帰れたか確かめないと。そうするべきだろう？

だがティモはあんなに怒っていた。どう見てもジウスと関わりたくなさそうだ。それに、ティモは森を知っている。山道をたどって町へ帰れるだろう。そっとしておくほうがいいのかもしれない。

ジウスは水の中へ沈みこんだ。体が何千キロもあるように重い。そのまま沈みこんで消えてしまいたかった。

だがそんな楽な逃げ道などないのだ。仕方なく、悲しげにクゥンと鳴いた。

ああ、犬にかけて。彼はすべてを台無しにしてしまった。ティモに嫌われたのだ。今日は人生最悪の日だ。

二度と、決して、絶対、恋などするものか。もう二度と！

22　迷い道

ティモ

ティモは全力で山道を駆け下りた。服と靴を不格好に胸元にかかえこんだまま。しばらくして、立ち止まると耳をすませた。

ジウスは追いかけてきていない。

手早く服と靴を身につけ、ティモはまた走り出した。マッドクリークへ戻り、ヒッティをつれて、家に帰せと要求するのだ。そうしてやる！　町に残る必要はない。こんなことを……こんなことを我慢してまで……。

自分の怒りが頭の中でうまく形にならないでいた。どんな言葉も合わない。なので考えるのをやめ、ひたすら走った。血が、毒々しい溶岩のように血管内で沸騰する。ああ腹が立つ！

ほとんど時間を感じないうちに、山道からマッドクリークの川沿いの公園に出た。ジウスの家にも戻りたくないし、のどかで楽しげな町の〈二枚皮〉の中に混ざりたくもない。

どうする？

公園にはピクニックテーブルやバーベキュースペースが設置され、大きな木が木陰を作っている。だが今日は暑かったので、誰もいなかった。ティモは公園の奥の木まで走り、山道からできるだけ離れると、木の裏側に座って誰からも見つからないようにした。

息がすっかり上がっていた。緑の草の中で手を握っては開く。

ジウスが俺とつがいたいだと。俺を服従させようというのだ！

そう思うだけで、恥で全身が焼けるようだ。どうしてジウスはティモをそこまで弱いと思ったのだ？　ティモが弱さを見せたのか？　一体何をやらかして、こんな――こんな無礼な仕打ちをされたのだ？

そう考えてはみたが、だが、どうしてもしっくりこなかった。それはユキの考え方であり、ユキの反応、ユキが考えるつがいのあり方だ。ティモの故郷での常識であり、ティモもそう育てられてきた。もし群れの雄がほかの雄にまたがろうとしたなら、戦いになる。

だが。ティモにキスをした時、ジウスが求めていたのはそれなのか？

ティモの心が答える――違うと。ジウスがティモやユキや誰かに挑むなんてことはない。ジウスはそんなことはしない。

ティモは鼻息を立てた。靴を脱いで、草の上で爪先を丸める。両手を土にめりこませた。木陰のひんやりした土の感触が、怒りを少しだけ冷やしてくれる。

もしかしたら――ジウスにはティモを見下すつもりはなかったのかもしれない。もしかしたら、これもまた、ティモの理解が及ばないジウスの群れのあり方なのかもしれない。ここに来てから男同士のつがいも見ただろう？　マットとローマン。ランスとティム。ラヴとサミー。ジェイソンとマイロ。彼らの関係に、ティモはとまどった。観察したのだが、ふたりのどちらが弱い、従属的な役割なのか、どうしてもはっきりわからなかった。

もし……もしこの町でのつがいが、アルファの不在と同じことだったら？　ジウスは車で彼に言った――『自分の人生で何をするかは自分次第だ』と。

もし、つがいの間で、どちらも格上でないとしたら？　この町のつがいは幸せそうだ。とりわけ雄同士のつがいたちは。恋人同士の〈二枚皮〉は、どちらもとても幸せそうだった。ティモの故郷のつがいの誰よりも。

ジウスが求めているのもそれなのだろうか？　ほかの雄同士のつがいのように、ティモとつがいになりたがっているのか？

心に残る考えだった。しばらくティモはじっくりと考えこんだ。彼とジウス。つがいとして結ばれて。ジウス、大きくどっしりして、人のいい顔でおだやかな彼が、ティモの手を握って町を歩くところを想像してみた。あるいはデイジーのダイナーで隣同士に座り、恋人のようにくっつきあって、ジウスの腕がティモの肩を抱いているところを。

ティモは眉をひそめて首を振った。

そうじゃない。ティモの腕がジウスの広い肩に回されている。まるで世界に言い放つように。ほら、こいつは最高でこの上なく美しいだろう、俺のものだぞ、と。

想像すると、驚くほど気分がよかった。ティモの犬が身の内で、棒に飛びつくようにはね回り、吠え立ててしっぽを振りたくる。ティモは手で、自分の笑顔に、不思議な気持ちでふれた。

これは……。

だがそこで、自分が車内で言い返したことがよぎる。『お前らは恵まれてるから、ルールなんかなくていいって言えるだけだろ』

ティモは首を振った。駄目だ。マッドクリークのあり方はティモのあり方ではないし、彼の群れのあり方でもない。

それは、いつになく大きな獲物を仕留め、全員にたっぷり行き渡るので四、五人前の肉を食っていい日と同じようなことだ。マッドクリークでは毎日が、そんな特別な日なのだ。心配事がないからアルファを持つ必要もない。誰もが豊かだ！　そして大勢の住民がいて、たくさんの健康な仔犬《こども》がいるから、男同士のつがいが許されるのだ。それでもかまわないから。

そんな生き方は、ティモの群れにはない。

ティモの犬は、しゅんと身を縮めて尾を垂れ、ティモはあらたにかき立てられる怒りの火を感じた。

ジウスだって、わかっていたはずだろう。ティモの群れを見ているのだし。なのにどうしてこんな馬鹿なことをティモに求める？　不可能で間違っているのだと、どうしてわからない？そんなのは、ちらつかせるだけでティモの腹をナイフでえぐるようなものだとわからないのか？

この瞬間、マッドクリークのことなど知らぬままでいたかったと、ティモは思った。


ジウスの家まで戻るのに、誰の助けも借りたくなかった。ジウスの車に乗せてもらうのはなおさら論外だ。

なので、しばらく町をうろついていた。働く気にも、ゴールディに会う気にもなれなかったので、建築現場は避ける。太陽が下がってくると、上り坂を歩いてジウスの家へ向かった。変身すればすぐだが、服を置いていくことになるし、服の手持ちは少ない上に靴はこれしかないのだ。

ジウスの家に着いた時には、ほとんど日暮れだった。家に近づきながら口がからからになる。だが顎を上げ、中に入る心構えをした。

心は決していた——ジウスは何もわかっていないのだから、ティモもあのキスを侮辱とは受け取らない。いや、何も起きなかったふりをするのだ。礼儀正しくして、少しよそよそしい態度で不快感は示す。目を合わせないとか。そして数日のうちにはお互いきれいに忘れて、元どおりの仲に戻れるだろう。

その日が待ち遠しい。何しろ胃がキリキリしていて、ジウスとぎくしゃくしているのが嫌でたまらない。ティモは無表情を顔に貼り付け、キャビンのドアを開けた。

中に入るまで、そこが暗く静まり返っていることに気付かなかった。

まばたきし、ティモは明かりをつけた。

誰の気配もない。

ジウスはまだ帰ってないのか？　車があったか確かめるのを忘れていた。顔を外につき出してみる。ジウスのラングラーがない。

ティモは眉を寄せた。これから帰ってくるのだろうか。小さなリビングを抜けてキッチンへ行き、においを嗅いだ。

いや、ジウスはついさっきまでここにいた。三十分くらい前か。だがもうどこかへ行ってしまった。

静寂がずっしりと冷たい。分厚い雪のように。

壁の時計が音を刻んでいる。大きすぎる音で。よそよそしく。

テーブルの真ん中に何か書かれた紙切れがあった。ティモはそれを拾い上げた。

一番上に〝ティモ〟と彼の名前が書いてあるのはわかった。仕事でもらう給金の明細にも名前が書かれているのだ。そして、一番下に見える〝Z〟がジウスのZだというのもわかる。ジウスがティモに残していった伝言だ。

さっと身を翻して、ティモはつかつかと出口へ向かった。外に出て小さな裏庭を横切るとジウスの両親が住む家の裏口へ向かう。思いきりノックした。

ジウスの母親が応じた。とても慎重な表情に見える。笑顔でもなく、怒ってもいない。

「あら、ティモ。あなたが来るかもってジウスから聞いてるわ」

「これは何て言ってるんだ？」

ティモはあの紙を彼女の手に押し付けた。

紙を取ってかかげ、ジウスの母親は口元をこわばらせた。

「ここに書いてあるのはね、『ティモ、僕はしばらく仕事で遠くに行く。母さんにたのんだからヒッティの面倒ときみたちの食事は大丈夫だ。必要なら、町の誰かが車で町まで送り迎えしてくれる。早いうちにアラスカに戻りたければラヴが飛行機の手配をしてくれる。驚かせてしまってごめんよ。あんなことをして悪かった、本当にごめん。まだ友達でいられたらと思う。さよなら。ジウス』」

ティモは息を荒らげていた。入り口に立ったまま。何を言えばいいのか、どうすればいいのかわからない。

ジウスの母が紙をたたんで、ティモに返した。また慎重な表情に戻っていた。

「今日の夕食は八時よ。その前に何か軽く食べる？」

「いや。ジウスはどこにいる？　どこに行った？」

「わからないの、ティモ。私も聞いてないから。時々、仕事でどこかに行くことがあるのよ」

ティモはうろたえて首を振った。

「ここにあの電話ってやつはないのか？」

「ええ、あるわよ。でもね……ジウスと話すのは、少し待ってからのほうがいいんじゃないかしら。一回落ちついたほうがいいこともあるから」

彼女は物悲しそうに微笑んだ。

そのとおりだ。ジウスはいなくなった。ティモと話したくないからだ。たとえ電話でも……。

そしてティモも、電話なんかでジウスと話したくなかった。顔が見えないと全然違うからだ。

だがとてもじっとしてはいられない。何も理解できない。誰かと話さないと。

「マイロに連絡できるのか？」とティモは聞いた。

「ええ、番号はわかるわよ。なんて伝えればいいの？」とジウスの母が携帯を押す。

「マイロに、話があると今すぐ伝えろ」画面の上で指を止めたジウスの母の眉が上がる。「あ。伝えて、ください？」

ジウスの母がメッセージを送信した。

一時間後、マイロが家の前に車を停めた頃には、ティモは少しだけ落ちつきを取り戻していた。心配することなんてないのだ。ティモもユキや群れの誰かと衝突して、それこそ何度となくとび出したことがある。でも、必ず戻った。ジウスだって戻ってくるはずだ。

大体、ここはジウスの家だ。だからジウスはいつか帰ってくる！　ここには彼の持ち物が全部あるのだ。両親だっている！

マイロがポーチに上ってきた。ジーンズの後ろポケットに手を入れて、心配顔だ。

「やあ、ティモ。どうしたの？」

ティモはポケットからさっきの紙を取り出し、広げて、マイロに手渡した。こんな紙切れを憎んだって仕方ないと自分に言い聞かせる。

マイロがそれを読み、顔を上げた。

「ジウスが逃げた！」とティモは両手を宙へ投げ出した。

マイロはティモの隣に腰を下ろした。

「大変だね。何があったの？」

「あいつにキスされたんだ！　俺たちは滝まで行って、池で、泳いだんだ。そこでジウスが俺にキスをした」

マイロは驚きもしていなかった。どうしてだ？　ティモはあんなに驚いたのに。

「それからどうなったの」とマイロが聞く。

ティモは鼻息を荒くした。

「俺は怒ったさ！　頭に来て、池から出た。それから歩いて歩いて、家に帰ったら、ジウスはもういなくなってた」

「ティモ、嫌だと言うのはかまわないんだよ。好きになる相手は自分で決められないものだし。ただね……」マイロは間を置いた。「ジウスのことは、少し知ってる。とても大きな心を持ってる。きっと今は傷ついてる。好きになってくれない相手に恋をするのは、苦しいものだから。でも大丈夫。心配はいらないよ」

「全然大丈夫じゃねえ」

ティモはうなだれて、目をこすった。ジウスも何度かそう言った——「大丈夫」だとか「心配いらない」とか。だがそれはティモには中身のない言葉なのだ、たんぽぽの綿毛と同じ。

マイロがティモにもたれかかって、ほっそりした顎を肩にのせてきた。

「ああ、つらい気持ちだね。きみは、何が一番苦しい？」

ティモにはわからない。腹がねじれたようで。胸がきしむ。言葉にしようとしてみた。

「ジウスが傷つくのは嫌だ。それに、ジウスがいないのも嫌だ。ここにいれば少し無視したりしてやれたのに。怒るのは俺のほうだろ？　あいつが俺にキスしたんだぞ」

マイロがふうむと鼻音を立てた。

「ん、わかるよ。でもジウスは戻ってくるよ。きっと考える時間がほしいだけ。それと、多分、気まずいんじゃないかな？　でもジウスは、この先もずっときみと友達でいると思うよ」

そうだろうか？　そうかもしれない。あの紙にも、友達でいられたらと書いてあった。それでもまだ苦しい。

ティモはしばらく、何も言わなかった。マイロは後ろに肘をつき、ジーンズの長い脚をポーチの前のコンクリートにのばした。

「僕が初めてジェイソンを好きになった時、ジェイソンは僕をほしくなかったんだよ。とてもつらかったよ！　頭がよくて何年も学校に行っていたジェイソンに、自分が釣り合わないんじゃないかって思ったんだ。僕はただの犬だったし。〝種火《スパーク》〟を得るまでは、ね」

マイロの声からは、まだその時の痛みが伝わってきた。ジウスもこんなふうに苦しんでいるのだろうか？

「それにあんたたちは両方とも雄だし」とティモはつけ足す。

マイロがちらりと見て、うなずいた。

「うん。マッドクリークでさえ、簡単じゃなかった。ジェイソンはクイックの女性と結婚して子供を持つことだってできたしね。子供はいてほしいし！　ジェイソンはとても賢いから。そのチャンスを僕が潰したくはなかった」

「でもそうしたんだろ」

マイロはニコッとした。やわらかく、ひそやかな笑みで、ここにいない誰かに向けられているかのようだ。

「愛につかまって、呑みこまれてしまったら、ただ幸せをつかんでその幸運に感謝するしかないって、そういうことがあるんだよ。ジェイソンも僕を愛してるって、わかったんだ。とても好きだってね。そうしたら、一緒にいることより大事なことなんて何もなかった」

ティモは夜の奥を見つめた。そんな気持ちは知らない。今は、幸運なんて一番自分から遠い言葉にしか思えない。

「子供を持つ方法はほかにもあるし」とマイロがさらりと言った。

それにはティモもぎょっとした。

「そうなのか？」

「ゲイのペンギンがどうするか知ってる？　アラスカにもいないかな」

「ゲイのペンギン？」

ティモはまばたきする。マイロが笑った。

「うん、ゲイのペンギンに会ったことはないみたいだね。でもね、雄のペンギン同士がつがいになることがあって、彼らは卵を盗んだり放置された卵を見つけて、自分たちの卵のように育てるんだよ。前にテレビで見たんだ」

「ナショナルジオグラフィックだろ」ティモは得意げに言った。考えこむ。「そうか。イヌイットの赤ん坊を盗んでくればいいんだな」

マイロがとび上がった。

「えーー駄目だよ、駄目だ、ティモ。そういうことじゃないんだよ。そんなことはしないで、お願いだから！」

あんまり愕然としているので、ティモのほうが驚いた。だがそこで、マイロが正しいと気付く。

「そうだな。イヌイットの赤ん坊を盗めば、親に恨まれる。バギーを借りるよりずっと大変なことになる」

「そうだね、とても恨まれるね」

「大体、赤ん坊を盗んできたってどうにもならない。ユキは群れに人間を入れたがらない」

マイロがかぼそく笑った。

「とにかく。僕が言いたかったのは、ゲイでも養子を取れるってことなんだ。ランスとティムは、ランスの姉さんが産んだモリーを養子にしたんだ。とても大勢産まれたからね。ほかにも、代理出産という方法もある。代わりの女性に子供を産んでもらうんだ。マッドクリークにも、僕とジェイソンのために代理出産をしてくれる女性がいるんだよ。ベルっていうんだ。とてもとても素敵なひとだよ！　ジェイソンの子供なんだよ、僕がそうたのんだんだ。お母さんは僕と同じラブラドゥードルだから、子供は僕にもちょっと似るんだ！　赤ちゃんが産まれたら、ジェイソンと僕がその子の親になるんだよ」

マイロの顔が幸せそうに輝いた。

「待ちきれないよ！」

ティモは、自分の群れの雌が妊娠し、腹が大きくなって健康な仔を産んだ後で、誰かに赤ん坊を渡してしまうところを想像した。鼻息をつく。

「どうしてそんなことができるんだ？　そのベルは？」

肩を揺らしたマイロの顔が少し曇った。

「とても、とても親切なひとなんだよ。誰よりも！　それにジェイソンと僕に子供がいたらいいと思ってくれてる。彼女にはもう五人の子供がいるから、気にしていないんだ。本当にね」

ティモは腹からの吐き気のような波と胸が潰れそうな重さを、また感じた。あの日、〝アズマヤ〟で感じたように。仔犬《こども》が、誰かに託せるくらいそんなに簡単に産まれるなんて思うと、ティモの内側で何かが叫ぶようだった。道に爪先を広げ、コンクリートに押し付けて、星を見上げ、まばたきをくり返した。マイロがティモの肩に頭をのせて、ふたりは少しの間、黙って座っていた。

「そんなに悩まないで、ティモ。ジウスは帰ってくるよ。そのうち気持ちが落ちつくから」

ティモは「電話あるか？」と唸った。

「うん」

マイロが、裏側が鮮やかな緑色で猫の絵が入った電話を取り出した。ティモに渡す。

ティモが画面をつつくと、明るくなった。マイロがパスワードの数字を言ったのでそれを入力したが、指がぎこちない。連絡先を開いて、一番下にジウスを見つけた。

ジウスは〝Z〟から始まる。全部の中で一番最後の文字だ。画面に出てきたジウスの写真はいい写真だった。ティモは長いことそれを見つめていた。

「ジウスにメールしたい？」とマイロが聞く。

「やってくれ」

携帯電話をマイロに返す。文字がわからない恥ずかしさを隠そうとして、つっけんどんな言い方になった。

「いいよ。何て伝えたい？」

ティモは唇を舐める。

「伝えてくれ、冷蔵庫に食い物がないって。そう言っとけば食料を持って戻ってくるだろ」

ないというのは嘘だが、そう聞けばジウスが心配してくれるはずである。冷蔵庫に食料を入れるために帰ってくるに違いない。自分の群れを飢えさせたりはしないだろう。

「それだけ？」

マイロが、ちょっとがっかりしたようにティモを見た。

ティモは「そう言え」と電話に手を振る。

電話にマイロが文章を打ちこむと、音が鳴ってメッセージが送られていった。ふたりして、しばらく携帯電話を見つめる。だが返信は来なかった。

「聞いてもいい？」とマイロがたずねた。

ティモはうなずく。まだ電話を見つめていた。

「恋をしたことはある？」

マイロはじっとティモの顔を観察し、まるで瞳の奥までのぞきこんで心を見透かそうとしているようだった。

「ない」

意味はよくわからないが、そんなもの感じたことがないのだけはわかる。

マイロがうなずいて、息を吐き出す。

「わかった。きっと、マッドクリークはきみには不思議に見えるだろうね。この町に来る前、僕は犬としてホスピスで暮らしていたんだよ。ここに来た時、何もかもがそれまでと違った。ほとんど、ヒトの姿で暮らして」

両腕をのばして、眺める。

「しゃべり方を覚えて。読み方と、書き方を覚えて。ヒトらしい振る舞いを覚えて。群れの仕組みを学んで、自分がどこに入れるか考えて。だから、新しい考え方に体がなじむまで時間がかかるのはわかるよ」

新しい考え方に体がなじむ。まるで犬の肉体に慣れるように――ただし頭の中だけで。なかなかおもしろい言い方だと、ティモは思った。考え方を変えるのが、肉体の変身くらい簡単なら楽だったのに。

「あんたはどうしてそこまでやったんだ？　どうして、ただ町から出てかなかった？」

マイロが、きょとんとして小さく微笑んだ。

「だって、ティモ！　マッドクリークの町を見た瞬間から、クイックたちがお互いを愛して一緒に暮らし、誰もこぼれ落ちないように支え合っているのを見た時から、それだけが僕の望みだったんだ。仲間になりたかった。はじめは気後れしてたし、わからないことばかりだったけど、それでもそうなりたかった」と肩を揺らす。「僕らの生き方が違うのはわかってる。愛や、つがいの形が違っていることも。でも、違っていることはきっと、そんなに悪くない」

ティモは鼻にしわを寄せた。

マイロが電話をしまって立ち上がる。

「じゃ。ジウスにもっとメッセージを送りたくなったら、僕に電話してね。ジウスのお母さんから電話を借りられると思うから」

「わかった。ジウスの母親の電話からあんたに連絡する。ありがとう、マイロ。あんたはいい友達だ」

本当だ。マイロはカプンやヌーキとはまるで違う。ふわっとして、挑戦的なところはかけらもなく、ただ……平和だ。ティモはそれがとても好きだった。ジウスにもそういうところがあるのが好きだ。

その夜、ヒッティとティモはジウスの両親の家で夕食をとった。ヒッティはマッシュポテトが食べられるところをティモに見せたくてはしゃいでいた。食後、彼とヒッティは表のポーチに座って、ふたりで星を見た。しまいに、ティモがジウスのキャビンに引き上げて寝に行く時間になった。

ヒッティもジウスもいないと、家がひどく空っぽに思えて嫌なのだ。あまりにもひとりきりで、少し怖いくらいだ。彼の犬はジウスの両親の家へ戻りたがった。ヒッティのベッドで丸まりたいのかもしれない。だがティモは、ヒッティやジウスの親に臆病者だと思われたくはなかった。

ティモは違うのだから！　ひとりで眠れる。怖くなんてない。里ではいつもひとりで寝ていたのだし。

ジウスの家に入り、ティモは服を脱いだ。ジウスのベッドにもぐりこみ、すぐ眠れるよう願う。だがベッドはジウスのにおいがして、ますます心が騒ぐだけだった。

その少し前に、彼はマイロに電話をかけてジウスにメールを送ってもらっていた。『お前の母さんがチキンとマッシュポテトとグレービーを作ってくれた。帰って来ないなら俺が全部食べちまうぞ』

そしてその後にも。『ここは星が少なすぎる。位置も間違ってる』

だがジウスからの返信はないと、マイロは言った。

今、ティモはベッドで転がって、心をきしませる。こんな少しの間に――いつのまに？――ジウスは彼にとって大事な相手になっていた。もしかしたら一番大切な相手に。ユキやカプンやヌーキ、ヒッティすらかなわないくらいの。彼の犬の本能は、群れをそばに置きたがっている。そして一番求めているのは、ベッドで隣にいてほしいのは、ジウスなのだ。人好きのする顔とやわらかな目と、大きくてたよりがいのある存在感で。

ジウスはいつもベッドではこちらに背を向けていたが、ティモは気にしていなかった。ジウスの背中は寄り添うのにぴったりだったからだ。

ジウスの犬すら今は恋しい。谷で遊んだあの日の、そしてヒッティの手術前夜に走った思い出に、ティモは微笑んでいた。ジウスの犬は本当に大きくてふわふわしてパタパタで、すごいのだ！

マイロとの会話のせいで、とても心がざわついていた。自分の芯に空虚な痛みがあって、何かを知っているのに思い出せないような感じだ。まるで、ひどいことをしたのにそれがなんだかわからないような。罪悪感と情けなさ。

悪いことなどしていない！　だが自分にそう言い聞かせても、その感覚は消えなかった。

横たわって、眠ろうとしていると、不意にカッと怒りがこみ上げてきた。

マイロにとって、ジェイソンを愛していると言うのは簡単に違いない。ジェイソンと結婚するのだって。マイロはひとりきりでマッドクリークに来たのだから。ユキのようなアルファの兄もいない。自分を必要とする群れがいるわけでもない。マイロが〝新しい考え方〟になじんだところで誰にも文句は言われない。

だがティモには、群れへの責任がある。これまで逃げ回ってはいたが、いつかは果たすつもりだった責任だ。

（もし自由の身だったら？　もし仔犬《こども》のことなど気にしなくてよかったら？　その時はジウスを愛するか？　ジウスを愛しているのか？）

ティモは寝返りを打ち、大きく、感情的な呻きを上げた。バカげた問いだ。バカげた頭め。こんなの「この木がウサギだったら食べますか？」と聞くようなものだ。木はウサギじゃない！

ジウスの母の携帯を（彼女が持たせてくれた）取り上げ、ティモはマイロの顔写真を叩いた。少しして、マイロが眠そうに出る。

『ティモ？』

「ジウスに送ってくれ──お前のベッドは冷たい。俺はそれが嫌だ！」

マイロがあくびをした。『わかった。送るよ。おやすみ、ティモ』

ティモは電話を放り出すと、またベッドに、派手に倒れこんだ。ふんと息をつき、シーツとブランケットをベッドから蹴りはがす。このベッドは寝心地がよすぎる。くつろぎたいわけじゃない。ティモは怒っているのだ！

自分の義務はわかっている。マッドクリークの雌とつがいになるのだ。たとえばゴールディと。彼女ならきっと、申し込めば承知してくれる。目でわかる。彼女をつれて里に戻れば、ユキが彼女を確認して健康なのを見て、よくやったとティモをほめるだろう。きっと誇らしく思ってくれる。

だがそれを想像し、ユキが雌のつがいを確かめるところを思うと、ティモの胸がきしんだ。内なる犬が鋭い抗議の声を上げる。

駄目だ。そんなことしたくない！

ゴールディとつがいになりたくないのだ。彼女は優しい。だが彼女のそばにいても同じぐらい楽しいとは思えないのだ、一緒にいるのが――。

枕に顔をうずめて唸った。そうやってジウスのにおいを嗅ぐと、彼の内の犬が鎮まってくる。この何時間かでやっとティモの気分もマシになった。枕を顔の上にのせてにおいを吸いこむ。たまらないにおいだ。ゆっくりと心が落ちつき、体がうずき出した。

枕をきつく抱えこみ、今日の滝でのことを思う。怒りにかまけていて、あの時の……感覚をやっと今思い出していた。こうすると、体を包んだジウスの腕の感覚や、温かな舌の甘やかさを思い出す。熱い官能が血管で脈打ち、頭から爪先まで満たされて、そのまましばらく追憶に浸っていた。

自分が何をしているか、次にハッと気付くと、すっかり発情して痛むほどいきりたち、肌は燃えるようだった。

ぎょっとして、ティモはベッドから転がり出た。暗い部屋に立ち尽くし、喘ぐ。それから手のひらで両目を押さえて、やり場のないうなり声を上げた。

ご機嫌なティモ、したたかなティモ、いつもするりと逃げて自由奔放に駆け回り、誰にも捕まえられず、とらわれることもなく、何もかも気楽にやりすごしてきたティモ。

ああ、くそう。

どうして、捕まってしまったような気持ちなのだろう？　罠や網にではなく、優しい金茶の瞳とおっとりした笑顔に。

23　ティモ、後悔を知る

ティモ

その翌日、ラヴとジェイソンがキャビンにやってきて、ティモがいつの便で帰宅するかを話し合った。ジェイソンが早いうちがいいと主張するのは、ティモの群れを〝研究〟したいからだ。ラヴも手配できると言った。そんなわけでいつのまにか、ほんの一週間後に帰ることに決まっていた。

帰らなければならないと、ティモもわかっていた。ユキは激怒しているだろう。すでに約束の二週間をすぎているのだ。ヒッティも回復してきた。もうここに残る理由はない。

その夜、ティモとヒッティは帰還について、ジウスの両親との夕食の席で話し合った。

「あなたはここに残ってもいいのに、ヒッティ」ジウスの母が優しい目で言った。「いくらでもこの家で暮らせばいいのよ。ここのほうがマクガーバー先生や病院にも近いし。アラスカに戻るなんて心配だもの。カテーテルに何かあったらどうするの？」

ティモは通訳したが、ヒッティは英語を着々と覚えつつあった。彼女は少し考えこみながら、小さな一口分を慎重に噛んでいた。

「あたしは、サイモンをユキに会わせたい。群れのみんなにも。里も見たいし」

そう結論を出す。顎を上げて、そっと微笑んだ。

サイモンを自分のつがいとして見せびらかしたいんだな、とティモは思ったが、指摘はしなかった。かわいそうに、ヒッティは群れで軽んじられてきた。ユキとティモに守られていなければ、きっともっとひどい扱いをされていただろう。それが今や〝治って〟の帰還、それもハンサムで若くて健康な雄をつれてだ。ユキと同じ白い髪をした相手を！　ヒッティはさぞや誇らしいはずだ。

「でもずっとはいない」ヒッティはジウスの母親に言った。「マッドクリークが恋しくなるし」

「いつでも帰ってらっしゃい。そしていくらでもここにいてね」とジウスの母親がうれしそうに微笑む。

「きみがいてくれるとうれしいよ」ジウスの父親も優しく言って、また新聞に目を戻した。

ヒッティはティモを見る――それでいい？　と。ティモはうなずいた。ヒッティにあれこれ指図する気はない。正直、ヒッティが里に残ろうが去ろうがどちらでもよかった。愛していないからではない、心から彼女を愛している。ただ不意に悟ったのだ、ヒッティにとっての最善を知っているのはヒッティなのだと。

彼女じゃなくて、どうしようもないのはティモのほうだ。ジウスが恋しい。だがジウスは帰ってこない――ティモがいくらマイロにメッセージを送ってもらっても。何を送られてもジウスが無視するのなら、携帯電話とやらに何の価値がある？

それから三日が経った。ティモには、あれこれ考える時間がたっぷりあった。その時間をジェイソンやマイロとすごす。その間にジェイソンはキミッグの里で何をするか山ほど計画を練っていた。「包括的な研究」を行うのだと言い、きっと自分の手で「原因である変異を特定可能だ」とも言っていた。

彼の話は退屈だったので、ティモはジェイソンとマイロが一緒にすごす様子を眺めていた。

ふたりの活力は正反対なのに、どうしてか完璧に調和しているのだ。ジェイソンが鋭く、マイロはやわらか。ジェイソンが脳を回転させて高揚し、すっかりのめりこんでしまう一方、そんな彼をマイロが優しく現実に引き戻す。

そのマイロは、愛情と家と安定を求めていた。マイロには誰か、〈毛皮なし〉の世界を自在に動ける相手が必要だった。今でさえマイロには時おり迷いがあって、ティモにもそれが見える。そんな時は、いつもジェイソンがそばでマイロを導き、安心させてやるのだった。

ジェイソンは、マイロという流れを包む岩のような存在だった。

そしてティモは、ヒッティのことも考えていた。食べることに自信を持ち、サイモンに褒めたたえられて愛情を注がれ、強く、輝いていくヒッティを見ながら、しきりに彼女のことを考えた。サイモンは毎日、昼食時と夕食後にヒッティを訪れた。

もしジウスに出会えていなければ、ヒッティはそう遠くないうちにまた〈空の家〉に行かされただろう。そして次は、生きては戻れなかっただろう。

これは、まるで逃げるウサギに翻弄されるようなものだった。どう感じればいいのか、ティモにはつかめないままでいる。自分の里を愛している。里が恋しい。世界のどこよりも美しい場所だ。『プラネットアース』を見たティモが言うのだから間違いない！　谷が恋しいし狼やカリブーが恋しい。カプンやヌーキにも会いたい。ユキにすら会いたいくらいだ。

けれども。ティモが住みたいのは、病んだり重傷を負ったものが〈空の家〉へ追いやられて死を待つことのない世界だった。ヒッティが治療され、回復する世界がほしい。

住みたいのは、誰もが自分の願いを言える世界だ。特にティモが（！）だが、とにかく全員が。ヒッティが手術を選べる世界。ヒッティがアラスカに戻るかどうかを、自分で決められる世界。

ティモが誰を愛するか、自由に選べる世界。

住みたいのは、一番そばにいてほしい相手とつがいになれる世界だ。つがいだからといって片方が弱いとは限らない世界。ふたりが肩を並べ、対等に見つめ合える世界。

岩が水を愛するように。

それとカウチ……ティモは、カウチがある世界で生きたい。

少しずつ、ティモの考え方は――新しさになじんでいく。

だがジウスは帰ってこなかった。

ベッドに残っていたジウスのにおいがもう見つからない。だがクローゼットに、洗っていない服を見つけた。ひとりになっての三夜目、ティモはジウスの大きなTシャツをつかみ――ジウスの残り香が濃い灰色のTシャツだ――ベッドに持ちこんだ。そして、千年経とうと誰にも認める気はないが、Tシャツの中に枕を詰めて形にすると、一晩中しがみついていた。

闇の中で横たわり、眠りの訪れを待ちながら、身の内の犬が咆哮した。その声はティモの内側で研ぎ澄まされたエコーとなってはね返りつづける。彼の犬が呼んでいる――呼んでいるのだ、つがいを。ここにはいない、声も届かないつがいを。

生まれてこの方初めて、ティモは自分の行いを後悔した。本来、すぎたことをくよくよするたちではない。群れの仲間と喧嘩したりユキと争ったりした時でさえ、親しみをこめて肩を擦り付けたり少し食料を譲れば、すべて水に流せた。だが今はずっと、滝でジウスにキスされた日のことが頭から離れない。怒った自分が。

（やめろ。やめろ！）

そしてジウスを置き去りにしていった。ジウスがどんな苦しい思いをするかも考えずに。

それから……何もなくなってしまった。ジウスとは二度と話せず、自分の険しい態度をやわらげることも、目を見つめてもう怒ってないと伝えることも、ふざけた肩の押し合いも、犬の姿で走りにいこうと誘うことも、できなかった。

今、ティモは苦しい。そして理解しつつあった――ジウスがあんなふうにキスしたのなら、もっと前から思いを抱えていたに違いない。なのにティモは怒鳴りつけたのだ。池から自分が駆け出す直前の、ジウスの表情が目に焼き付いている。まるで心が崩れたかのようだった。

（ごめんよ）とジウスは言った。（ごめん……）

くそう。ティモはもう、思い出したくない！

四日目の朝、ジウスの父親がティモを町まで送ってくれた。デイジーのダイナーで朝食をとってから公園で少しのんびりするつもりだ。新しい友人たちと会って、また建築の手伝いをしたりとか。何かをぶっ叩きたい気分でもあるし。思いきり。

まばゆい朝日の中、ダイナーへと歩道を歩いていく。ティモはこの町の日差しが大好きでもあり、嫌いでもあった。きれいだが暑い。

保安官助手のローマン・チャーズガードが、向かいからすれ違いに歩いてきた。

「おはよう」と深い声で挨拶される。だがローマンの目に親しみはなかった。

「おはよう」とティモも返す。

ローマンが通りすぎた瞬間、ティモの背すじがのび、耳がピンと立った。手をつき出してローマンの腕をひっつかむ。

ローマンが足を止め、ティモの目をのぞきこんだ。「どうした」とおだやかな声で言う。

ティモはおだやかとはほど遠かった。近づき、鼻をくんくんさせて、ローマンの制服のシャツを丹念に嗅ぐ。布地に残った洗剤、のどかな布地のにおい、ローマン本人のにおい、それから——。

「あいつはどこだ？」

ティモはそう迫って、ローマンの目をにらみつけた。

ローマンが困り顔になる。

「ええと……」

「ジウスのにおいがする！　新しいにおいだぞ。あいつはどこにいる？」

ティモの耳の奥で血が鳴った。ジウスが近くにいるのだ。少なくとも、いたのだ。ほんの少し前には。

ローマンの背がこわばり、力をこめてティモの手を引き剥がした。唇が少し震えていて、警告を示している。

「ジウスは、俺とマットのところにいる」

まばたきしたティモの胸に熱いものがせり上がった。

「ジウスはマッドクリークにいるのか？　ならどうして家に帰らない？」

「きみがいなくなるのを待っているんだろう」

ローマンは挑戦的な目をしていたが、ティモにはどうでもよかった。鉤爪のように食いこんできたのはその言葉のほうだ。

いなくなるのを待っている。ジウスはティモに会いたくないのだ。もう二度と。

ティモは胸を大きく張った。

「あんたの家はどこだ」と問い詰める。

「ティモ……もしジウスがきみに会いたくなれば、いつでも行けるんだ」

（やめろ。やめろ！）ティモ自身の言葉が頭にこだまする。ジウスが会いたがらないのも当然だ。

何か言えないか、ローマンをうまくごまかして教えてもらえないかと、ティモは思案をめぐらせる。今夜、仕事上がりのローマンの車に隠れるとか？　そうすればローマンは車で家に帰るだろう。

〈ローマンは〈二枚皮〉だ。においで気付かれるぞ〉

そのとおり。ならヒッティに何か起きてどうしてもジウスと話がしたい、と言ってみようか。それか町の誰かに場所を聞くのだ。ローマンとマットの家の場所を、誰かは知っているはずだ。

だが、ローマンの目は怒っていなかった。ティモのことを悲しんでいるように見えた。そんな彼に嘘をついたりだましたりするのは、間違っている気がする。ここにおふざけの余地はない。それにティモも、いたずらなど仕掛ける気にはとてもなれなかった。

だから、ティモはローマンの顎に視線を落とし、頭をわずかに左へ傾けて、首筋をあらわにした。

「たのむ、ローマン。本当にジウスに会いたいだけなんだ。会わずに帰りたくない。どうしても伝えないと……ジウスは俺の友達だ。たのむ、たのむ、たのむ、たのむ、たのむ」

断られたら死んでしまう気がした。

ローマンがため息をつき、手をのばしてティモの髪をなでた。

「ああ、もう、ティモ。どうか犬のお恵みを」

24 野生を抱きしめて

ジウス

マットとローマンは仕事に出かけ、ジウスもそろそろ出るところだった。昨日の朝に南カリフォルニアから、自ら買って出たキクイムシ調査の助手を終えて帰ってきたのだ。そのまま一日をオフィスで、溜まったメールの処理や上司への報告などをしてすごした。幸い、車でマッドクリークを通ることもなく。自分の家に近づくこともなく。ティモのことを考えずにすみそうなくらい忙しかった。

考えずにはいられなかったが。

あの滝の日から、もうずっとどうにかなりそうだった。ティモはジウスを求めてはいないのだし、ジウスはそれを受け入れなければ。だが自分の勘違いが恥ずかしく、ティモからつがいとして認められるかもなんて思いこんだのが情けない。それをティモに押し付けようとしたことがいたたまれない。ああ、それが一番最悪だ！

とても顔向けできずに、ジウスはマットとローマンの家で一夜をすごして、朝になると出張を志願したのだった。少なくとも、南カリフォルニアにいればティモと話したり探したりまた何かやらかしたりすることはないし、離れたことでやっとジウスの犬をさいなむ不安感も治まったのだった。

だが、離れている時間は、何も変えてはくれなかった。心はまだ虚しいきしみを上げている。彼の犬はみじめだった。いわばジウスの脳内の床でパンケーキのごとくぺしゃんこになって、ジウスが見にいった時だけ悲しげに目を動かしている状態だ。

それはそれは、しょげかえった犬。

（わかるよ、相棒）とジウスは思う。（僕も同じさ）

愛から回復するにはどれくらいかかるのだろう？　とても長いことかかりそうな、嫌な予感がしていた。

客間から出ながら、クリーニングしたばかりの森林局の制服の袖を留めた。コーヒーを一杯飲んで動くとしよう。

家の前でタイヤの音がした。重い車。ローマンの車だ。

ジウスは少しの間耳をそばだてた。それからローマンが忘れ物でもしたのだろうと考え、そのままコーヒーの豊かな香りがするキッチンへ向かう。キャビネットのカップを取ると、カウンターのコーヒーポットから一杯注いだ。

カップを手に振り返ると、キッチンの入り口にティモが立っていた。

ジウスはカップを取り落としかかった。だがあやうく正気付き、ティモに背を向けて、そっとカップを置く。そこに立ったまま、カウンターを握りしめて荒い息をついた。

ジウスの犬は内側ではね回り、ティモのところへ行きたがっていた。だがヒトとしてのジウスの頭はそこまで単純ではない。一体ティモがここで何をしている？　どうやってジウスを見つけた？　そして何をしに来た？　あれ以上ジウスを怒鳴りにか？

怒りの火花が心にともった。ティモが彼と争いたいのなら、勝手にすればいい。ジウスはもうあやまったのだし。二回も。

「こっちを見ろ」

ティモが言った。傷ついたような声だ。まるでジウスがひどいことでもしたかのように。

ジウスはしばし目をとじ、それから振り向いて、カウンターによりかかると腕を組んだ。

(どうしよう、ものすごくきれいだ)

ティモの長い髪は清潔な艶があり、まっすぐ下ろされている。ジウスの好みどおりに。その顔は強靱で誇りに満ちている。ジウスの心臓がゆっくり、胸の奥で重く打ち、目が潤んだ。

ティモに恋をしたのなんて当たり前だ。しないわけがない、こんなの。

「どうしてここに？　僕は、そっとしておいたのに」

ジウスの声は別人のもののようにしゃがれ、低かった。

　ティモが一歩近づく。燃えるような目。

「いや、お前だ。お前はどうして逃げた？　そして帰ってこなくなった。何日もだ！」

　ジウスは切れ切れの息をついた。考えがとてもまとまらない。ティモの空色の目がそんなに猛々しく燃えていては。

「僕は……」

「俺はメッセージを送ったぞ！　マイロがやった。メッセージが来たら返事をするだろう。電話ってそういうものなんじゃないのか！」

　ティモが本気で憤慨しているようだったので、ジウスはまたたいた。

「それはごめん……何て返事していいかわからなかったんだよ」

　言葉がたよりなくなって、喉が詰まったようにうまく出てこないところだった。情けない。泣いたりするものか！

　だがティモを、その純粋な野生の魂を見てしまうと、もう耐えられなかった。もっと性格が良ければ、ティモと友達のままでいられたかもしれない。だがこの恋はつらすぎる。ジウスの内の犬は、今にも丸まって死んでしまいそうだ。

「僕は、行かないと」

　ジウスはいきなりそう言った。ティモの顔から視線を引き剥がし、入り口にいる彼を押しのけようとする。

だがティモは目の前に立ちはだかって通してくれなかった。あやうくぶつかりそうになったジウスは彼をにらむ。

「どいてくれよ」

ティモが「いやだ」とにらみ返した。

ジウスの胸を両手で、強く押し返してくる。

そのひと押しは予想外で、ジウスは思わず下がった。ティモを見つめる。

「一体何を――僕は喧嘩はしたくないんだよ。通してくれないか」

ジウスはそっけなく言い放つ。感情が尖ってくる。

「駄目だ！」

ティモが前に出てまたジウスを押した。ジウスはまた一歩後ずさる。ティモより大柄なのだし、止めることはできる。だが、わけがわからなかった。

「俺から逃げるのをやめろ！」

ティモの声は怒り、苛立っていたが、その目は懇願するようだった。

（逃げる？）

「逃げたのはきみのほうだろう。あの日、僕が――」

その先はとても言えなかった。

ティモがまた小さくジウスをこづき、そのせいでジウスの背中がカウンターについた。

こうなると腹が立ってきた。ジウスの犬は追い込まれるのが嫌いだ。ジウスはなかなか怒らないたちだが、踏みつけにされて平気なわけではない。たしかに、ティモは彼をつがいにしたくないのだろう。それはいい。だが、ジウスの気持ちは真剣なものだ。当たり散らされる筋合いはない。

「ティモ。下がれ」

ジウスはうなった。うなじの皮膚がざわついて、逆毛が立つ。

ティモが低く、不満そうな音を立てた。ジウスのシャツを両手でつかみ、しわしわにしながら、身をのり出して鼻と鼻がつかんばかりにする。

「聞けよ！　俺も。お前が。ほしい」

その言葉は、まるで痛むかのように吐き出された。思わずジウスが固まる。

何だと？

本当に……？

「ええと。それって、つまり、そういう――」

ティモの口が勢いよくジウスの口にかぶさった。

ジウスは茫然としていた。キスに、そしてそれ以上にキスをしてくるティモの決意に。まるでジウスの内側に入りこもうとでもするように――ジウスを得ようとするように。

そして、ティモの怒りが本当は怒りではなかったことを、今、悟った。

あれは必死さだったのだ。ジウスに会いたくて。

安堵感は大きすぎて、受け止める余裕もなかった。ティモにキスされていてはなおさら。なのでジウスは目をとじ、両腕をティモに回し、キスにすべての思いをこめようとした。

（愛しているよ、ティモ）

きみへの愛で、ほとんど死ぬかと思ったけど、でもそのキスをやめないでいてくれるなら、何だろうとあげるよ。この世にあるもの、何でも。

だがティモはまさに炎の勢いだ。そこに甘さなどない。

ジウスの口に襲いかかり、吸い付き、吸い上げた。両手はさまよい、ジウスの横腹、胸元、腕と、隙間を探すかのように激しく動いている。カウンターに押し付けられたジウスはティモの全身を感じた。ティモの股間がいきり立って布地ごしでも熱いことにぎょっとする。

本当なのだ――ティモが欲しがっている。

ジウスの脳の一部、ヒトである部分は、もっとティモの勢いをゆるめたい。止まって、どういうことかたずねたい。これは現実？　いつ、ジウスのことをそんなふうに好きだと心を決めたのか？　ユキは何て言うだろう？

だがとてもキスを止められない。

どうやら、ティモにためらいを見抜かれたらしい。顔を離したティモがその隙に唸った。

「お前もキスしろよ！　この間みたいにさ」

「ああ。うん」

　そして、そんな具合で、ジウスの脳は思考を停止した。ティモにがっつかれると、ジウスがずっと溜めこむだけ溜めこんできた欲求に火がつけられたようになって、全身にあふれ出してくるようだ。もしティモがキスされたいというなら、犬の名にかけて、息もできなくなるほどキスしよう。

　ティモの尻をつかんでぐるりと体を入れ替え、持ち上げて爪先立ちにさせたティモをカウンターに押し付ける。ティモに激しくキスをして、己の感動と欲望を伝える。ティモはジウスの首に両腕を回し、もっと引き寄せて、キスを返してきた。舌は熱く濡れて、ジウスの口にねじこまれ、そしてティモの喉から低いうなりが上がる。

　ああ、犬の名にかけて、何という、聞いたこともない色気にあふれた声だろう。

　そう。このまま――。

　この瞬間、世界に存在するのは、つがいを自分のものにしたいというジウスの切迫感だけだった。感じるのは極北にいる野生、ティモのにおいだけ、ティモの体の揺るがぬ強靱さだけ、そしてジウスの心臓のすぐそばで重なるように脈打つティモの鼓動だけ。わかることはティモの中で震え出しそうな欲求、それに呼応してジウスの血を騒がせる官能の旋律。

　キスをしながら体を押し付けあって、ジウスはこれまで感じたどんなものともかけ離れた、つがいへの衝動を味わった。それは壮大で、血管を流れる血は熱された糖蜜のよう。そしてジウスのすべてがひとつだけを求める——つがいと溶け合い、ひとつになって、つがいに歓びを与えたい。ジウスとティモ以外、何も存在しない。何ひとつ。

腕の中でティモがもがいたので、ジウスはすぐに放した。その瞬間、ティモがまた怒り出すのかと思う。だがティモの顔は欲情で紅潮し、唇の片端は上がって震え、ジウスによこされた目つきはまさに所有欲としか言いようのないものだった。ジウスが初めて見るまなざし。とりわけティモの顔には。それを見るとうれしくて死にそうになる。

「これって、つまり……?」とジウスは囁いた。

ティモが「バカ」と言いたげに片眉を上げると、せっせとジウスのシャツのボタンを外しはじめる。

「脱げよ。なんでこんなくだらない服着込んでるんだ、お前は」

その手がネクタイに届いたところで、ジウスはやっとのぼせた目でティモを見つめるのをやめ、手伝いはじめた。ティモはジウスにネクタイをまかせてベルトに取り掛かる。ベルトを抜こうとして、いたずらっぽくジウスを見上げた。

「お前、まだ恥ずかしくて脱げないんじゃないだろうな?」

ジウスは笑いと呻きの混じった声を立てた。ティモの手を押しのけ、ベルトを引き抜いてキッチンの向こうへ放り出す。ズボンのボタンを外すと膝まで押し下げたが、まだワーキングブーツを履いたままだった。紐をほどかないと脱げない。不服の声とともにちゃんと脱ごうと離れかけたが、ティモが許さなかった。どうやってかティモはシャツを脱いでおり、ジーンズを下ろすとまたジウスに体当たりして、ほぼカウンターによじのぼり、ジウスをきつく引き寄せると深いキスをした。

もう仕方ない。ジウスはこのままズボンを足首にわだかまらせたままだ。どうせもう止めたりできない、つがいの固い肉棒がむき出しで、彼の腹に熱く当たっている時には。

今度はさっきより荒っぽくなる——歯が当たり、カウンターに強く押しつけたり引き寄せたり、届く限りどこでも強くつかみあう手には少し力が入りすぎだ。ジウスにはそれがたまらない。この。一瞬一秒。すべて。これこそティモに求めるものすべて——熱と肌と情熱と、そして野生の何かを抱きしめる昂揚。

その瞬間、ジウスは目をとじ、ティモががくがくと体を揺すって、ここがキッチンではないようなくらりと傾く錯覚があった。

違う、彼らはツンドラを疾駆し、ティモがかたわらにいて、駆け、走り、血は奔流となり、ふたつの魂は場所も、時すらも超えて、悠久となる。このまま果てなく、ティモとジウスが走りつづけるような。ふたりの肉体が失せたその先もずっと。

ティモの腰がリズムにのって、彼は乱れて、喘いだ。ジウスは本能のまま、ティモの欲求に応える。できる限り体を押し付け、ティモの尻をきつく支え、腰骨の内側めがけてティモが突き上げられるようにしてやる。もうキスをするにも息が足りない。ティモはジウスの肩に手を食い込ませ、頭を引いてジウスの顔をのぞきこんだ。空色の瞳が深い、けぶったようなターコイズ色になって、まれな陽光だけがその深さを知る山あいの秘められた湖のようだ。

指がジウスの肩に食いこむ。ティモの息が荒れ、顔が赤らんで、彼らの中に、そして周囲に渦巻く快楽の頂点を追い求める。

そのティモの姿、官能的で荒ぶった行為、ティモの突き上げの刺激、すべてがジウスを煽り立てる。快感は高まりつづけ、しまいには股間の灼熱の一点にすべてが収縮していく。律動に巻きこまれ、きつく、きつく、きつく。

そしてティモの目がとじ、首をのけぞらせて、呻いた。濡れた熱が体の間にあふれた。ダムが決壊したように。

その爆発が、ジウスを押し流した。


体を拭って服も大体着込むと、ふたりはカウチに座って、ジウスはティモに腕を回し、ティモはジウスの首すじに頰ずりした。ジウスはさわる手を止められない。ティモの髪は絹のように指の間からこぼれた。手のひらにふれるむき出しの腕は固く、熱い。

ジウスは満ち足りてため息をついた。この何日かは本当に、とてもひどかったのに、今はこうなっている。とても信じられなかった。

ティモが首をかしげてジウスを見上げた。強いまなざしだ。

「お前の顔を、やっと見られた」

「きみの顔もね。髪も、しゃべり方も、恋しかったよ」

ジウスはティモの髪をかき上げて、顔がよく見えるようにした。世界の誰より美しい顔だ。

ティモが彼のことを好きになってくれたなんて、まだ信じられないくらいだった。

誰かにわかるような変化や、外見上の差はない。なのにジウスの目には、ティモはこれまでと違って見えた。どこか輝いている。創造主が手を差し伸べてふれたかのように。このものはお前のものだ――お前のだ、と。

でも、本当に？

「僕らは……これって、つまり……」とジウスは言ってみるが、怖くて肝心の問いが聞けない。

ティモが片眉を上げ、きょとんとした。

「お前の言葉もどっかに行っちまったのか？」

ジウスはもう一度やり直す。

「きみは、僕とつがいになりたいのか？　それとも……」

ティモががばっと起きた。両手でジウスの顔をはさんで猛々しく目をのぞきこむ。その目の奥まで、一瞬、探り抜いた。

「お前が俺のつがいだ！　違うのか？」

「ううん。うん。そうだよ。だから、きみは僕のつがいだ」

ジウスもティモの顎へと手をすべらせる。

しばらくの間ふたりは互いの目をのぞきこみ、無言の誓いを交わした。世界が大きく揺らぎ、ジウスの足元でまた形を取る。まるでアラスカの大地震の余震のように。そう、余波なのかもしれない。世界が戻ってみたら、ジウスにはつがいができていたのだから。誰にも、もうそれは変えられない。

だからジウスはティモにキスをした。今回はゆるやかに。自分の愛と思いやりを、すべてこめて。

(力の限り、きみを守るから、きみは僕を守ってほしい。僕らの最後の日まで)

だがやがて、そんな愛しい時間がすぎ、状況を話し合わねばならない時が来た。ふたりしてカウチにもたれて、手は握り合ったままでいた。

ジウスはたずねる。

「ユキは僕らのことを認めないよね?」

「ユキが何と言おうがかまうもんか」ティモが顔をしかめる。「お前が俺のつがいだ。俺の心の中の、魂の中の、体の中の。それはユキにも変えられない」

だが、ティモが本当は気にしていると、ジウスにもわかっていた。とても気にしていると。

「もしユキを町に招待して、僕の両親やマッドクリークのみんなと会えば……」

腕の中でティモの体がこわばった。

「無理だ。あいつはそんなに長く群れを放っておけない。つがいも仔が生まれそうだし。ユキは彼女から離れないよ」

その口調は重々しかった。

「そうなのか。ユキにわかってもらうために、僕にできそうなことはある？　それか、もしわかってくれないようなら、きみはここに来てマッドクリークに住みなよ。僕と一緒に」

そうは言ったが、駄目だという気がした。ティモをアラスカから引き離したくはない。それを言うなら、ジウスだってアラスカから遠ざけられたくない。あんなに魂に訴えかけてくる土地はほかになかった。とはいえ、彼らはどこに住めばいいのだろう？　アラスカに住むなら、どうやって、暮らす？　マッドクリークを離れるなら、ジウスは仕事も辞めないと。

心地いい余韻が薄れ、胸騒ぎが広がる。

「今は考えるな」腕の中でティモが身じろいだ。「まだ。俺と一緒にいてくれ。俺と、いてくれ。ジウス」

「うん」

ジウスはティモの髪に鼻を埋め、香りで己を満たし、内なる犬をなだめた。ティモの言うとおりだ。今は、ティモだけを思うべき時間だ。ほかのことを思うにはもったいない時間だ。

ティモは満ち足りた息をこぼし、もぞもぞと身を寄せた。

「お前のベッドが空っぽで、嫌だった」

「わかるよ」

「二度とどこにも行くな」

「行かない。約束する」

「よし」

ティモがジウスの首筋にキスしたものだから、ついそのまま盛り上がりそうになった。だが午前中には仕事に行かないとならないので、ジウスは唾を飲みこみ、自分を鎮めた。

不意にティモが起き上がった。

「そうだ。俺たち、どうするんだ？」

ジウスはドキッとする。

「どうって、何が？」

「俺が『二度とどこにも行くな』と言っただろ、それでお前は『約束する』と言ったよな。てことは……どっちがアルファなんだ？　お前か俺か」

ジウスはしばらくティモを見つめていた。

「ええと……僕らは、対等みたいなものじゃないかと、思うんだけど」

ティモは鼻にしわを寄せた。がんばって理解しようとしているのだが今一つ、という顔だ。

「ああ、それはわかる。でもな……もしとても大変なことが起きて、どっちかが上に立たなきゃならない時は？　それかとても大事な何かで、俺たちの意見が食い違ったら？」

ジウスは考えこんだ。

「それは……もし、きみが〝アルファ〟になりたいのなら、僕はそれでいいよ」

まるで何かを勝ち取ったかのように、ティモが微笑んだ。だがすぐに顎を上げる。

「俺たちは対等だ。大体、いつもは」

ジウスは微笑した。「完璧だね」

25　余震

ティモ

ティモは崖から思いきって踏み切り、自分の望むことをやってのけた。ジウスをつがいにしたのだ。こんなに幸せなことはない。

町に戻る車の中でもジウスにさわるのを止められなかった。ジウスは仕事に行かなくてはならず、それをあやまっていたが、ティモにも仕事というものは理解できる。アンカレジにいても時おり森の呼び声を感じたが、それでも仕事を優先した。なのでジウスに長いキスをして送り出してから、町で一日をすごした。

家の建築仕事に、しばらく上機嫌で取りかかる。ついニヤついてしまう。ゴールディのハンマーを隠し、彼らが探しに探している間も無表情を保っていると、そのティモのポケットからのぞくオレンジの取手を見つけた彼女は唖然としていた。凄く笑えた！　あまりに笑って草むらを転げ回り、ティモは立てなくなるほどだった。

ゴールディとロウニーとトプシィも愉快がっていた。

ティモは、サイモンと一緒にダイナーで昼食をとった。サイモンはヒッティについてひっきりなしにしゃべりつづけていた。ティモはとても慈しみ深い気分だったので、妹のことを美しいもののように扱ってくれるこの小柄なクイックを気に入ることにした。テーブルごしに身をのり出して、サイモンの髪をくしゃっと混ぜ、ふざけるように押しやる。

「どういうこと?」

サイモンは喜ぶべきか怯えるべきか迷っているようだ。

「俺たちの兄、ユキは、お前を気に入ると思うよ、サイモン。白い髪だし、いい歯をしてるし、タマもある」そこでティモは眉をひそめた。「タマあるよな?」

サイモンが顔を赤らめる。

「う、うん!　俺は優秀なショードッグだったんだよ」と胸を張った。「だから役目のひとつは——」

その顔がサケの腹のように赤みを増し、口をとじてハンバーガーをつかんだ。

ショードッグとは何で、どうして恥ずかしいのか、ティモは不思議に思った。だが幸せすぎて悩む気になれない。大体サイモンがヒッティと一緒になるのなら、とことんからかう時間はいくらでもある。

ユキと違って、ティモは物事を急がないのだ！

「お前もアラスカを気に入るぞ」ティモはもったいぶって言った。「里のそばに遊ぶ場所はたくさんある。滝も！　泳ぐところも狩り場もだ」

サイモンは目をぱちくりさせた。「アラスカ？」と疑うように聞き返す。

口にフライドポテトを押しこみ、ティモはサイモンに一瞥をくれた。つがい（予定）の兄からは向けられたくないタイプの視線だ。

「あっ、アラスカ」サイモンが早口に言う。「うん、わかった。それってつまり……ヒッティは、本当に、俺と……？」と生き生きした表情になった。

ティモは眉を上げ、さらに目に力をこめた。何しろ昨夜もやってきたサイモンがヒッティにキスしていたのを、ティモは目撃しているのだ。

「もちろん！　もしヒッティがその気なら。だって、俺は、それは……うわ、うわ、うわあ！　サミーに言わないと！　ヒッティとつがいになるんだ、アラスカに行くんだ！」

サイモンはとび上がって駆け出していった。

なので、ティモはサイモンのぶんのハンバーガーも平らげた。とても満足だった。


仕事を終えたジウスが公園でティモを拾い、家に車で帰った。ジウスが家に戻ったことが、ティモはうれしくて仕方がない。

「植物だってお前がいなくてしょんぼりしてんだ！」

ヘッドライトが家の前でしおれた花群れを照らすと、ティモはしかめっ面をした。

ジウスはラングラーを停め、自分の小さなキャビンと、ティモを見た。

「まだ冷蔵庫は空っぽ？」と笑顔でたずねる。

「お前の母さんが何か入れてくれたかも」とティモはしぶしぶ言った。

ジウスがのり出して、ティモにキスをした。今朝よりさらにいい——ティモにとって自分とジウスという組み合わせがなじんできたし、キスのざわめきには温かなうずきが絡みついている。

やがて離れると、ヒッティがボンネットによりかかって頬杖をつき、こちらを眺めていたので、ティモはぎょっとした。ヒッティがニヤつく。「あららら！　ユキはカンカンね」

「うるさい」と言ってティモはドアを開ける。

「別に、あたしは気にしないわよ。ジウスは最高だもの。でもユキは気にするわよね」

　ふざけて指を動かしてみせる。

　ティモのひとにらみにも、ヒッティの笑顔は小揺るぎもしなかった。

「それでね、聞いてよティモ！　あたしね、今日マフィンを食べたの。牛乳と一緒にね、よーく嚙んで少しずつ飲みこんだら、食べられたんだ！」

　キャビンの前に立つヒッティは今にも宙に浮かびそうだった。車を回りこんできたジウスが、遠慮がちにティモの背に手を置く。そんな態度は許せないのでティモはジウスの腰に腕を回してぐいと引き寄せた。

「ヒッティ、医者からまだ固形物は食うなと言われてるだろう」とティモは叱る。

「でも食べられたんだよ」ヒッティが言い返した。至福の表情だ。「とても、とてもステキだった！　ブ、ブ、ブルーベ、リ、リーが入ってたの。最高じゃない？」

　食べ物をヒッティに禁止するのは不可能だと、ティモにはわかっていた。

「気をつけろよ、ヒッティ！　ひとりきりの時には食ったり飲んだりするな。喉を詰まらせたら、見てくれる誰かがいないと。俺がいないと」

「気をつけてるもの。それにバルーンのすぐ後に食べたし」ヒッティは肩をすくめた。「簡単だったた。きっと来週にはダイナーのハンバーガーだって食べられる！」

　駄目だ、とティモは言いかかった。ハンバーガーはよしておけ。だが母屋から歩いてくるジウスの母親の表情が目に入った。震える笑みを浮かべ、涙を拭っている。

ジウスがティモから離れて、母親をハグしに行った。

「ねえ。どうかした?」

「何でもないのよ」母親の声は揺れていた。ジウスをきつく抱きしめる。「ただね、あなたが……アラスカに行ったら、寂しくなるだろうと思って」

ジウスが母の肩ごしにティモを、悟ったような表情で見た。その瞬間、自分には群れを捨てられないだろうと、ティモは自覚した。ジウスの母もそれを知っているのだ。そして顔つきからして、ジウスも知っていた。

ジウスの母がやってきて、ティモを思いきり抱きしめた。

「ただ、あの子を幸せにしてやって。それだけでいいから」と耳元で囁く。「それと、時々帰ってきてね?」

ティモは彼女を抱き返し、アラスカがこんなに遠くなければばと願った。

ジウスの両親と夕食を共にしたが、ティモは食事の終わりが待ちきれなかった。今朝、初めて自分のつがいを味わってからもう何時間にもなるし、もっと楽しみたくてたまらない。向かいのジウスも熱い視線をよこすので、やはり待ち兼ねているようだ。

ジウスの靴先がふくらはぎを見つけてつついてきたので、もう十分だろうと決める。ティモは突然席から立ち上がった。

「食べ終わった」

「でもチーズケーキを作ってあるのよ」とジウスの母が言う。

それは大変な誘惑だ。ティモはチーズケーキが大好きだ。だが断る。つんと顎を上げた。

「つがいとふたりきりになる時間だ」

そう言ってから、自分だけで決めてはいけない、と思い出した。まばたきする。

「ジウス、お前はどうしたい――」

だがジウスもすでに立ち上がっていた。ティモの手をつかんで家からつれ出す。

ジウスのキャビンに入りながら、ふたりは明かりすらつけなかった。ぶつかり合う岩のように体を合わせ、熱い口と必死の手がそれぞれ出会う。ジウスの迎えの車に乗ってからずっと、甘い情欲がティモの体にたぎっていた。今、それが沸き上がる。欲望が、今朝よりも大きく重く膨らんでいて、ジウスへのこの欲求が増えつづけたらいつか自分の体に収まりきらなくなるのではないかと思うほどだった。

ジウスがティモの体を少し床から持ち上げると、最も甘くうずく部分の高さが合い、ティモは手足で、木にしがみつく子熊のようにジウスを抱きこんだ。

「一日中、欲しかった」ジウスが喘ぐように言葉を押し出す。「ああ、ティモ」

ああ、ティモ――二つの短い言葉、葉を打つ雨粒のような小さな言葉。だがジウスの言い方には多くが詰まっていた。ティモの耳に届いたのは、その音にこもる一生分の渇望と感謝。それに呼応して自分の内からこみ上げるものがある。ああ、ジウス。

ふたりは寝室まではたどりついた。服がどこかに消える。大きなベッドに倒れこんだ。もつれ合い、切迫して。転がってキスをし、さわりあって、ついにティモはこらえきれなくなった。ただこの先に何を期待しているのかが、自分でわからない。

自分の感じている飢えは、ただの情欲ではなかった。これはつがいへの思いだ。つがいを愛し、つがいを喜ばせ、つがいと融け合いたい思い。あまりにも強烈な本能はヒリつくようだ。ジウスを仰向けに転がす。ジウスを組み敷くのは気持ちがいい。するとジウスが脚を広げたので、ティモはその間に移動して、太ももに挟まれてもっといい気分になる。お互いに突き上げながらキスをして、摩擦でティモの股間の甘いうずきがうねって膨れ上がる。

それでも。何かが足りない。

ティモはキスを断ち切り、肘で体を起こした。焦れて、ジウスの顔をのぞきこむ。

「雄同士でどうやるんだ？　俺たちでは――」

「やり方は知ってる」ジウスが顔を赤くした。「その、マットに聞いてみた。それと、ググったり、とか」

最後の部分はボソボソと呟く。

ティモはまばたきした。今なんて言ったんだ？　ティモの知らない魔法か何かか？　この頃は、マッドクリークでなら何だろうと可能な気すらしている。

「どうやるんだ？」

「少し起きていいかな。教えるから」

ティモが上からのくと、ジウスはベッドから下りた。色気と愛らしさ満たんの裸で、バスルームへ入っていく。ガタガタと引き出しが開く音がして、トイレの蓋がバタンと鳴った。すぐに、ジウスが低く毒づく。

ティモは仰向けにひっくり返って、自分の勃起を見下ろした。まっすぐ天井をさした、ご機嫌で臨戦状態のそれを。軽くはじいて、揺れるのを眺めた。とてもジウスが欲しい。だが同時に何をするつもりなのか興味もあった。暗がりでニヤつく。何だろうと、いいものに違いないのだ。期待感で股間がざわついた。

待つ。さらに待つ。

「ジウス！」しまいに怒鳴った。「早く来ないと俺の棒がもげるぞ！」

ジウスがドアのところに姿を見せた。その屹立もまだ固く、忘れられたかと疑ったティモはほっとする。

「ごめん。ちょっと準備が……僕も初めてだから」

顔が紅潮して、目が少しぼうっとしている。ベッドにボトルを置き、ティモの上にのぼってきたジウスは、息の下でうなってティモをぞくりとさせた。

初めてだって？　そんなのかまわない。ジウスが自分の上にいるなら。この美しい獣から深い、吸い付くようなキスをされて、肌のすみずみまで燃え立つ今。

まだキスが終わる心構えもできないうちにジウスが体を引いた。ティモから離れ、ボトルを開けて手のひらに透明な何かを垂らす。それを屹立に塗りつけられ、ティモは全身を震わせて、腹の底からうなった。

ジウスも細く鳴き、ボトルを放り出してうつ伏せになった。その眺めにティモの息が詰まった。

なんて素晴らしい。ジウスの肩幅は広く、腕はたくましい。背中の筋肉が腰へ向かって絞られていく。長い脚に茶色い毛が散り、太ももはむっちりと肉々しい。尻は丸く、月のように甘美だ。

その裸身はティモを、新雪の野のように、チーズケーキのように、惹き付けてやまない。だがジウスが何を示そうとしているのかがわからない。

ジウスが肩ごしに振り向いてティモの手をつかんだ。引っ張る。

「僕の上にかぶさって」

そこでティモはジウスの上に覆いかぶさった。熱く固い肉体に肌を押し返される感覚に、ティモの屹立が快楽で脈打つ。ジウスが背に腕をのばし、ふたりの間に手をさし入れた。ティモの固いものを、引き締まった丸みの間へ滑らせる。

ジウスの手によって、ティモの器官がその体のほころびに押し付けられる。ティモは息を呑んだ。

「ジウス。いいのか？　俺に……のっからせるのか？　ここを使って？」

ジウスが喘ぐ。目に欲望が満ちていた。

「きみは、アルファになりたいと言ってたろ」と内気な笑みを見せる。

ああ——。

ああ、本当に？　ティモは勢いこんでジウスの手を払いのけると、突き入れた。ゆっくりと、拳のように締まってぬめる内側へと沈みこんでいく。上体を起こし、肘をのばして、快感にきつく目をとじた。

そう、これだ。これこそ、まさに。この感じ……世界中のいいものだけを凝縮したような感覚。ティモは、官能に全身を揺さぶられながら、さらに突いた。

ジウスが呻く。

「ああ、ティモ。そこ……そのまま——」

手をのばしてティモの腰をつかみ、もっととうながす。

どこの天国でティモのつがいは生まれたのか——ティモに自分の最高のところをさし出し、最も秘められたところをさらし、歓びを与えてくれるつがい。それも——ティモを驚かせたことに——快楽はティモだけのものではなかった。ジウスの呻きには歓びが混じり、大きな体が震え、解放を求めるティモをはさむ太ももが波打った。ジウスはベッドの上で身もだえし、しまいにティモは思いつきで押さえこむと、荒々しく腰を叩きつけてジウスの体をマットレスへめりこませた。ジウスが声を上げる——そう、もっと、ああ。

完璧、かつ、あまりにもそれ以上。自分の中を駆けめぐる荒波を止めるすべはまるでない。ジウスが上げた叫びは、ティモの耳の中で、海を越えて遠くこだました。

行為の後、暗闇で横倒しになって寄り添っていると、ジウスが囁いた。

「きみのために十分な存在になりたいよ。愛している、ティモ」

お前で足りないわけがあるか？　とティモは思う。お前がすべてだというのに。

だがそれを口に出して言えるより早く、夢の中へ呑みこまれていった。

26　パンサーとクーガー

ティモ

ジェイソンからジウスに大量のメールが来ていたので、土曜日、ふたりはマイロとジェイソンが住む家を訪れた。

その家は丸太で作られていて、町の道に面していた。ちょっと出来すぎたくらいの家で、ポーチに花の鉢が置かれたりロッキングチェアが二脚並んでいたりして、気後れしてしまう。中もお洒落だった。ティモはうろつき回ってあちこちを眺めた。ここは結婚した〈二枚皮〉同士が住んでいる家で、生まれついての〈二枚皮〉でほぼヒトのように生きてきたジェイソンと、犬として生まれたマイロの家だ。しかも男同士のつがい。

なのでティモとしては、興味津々だった。

本がたくさんあって、気押されてしまう。スポンジボールの入ったかごや明るい色の子供っぽいクッションもあり――ティモもクッションが大好きだ――『プラネットアース』を見るのにちょうどよさそうな大きなテレビもあった。森を思わせる植物や、マイロとジェイソンの写真がたくさんある。

ティモの一番のお気に入りはその写真だった。壁の一面を使ってフレームが飾られていて、じかに見るよりずっとおだやかでのどかなジェイソンがいた。

ジウスがそばに来て、紅茶のグラスを渡してくれた。

「これ気に入った?」

「ああ。俺たちも写真を撮りたいな」

ジウスの目は優しく、ふふっと小さな笑みを浮かべた。

「そうだね。そうしよう」

「今すぐ撮れるか?」

ジウスは「じゃあ今すぐに」と肩をすくめる。だが口調はとてもうれしそうだった。

ティモとジウスが夕日を背にして裏のデッキで腕を組んでいるところを、マイロが写真に撮った。それからマイロがふたりに「キスして」と言い、そのとおりにしたら、ティモはカメラのことなど忘れてしまった。

「きみたちのこと、とてもうれしいよ」

キッチンでふたりきりになると、マイロがティモにそう伝えた。

「心から愛し合っているのがわかるから」と胸元をさする。「きみたちが一緒にいると、ここに伝わってくる。正しいって感じる、ティモ。とても良い」

「とても良いな」

ティモもそう同意する。それでも、里に帰ったらどうなるだろうという不安は消えなかった。

ジェイソンは夕食中ずっと気が急いているようで、テーブルを指ではじいていたが、しまいにマイロにその手を取られた。食事が済むと、ジェイソンが全員をリビングへせき立てて、どうやってかコンピューターの画面をテレビに出す。画面にはたくさんの文字があった。

ティモはすっかり気落ちした。ジェイソンが言い出すことを全然理解できなかったらどうしよう? 助けてもらえるはずなのに、ティモの理解が追いつかなかったら?

ジウスにつんと引っ張られてカウチに座ると、肩に腕が回されて、少し気分が上向いた。

「よろしい！」ジェイソンが口を開く。「さて、私はいくつもリサーチを行い、同僚にもいくらか聞いてみた——無論、何も明かすことなくだが。きみたちの血液のＤＮＡは、きみたち双方が、近縁同士の交配で産まれたことを示していた」

「俺たちの母も父も別の家の出だ！」

　ティモの顔が屈辱にほてる。ジェイソンが片手を上げた。

「だろうと思っている。ただ、きみたちの群れはそもそもが少人数で成り立ち、隔絶されていたため、今となっては群れの誰もが近縁者なのだ。避けようがないことだった。マットから興味深い話を聞かされている。イヌイットの伝説によればキミッグたちは、イヌイットからクリー族を殺すよう言われて去ったのだそうだな。私が調べた限りでは、インディアンのクリー族は確かに北上してイヌイットたちと——歴史書ではエスキモーとされている——戦っていた。だが一七九三年頃にはそれも終わっている。少なく見積もっても二百二十六年前のことだ、ティモ。とても長い時間だな、世代的に言っても」

「うわ」ジウスが呟く。「確かに。言い伝えのそこをすっかり忘れてた」

　数字は、ティモには実感のない大きさだったが、祖父を幾世代も遡るのだろうとは思う。

「さて」ジェイソンが続けた。「何故それが問題となるのかと言うと……」

　眼鏡を鼻の上に押し上げ、次の画像を出す。それは、ティモにはうねうねした線の塊に見えた。

「我々の中には、有害であったり時には致死ですらあるDNAの突然変異がいくつも眠っている——活性化されていないのだ。通常、つがいを持って子を作る時、つがいの相手はDNA内に同じ変異を持ち合わせていない。そのため、こうした突然変異は眠ったままでいる。だが近縁同士がつがいになれば、両者が同じ劣性変異遺伝子を共有している可能性が五十パーセント以上と高まり、二つ揃うことで、こうした変異が活性化されるのだ」

「つまり、子供にその影響が出てくるかもしれないってこと」とマイロが解説した。

「幾度もくり返され、世代を重ねると、それが起きる可能性が指数関数的に増加するのだ。じつに興味深い！　おそらくきみたちの遺伝的な問題は、クイックであるためにより悪化したのだろう。クイックというのもきわめて強力な変異だからね。そのような変異の活性化が、関連する他の突然変異を活性化させやすくした可能性は大いにある。一例として、きみの話では、尾の消えない男が群れにいるそうだね。さらに、群れの出産の多くが死産であることを考え合わせると——」

「死産？」とジウスがこわばった声でたずねた。

中断されたジェイソンがまたたく。

「そうだ。ティモによればもっとも頻発する問題は、新生児が——彼は仔犬《こども》と呼ぶが——五体満足ながらも命なく産まれることだ。昨年は生きて産まれたのはひとりのみ、そして死産は幾人だ、ティモ？」

「五人」

ティモは囁いた。両手を見下ろし、指の腹を揉む。胸がつぶれそうな痛みだった。あの動かない毛布の包み。さらには羞恥もあった。何もジウスに言うことはないだろう！

ジェイソンが先を続けた。

「言ったように、私の仮説によれば、胎児の発達をある時点で止める特定の変異遺伝子があり、その変異が近親交配によって強化されて、より頻繁に発現するようになっている。時間をかけて綿密に検査すれば、問題部分を特定し——」

「もうひとつの話をしてみたらどうかな」マイロが優しくうながした。「今すぐにできる方法を」

ジェイソンがまた眼鏡を押し上げた。

「そうだな。名案だ。ふむ、基本的には単純なことだ。きみたちの群れが遺伝子的にかけ離れたクイックとつがいになれば、群れが共有する様々なDNA変異、たとえば死産の原因となる変異などが活性化する確率は、大きく下がる。何世代かそれをくり返せば、これらの変異は顕在化しなくなることだろう。それを裏付ける最近の研究もある」

大きなネコ科動物が写った新しいスライドを出した。これがその研究なのか？　ティモは体をさらに起こして写真に見入った。

「エバーグレイズ地域のこのフロリダパンサーの生息数は大きく落ちこみ、きみたちと同様の問題を抱えていた――新しい健康なＤＮＡが群れに入ってこないのだ。この種は絶滅に向かっていた。そこで、遺伝子的に類似したネコ科の大型獣、テキサスクーガーをこの地域に導入した。結果、新たに健康な仔が産まれた。近年この交雑種の個体数は順調に増加している」

「あんたは、俺たちに……ネコとつがえって言うのか？」とティモはうなった。

その言葉に、ジェイソンとマイロが笑う。ただジウスは別に愉快とは感じなかったようだ。ティモも、遅まきながら自分の問いのバカらしさに気付いて、小さく笑った。

ネコとつがうわけがない！　どうかしている。

「違うんだよ、ティモ」マイロが説明した。「きみの群れはフロリダパンサーと同じ状況にある。テキサスクーガーの役をするのは、ほら、僕らなんだ。マッドクリークのクイックたちさ」

ティモは深い息を吸い、笑みを消した。どういうことなのか、何となくわかってはいたのだ、腹の底では。だがジェイソンならもっと詳しく知っているのだろう。

「どんだけだ？　どれだけのクイックが要る？」

ジェイソンが新しいスライドを出すと、男女の形をした図形や、線と数字が表示された。

「まずは、最低で十名。二十名ならばなお良い。原則、少ないより多いに限る。無論、子はキミックたちと厳密には同一ではないが、少なくともきみらの一部は受け継がれていく」

「それでいい」ティモはすぐさま答えた。不安げにジウスの脚をつかむ。「だが……マッドクリークのクイックたちが、町を出て俺の群れとつがいになるのを嫌がったら？」

　ジェイソンとマイロが目を見交わした。

「うむ、精子の提供も選択肢の一つではある」ジェイソンが答えた。

「でもこっちのほうがいいんだよ」マイロが素早く口をはさむ。「クイック同士の絆の強さを考えるとね。本物のつがいと出会えたなら。それに、きみたちの群れには健康な大人がもっと必要だし。たしかにそう、僕たちは誰にも無理に行かせたりはできない。アラスカに行ったとしても、無理に恋をさせたりもできない。でも……きみの群れは、きみとヒッティのように、素敵なひとたちなんだよね？　それなら」

　マイロが小さな笑顔で肩をすくめた。

　ティモはジウスを見る。ジウスの頰には赤い点が浮き、後ろめたそうな目をしていた。ティモと目を合わせられないでいる。

　ティモの胸が騒いだ。ジウスはクイックだ。それも健康な。そして、すでにティモとつがいになることを決めている。だが血を調べられるジェイソンでさえ、パンサーやクーガーたちでさえ、雄同士で仔を作ることはできないのだ。

「心配いらないよ」マイロがおだやかな声で言った。「志願者を募集するから。これ、いい知らせだよね？」

「いい知らせだな」とティモは言って、ゆっくりまたたいた。

翌朝には、町の集会についての告知がメイン通りのあちこちに張り出されていた。翌日の九月二日月曜、夕暮れに行われることになっている。

ジェイソンの話以来、ジウスとティモの間はぎこちなかった。自分の群れについて気を揉んでいるせいでティモの心は重苦しく、くたびれ果てていた。ジウスも同じようなのか、この二晩はベッドでもよりそうだけだった――それでも今は、向き合って。

気は滅入っていたが、ティモは希望も感じていた。ジウスの言ったとおりだ――ジェイソンは〈二枚皮〉について詳しく、つがいや出産や何もかもに通じている。その発言はティモの理解を超えるものが多かったが、ジェイソンの活力が放つ自信を、ティモは信じた。ジェイソンならキミッグを救える。

だがティモの頭を占める問いはひとつ――果たして状況を変えられるほど大勢のクイックたちがアラスカ行きを選んでくれるのだろうか?

ティモはマッドクリークの町が好きだ。ヒッティもだ。それでも、自分の群れをここに移す気にはなれない。もし群れがここに来たなら、あの動物園で見たヒョウのようになるだろう。新たな扉を開くのはいいことだろうが、それも、その先に愛する場所があればこそだ。もしかしたらクイックたちはより犬に近く、だからこそ都会や街に〈毛皮なし〉とともに住みたがるのかもしれないが、引きかえ、キミッグは？　キミッグたちは孤高で、野生で、自由だ。自分たちの流儀を守っている。

キミッグがマッドクリークへ移れば、彼らはもはやキミッグではない。そして彼らの去った故郷の山々や谷は、寂しく空っぽになる。

しかし、その逆もまた真なのではないだろうか？　ティモが恐れているのは、マッドクリークのクイックたちは人里からあんな遠く離れた大自然のただ中へ行きたがらないのではないかということだ。

サイモンは別として。すでにティモは、サイモンにどこまで期待できるのかは見きわめた。それとジウスもいる。ジウスはティモのつがいだ。つがいはそばにいるものだ。それ以上でも以下でもない。

月曜になると、ジウスはティモとヒッティを町で下ろし、集会で会おうと約束して仕事に行った。

時間はまだたっぷりあるし、ティモはやる気が起きなかったので、ふたりであちこち歩いた。ダイナーではしゃいでフライドポテトを食べるヒッティの顔を見られたのが、この日唯一のティモのいい思い出だった。ついに日が沈みはじめ、集会の時間になる。

ジウスと両親が、公園でティモとヒッティの到着を待っていた。公園はすでに混み合い、クイックたちは大通りから歩いてきたり車を脇道に停めてきたりしている。色とりどりの服が、緑の芝生に咲き乱れる花のようだ。

ティモは緊張し、口が乾いて手が汗ばんでいた。大勢いるところが好きではないせいもあるが、ほとんどは不安からだ。ジウスが目で安心させようとしてくれたが、その手を取ろうとしたら逃げられた。やはりジウスも不安なのかもしれない。

集会に揃った皆をランスが歓迎し、それからジェイソンに話を引き継いだ。ジェイソンはスタンドに載せたパソコンを前に転がしてくると、ジウスとティモにしたのと同じ話をくり返し、画面に数字や色の帯を映し出した。フロリダパンサーの話をし、「ＤＮＡプールが限界」であるため、キミッグたちには外の世界からのつがいが必要だと説明する。

「すなわち」

ジェイソンはそうまとめながら鼻の上に眼鏡を押し上げた。

「必要とされているのは、アラスカへ移住する十名以上の志願者だ。子作りに。キミッグたちとの間で。純粋な科学的見地から言って、大変重要なことだ」と男女の図形が表示されている画面を叩く。「当然、志願者は子作り可能な年齢で、つがいがいないもの、そして、うむ、生殖器官をすべて備えているものだ。睾丸と――」

ランスが割って入った。「よろしい、ありがとう、ドクター・クーニック。どうもありがとう。話はよくわかったことと思う。そうだな？　みんな理解できたな、大丈夫か？」

群衆が全員でうなずいた。皆の表情は真剣で、何を考えているのかまではティモにはわからない。だがあちこちで囁きがヒソヒソ交わされていた。

「というわけだ！」ランスが続けた。「アラスカに行ってキミッグと暮らす、つがいのいない志願者がほしい」

「男のひとたちは、みんなあなたみたいなハンサム？」と誰かがティモに声をとばす。周囲が笑った。

ティモは自信たっぷりに笑い返したが、顔はぎこちない。笑うような気分ではなかった。

「よし！」ランスが両手を打ち合わせ、さすった。「手を挙げて決めよう。志願するものはいるか？」

ティモは息を詰めた。そのまま、止めた。

誰の手も上がらなかった。五歳くらいの子供らが皆の間を、大人にかまわず駆け回っている。だが大人たちは空と、自分の手を——ティモ以外のあちこちを見ていた。

誰かが人垣をかき分けて出てくる。サイモンだった。〝アズマヤ〟の段を上ってヒッティの隣へ行った。ヒッティの手を取り、ふたりで笑顔を交わす。

「俺は行くよ！　ヒッティとつがいになるんだ」

まばらに「やるな、サイモン！」とか「サイモンにつがいができたぞ！」という声が上がったが、すぐにまた静まり返った。そして誰も動かない。

やがて、ガス——ティモも会ったことのある老いたブルドッグが、声をかけた。

「キミッグの里にハンバーガーはあるかい？」

「そうだよ、デイジーのところみたいなダイナーはある？」と誰かが問いかける。

ティモとジウスは顔を見合わせた。ティモはくいと顎を上げる。

「ない。だがカリブーがいる。バッファローも。魚もだ」

群衆の表情は動かない。

「カリブーとは、鹿のような動物だよ」とジウスが付け足した。

「か、狩りをしないとならないってこと？」愕然とした声が上がった。

「当たり前だ」ティモははねつける。「狩りは楽しいぞ！」

ガスがたっぷりとした腹をさすった。

「どうかなあ。うーん。僕はもう昔のような子犬じゃないからね。動物を追いかけて殺せるとは、とても」

周囲もざわついてうなずいた。

「インターネットは？」かわいい女性がたずねる。「私、『ハンドメイズ・テイル』にハマってるんだけど」

「そうだよ」と別の声。「『パピー・ボウル』を見逃したくないよ！」

怒ってても仕方ないと、ティモだってわかっている。だが血が煮えくり返りそうだった。泣きたくもなる。最悪なのは、焼けつくような屈辱だ。

この案は最低だった。マッドクリークのクイックたちは甘ったれの腑抜けだ。アンカレジで見かけた、つながれて甘やかされた犬と同じ。毛をおかしなカットにされて首輪をキラキラする石で飾られたりしていた。

それにここにはいくらだって、つがいの相手がいる。誰がキミッグのところに行きたがる？

この旅そのものが無駄足だった。キミッグは滅びる運命なのだ。ティモも死んでしまいたかった。

「まったく、いいかね」ジェイソンが苛立った様子で口をはさんだ。「ハンバーガーなど作ればよい。肉と火があればすむことだ。火はあるのだろう、ティモ？」

「ああ、火はあるよ！」

ティモははねつけた。灰色に塗られた〝アズマヤ〟の床を見つめる。みじめだった。

その時、ティモの隣からジウスが進み出た。顔を上げたティモは、ランスの横へ歩いていくジウスを見て驚く。ジウスは人前が苦手なのに。ティモですら知っていることだ。

「みんなに聞いてほしいことがある」ジウスが大声で言った。「僕はアラスカに行った。キミッグたちの里に滞在した。だから、どういうところなのか知っている。どんな感じかって？　生まれてこのかた行ったこともないような、奇跡のような場所だったよ」

ティモの目が熱くなり、感情を顔に出すまいと必死でこらえた。また床を見つめて、皆から目元が見えないよう隠す。だがジウスの声はまっすぐ彼の中に響いてきた。

「キミッグたちは、山あいにある昔の採掘拠点に住んでいる」ジウスが続けた。「建物は古いけどきちんとしているし、見たこともないほど深い、豊かな森に囲まれているんだ。里の真ん中からは、目が届く限り山々が見渡せる。そして下には、幻かと思うくらい美しい緑の谷が広がっている。あの朝、僕は犬の姿になって、爽やかな朝の中で寝そべりながら、山に巻きつく霧を見た。太陽が少しずつ差してきて遠くの尾根が浮かんでくるまで、涼しい影から見ていたんだ。とても美しかった。

ティモには山の滝や草原へ、そして谷の下までつれていってもらった。澄みきった冷たいせせらぎがあって、そばの野原には草が茂って花が咲き、全世界から集めたくらいにたくさんの種類の鳥や蝶がいる。シロカモシカが岩の山道を登っていて、谷には野生の獣の大群がいる。本物の野生動物だ、動物園やテレビのとは全然違う。そして夜になれば――見たこともないほどの星！」

ジウスが大きな息をつき、ティモはそのため息に憧れを聞く。マッドクリークの全員に聞こえたに違いない。

「何よりすごいことに、ティモと友達は狼の群れと知り合いなんだ。犬にかけて、本物の狼の群れだよ！　その狼たちが、そばに行くのを許してくれた。なんと、一緒に走ったり、狩りまでさせてくれた！　あれは最高の……うん、すごかった。人生で最高の体験だった」

そこで間を置き、「ティモに恋をしたことだけは別だけど」とつけ加えた。

ティモは顔を上げた。ジウスがこちらを見ていて、その目は輝き、甘い微笑を浮かべていた。のばされた手を、ティモは近づいて取った。ジウスがティモを引き寄せ、群衆を見渡す。

「僕らクイックたち——僕やみんな、先祖や子孫たちの中には、どこかに、この野生の輝きがあるんだ。たしかに快適な暮らしはいいものだよ。テレビでほかのひとたちの体験を見るのは楽だしね。でも、知ってる？　自分でその場に立って、澄んださわやかな空気を呼吸して、狼と一緒に駆け回る……それは千倍も素晴らしいんだ。それが、生きるってことなんだよ」

ジウスがティモの手を握りしめ、ティモは握り返しながら心を震わせていた。群衆は無言で彼らを見つめていた。

「……それだけ、言いたかったんだ」とジウスがはにかみながら言った。ティモをつれて後ろに下がる。

「よーし！」ランスが言った。目元を拭っている。「すごいな。とてもきれいな話だった、ジウス」とジウスに感謝のうなずきを送った。「本当に素晴らしかったよ。ありがとう。では。もう一度だ。アラスカに行って、キミッグたちを助けたいという志願者はいるか？」

たちまち、五十以上の手が挙がったのだった。

27 ティモ、アルファになる

ジウス

アラスカへの大がかりな調査遠征の初日は、無茶苦茶だった。遠征団は朝六時に飛行場へ集合予定で、早朝の貨物便に乗ることになっていた。前夜からジウスがほとんど眠れないでいるうちに、朝というより夜明け前の闇の中、寝ぼけ眼《まなこ》で騒がしい混沌が始まった。

飛行場に着くと、アラスカ行きの二十名のクイックたちが山ほどのスーツケースや箱や荷物とともに飛行機の横に集められていた。ラヴとサミーが皆を仕切って荷物の積み込みを手伝い、一方ではジェイソンが自分の機材の扱いについてガミガミ怒鳴っていた。

結局、最適な候補者はジェイソンが選んだ——八名の女性と八名の男性、若くて未婚。それに加えてジウスとサイモン、ジェイソンとマイロ。二十名も押しかけてはティモの群れも持て余すだろうと、ジウスは思ったのだが。しかしジェイソンは、始めの数週間でいくらかふるい落とされるだろうと見ており、それなら多めにつれていくほうが安心だった。

多様な技能を持つ者が選ばれていた。狩りを覚えたがっている者から、料理人、建設作業員――ロウニー・ビューフォートもそこに入っている。中のひとり、ブルーノという男は、マッドクリークで生まれ育った後に町外で工学の学位を取得している。ジェイソンは彼に里のインフラ整備をまかせるつもりなのだ。

これらすべてに、ユキがどう反応するのかジウスにはわからない。なかなかの見物になるのは間違いないだろう。

飛行機の周囲はてんやわんやだった。しかも雨で、珍しい秋の嵐の中、早朝の空は分厚い鉛色の雲に覆われてまだひどく暗い。

ジウスが自分のラングラーを停めると、ヒッティがたちまち後ろからとび出した。サイモンに駆け寄る。ふたりは手を取り合って楽しげにぴょこぴょこと踊り出した。

ティモがあくびまじりに助手席のドアを開ける。降りて後ろへ回った。ハッチバックが開いて、ティモは荷物を下ろしにかかる。その間もジウスは座ったまま、ハンドルを握りしめていた。

ああ、犬よ――犬よ。息ができない。吐きそうだ。

フロントガラスをつたい落ちる雨を見つめて、せめてこれならティモに涙を見られずにすむだろうと、それだけはありがたく思う。雨粒に紛れるだろうから。

「ジウス。行くぞ！」

ティモがそう言ってハッチバックを閉めた。

ジウスはドアを開けて降りる。全身が震えている気がした。ティモがヒッティのバッグを肩に掛け、自分のも掛けると、ジウスの母からもらった食料入りの大きなショッピングバッグをつかみ上げた。ジウスを見る。

「手伝ってくれないのか？」

ジウスは唾を呑んだ。

「ティモ、ええと、少しそれを下ろしてくれるか？　話があるんだ」

ティモがまたたいた。顔は濡れ、睫毛に雫がとまっている。バッグを下ろして近づいてきた。

「どうしてだ？　何だって話をするんだ？」

ああ、つらい。ジウスの頰で熱い涙が冷たい雨と混ざった。

「その……言わないとならないことが、あるんだ。僕は、アラスカには行かない。ごめんよ」

ティモが鋭く、茫然とした息を吸いこんだが、表情は変わらなかった。

「何を言ってんだ」

なすすべなく、ジウスはティモを見つめた。ティモは今も、いやずっと、とても美しい。そこに立って、薄明かりに照らされ、肌に雨が光る彼はいつにも増して美しく――（僕のつがいだ）――ジウスの想像などこえてきれいだった。

自分のしようとしていることが信じられない。この瞬間まで、できるとはとても思えなかった。でもこうするしかないのだ。

ティモの群れが大変なことになっているのはわかっていた。『うちの群れは死にかかってるんだ』――だがその重圧……限られた遺伝子プール、命なく産まれてくる赤ん坊、ヒッティの先天性異常……そのすべてが一つにつながったのはジェイソンとマイロの家で、ジェイソンから説明を受けた時だ。あまりに切迫した話で、ジウスが思っていたよりはるかに深刻な状況だった。

あの夜、ジウスの心をキリキリと締め上げた罪悪感は、何日もかけてさらに食いこんできていた。ティモをつがいにするなんて、あまりにも自己中心的だったのだ。あのキスまでは、ティモはそんなこと考えもしていなかったのに。ティモがジウスを見いだしたのではない。そうじゃない、あれはジウスの過ちだった。

間違っていた。彼とティモは、あってはならないことなのだ。ティモは、マッドクリークの女性とつがいになるべきだ。そうすれば群れを絶滅から救うという役目を担える。それ以上に大事なことなどあるだろうか？

たしかに、群れにはティモ以外の男性もいる。だが数は多くないし、ティモはとりわけ若くて健康だ。ティモは最適だ！　なのにジウスが奪ったのだ、ティモが親になるチャンスを。それどころか群れと一族の血を救うチャンスを！

だが、ジウスの心は引き裂かれていた。もうティモと寝てしまったし、つがいになる約束もした。簡単に背を向けられるようなものではない。クイックにとっては。ジウスにとっては。わずかな相手にしか心を開かず、その相手を愛して、永遠に誠実であろうとする彼には。

そう、ジウスは今この時まで、心を決めかねたまま飛行場まで運転してきた。だがこの冒険にワクワクしながら集まった若々しい顔を見た時、ティモのために正しいことをする最後のチャンスだと思ったのだ。ジウスが町に残れば、ティモははじめは怒るだろう。だがいずれ、アラスカの里に戻ったら、いつかほかのクイックとつがいになるはずだ。

そうなるべきなのだ。たとえそれで、ジウスの心が永遠に破れても。

ティモ

ティモはジウスを凝視し、何が起きているのかまるでわからずにいた。

ジウスが雨の中に立ち、目に涙を浮かべている。

「ティモ、アラスカには八名のクイックの女性が行く。全員が健康で、かわいくて優しい。きみはその誰かとつがいになって子供を作るべきだ。わかっ、わかっているだろ。それで……いいんだ。ただ知っておいてほしい、僕は、永遠にきみを愛してるよ」

その涙がこぼれたが、ジウスは顎にぐっと力をこめ、まっすぐに立っていた。そんなに勇敢に。

ティモはジウスをぶち殺したくなる。

ゆっくりと近づいて、ジウスの目の前に立った。ティモの歯はきつく噛み締められていて、今にも砕けそうだ。自分の内側ではためくような囁きが言う、気をつけろ、ティモ、賢くやれと。これはとても、とても大事なことだから。

だがティモの大部分はただムカついていた。

しゃべり出そうとして、止まり、口を開け、とじる。

「さよなら」

ジウスが囁いた。身をのり出して、ティモの額にそっとキスをする。

「嫌だ！」

ティモはジウスの首筋を両手でつかんでにらみつけた。

「お前が一緒にアラスカに行かないなら、俺は――俺は……飛行機からとび下りるぞ！」

ジウスが眉を寄せる。

「ティモ――」

「嫌だ！　聞かねえ！　俺は飛行機にも乗らねえぞ！　お前が乗らないなら、俺も乗らない」

ため息をついて、ジウスは悲しそうな顔をした。鼻をすする。

「でもジェイソンの話を聞いただろう？　きみの群れにとってあまりにも大事なことなんだよ。

僕ときみの話より、ずっと大切なことなんだ」

「俺とお前より大切なものなんてあるか！　いいから見ろ、俺がつれて帰るあの〈二枚皮〉たちを見ろ」ティモは一行に向けて手を振った。「あいつらが仔犬《こども》を作るだろ！　ユキだって組み合わせを作るのに夢中で、俺のことなんか気にするもんか。兄貴のことは俺がよくわかってる。いいや、ジウス、俺はこいつらをユキのところにつれてって、そんでお前を俺のにするんだ。それでチャラだ、何が悪い」

頭の中で、ティモは幾度も自分にそう言いつづけてきたのだ。あんまり言ったので、そろそろ信じかけている。

ジウスがまた大きなため息をついて、迷うようにティモを見た。だがその目には小さな希望の光がともっている。優しい手を、首筋にしがみつくティモの腕にのせた。

「でも……きみが一番健康だろ。見てごらん。きみが一番美しい」

「なら俺は醜くなってやる！　顔にずっと泥を塗りたくってやるぞ」

ジウスがとまどいの息をついた。

ティモは必死で考えをめぐらせる。

「もし……俺が仔犬《こども》を作れるからお前が来ないのなら、俺は医者に行くぞ！　そうだ、ドクター・マクガーバーのところだ！　あいつに切り落としてもらえばいい、俺の――」

「そんなことするな！」とジウスがうなる。

ティモはさらに大きくうなり返した。

「なら俺と来い！」

唇を舐めて、だがジウスはまだ心が引き裂かれているような顔だった。

「きみは、今はそうしたいと思っているだろうけど。僕だってそうだ、それは本当に。でも一年も経てば――」

ティモは爪先立ちになって、思いきりジウスの目をにらみつけられるようにした。

「駄目だ、聞け！　意見が割れた時には俺がアルファになっていいと、お前が言ったんだ。だから今のアルファは俺だ。その俺が言ってるんだぞ、ジウス・バークリー。お前は俺のつがいだ、この先もずっと俺のつがいだ。だからお前は、俺とアラスカに行くんだ、でなきゃ俺はここに残る！　さあどうする？」

ジウスは長い、大きな、水っぽい息を吸いこむと、ティモに向かって崩れ、きつくティモを抱きしめた。

「わかった。わかったよ。ああもう。きみを本当に愛してるよ」

「そうだろうさ！　お前、荷物はちゃんと持って来てるんだろうな」とティモはジウスの背中を叩く。

ジウスはすすり上げて、ティモの肩を頬ずりした。

「うん。いるものはカバンに全部入ってるよ。念のために荷造りはしたんだ」

「お前はどうかしてるぞ——俺から逃げられると思ったのか。ハッ！　俺はティモだぞ、いつだってやりたいようにやるんだ。でも許してやる。そのうちお前も学ぶだろうしな」

ジウスが震えはじめた。一瞬、また泣いているのかとティモは疑う。今回は何が原因だ？　だがそこで、彼の肩のあたりでジウスが音を立て、笑っているのだとわかる。大きく、深い、腹からの笑い。体を起こしたジウスは首をのけぞらせ、山ほどの笑顔とジョークが体内で破裂しているかのように笑いに笑った。

ティモはニヤッとする。「何だよ。何がそんなにおかしいんだ？」

ジウスが目を拭った。

「きみが。僕らが。愛が。愛って、おかしいものなんだな」

そのとおりだな、とティモは思う。愛はおかしなものなのだ。

それってとても素敵なことじゃないか？

エピローグ　新雪のようなはじまりを

11月上旬

アラスカ州キミッグの里

ジウス

ティモが宙にとび上がり、雪の斜面に腹から倒れこんだ。新雪の粉をまき上げて滑り下りると、まばゆい陽光に雪煙がきらめいた。一番下で白い雲に包まれて、次の瞬間、犬の顔に笑みを浮かべてとび出す。ジウスに向けて楽しそうに吠えた。来いよ！

うむ。やるならやってやる。ジウスは斜面の端で吠え返すと、蹴り出し、飛んだ。頭の中で無茶苦茶に笑いながら雪を転がり落ちていく——毛皮と雪と喜びまみれで。

一番下でのそのそと立ち上がると、全身を振って毛皮の水気を振り払った。頬肉がぶるぶる揺れて、いつもながらに間が抜けた感じがする。それからティモを見た。楽しい！

こんなもんじゃない、行くぞ！　とティモがとんでもない勢いで谷に駆けこんでいく。ジウスも走って追った。

遊ぶ日がどうしても必要だった。里でもうずっと、何週間も全力で働きづめなのだ。そこに降ってきた初雪は、道具も長々と熱の入った議論も放り出し、ただ一緒に遊ぶための最高の口実になった。群れの誰もが、谷への遠出についてきた。細い山道をやっと抜けたので、キミッグとクイックたちはふたりを大きくよけながら、開けた雪原へ散らばっていった。

十一月頭の美しい日だった。空はコマドリの卵のように、ユキの目のように青い。雪は粉のように細かく、氷の結晶の煙のようで、冴えた空気がその冷たさを保っている。その上雄大な景色に囲まれて、ジウスの犬は天にも昇る心地だった。

川に行きつくまで走り、岸に沿って広がる。冷たい流れで遊ぶものもいれば川沿いに獲物のにおいを探すものもいた。

〈毛皮なし〉が見ればおかしな光景だっただろう――狼のようなハスキー犬から雑種犬、ラブラドゥードルやゴールデン・レトリーバー、ボーダーコリーやボクサー犬、ピットブルなどの犬種たちが大きな群れになっている。

その中でもまぎれもなく、ユキが王。凛とした純白のハスキー、まさに狼と見まごうような。川に背を向けて立ち、五十頭近くになった自分の群れを見渡してから、谷をぐるりと眺め、危険が潜んでいないか確かめている。その視線がジウスをとばした時、狼めいた口元が見下した形に歪んだと、ジウスは感じる。

ジウスは、ユキのお気に入りとは言えない。

彼らがキミッグの里に初めて着いた時、ユキもほかのキミッグたちも、一見侵略者のような一行に身がまえた。だが長い話し合いが持たれ、ジェイソンとジウスの説明をティモが通訳し、死産の仔の理由を伝えた。

ユキは自分のつがいの、大きな腹をかかえているアムカを見やり、平静な顔を保ちながらもその顎は震えていた。それは、まさに痛ましい姿だった。

ジェイソンはＤＮＡや変異のことを説明し、キミッグの群れの外からつがいを入れるのが唯一の突破口なのだと説こうとした。ティモは通訳に四苦八苦していたし、ジウスとしてはユキに理解できるとは思わなかった。ただ、ティモと同じく、ユキもすでに問題の根本については本能的に察知していたのだ。

ひとつ、ジウスがユキについて確実に言えるのは、とにかく群れの安寧を守るために献身しているということだ。その点、見ているとランスを思い出す。

話がすむと、ユキはクイックたちを一列に並ばせてひとりずつ確認した（幸いジウスの時ほど徹底した確認ではなかった！）。最後のひとりまで見ると、背を向けてたたずみ、目の上を手で覆っていた。何を考えていたのか、ジウスにはわからない。だが振り返ったユキは背を凛とのばし、慈しみの表情をしていた。

己の決定を述べる彼を、ティモが通訳した。

「マッドクリークから来たものは残っていい。ひとまず冬が明けるまでの間。その先はまた判断する。ただし残るものは承知しておけ――我々はひとつの群れであり、そのアルファは俺だ、」

ブルーノ――ぼさっとした格好のエンジニア――がそれを鼻で笑って、冗談のようにあしらった。ユキが、一転して敵意に満ちた目を細めてねめつける。ユキはただ……一瞬にして猛々しくなり……圧が増し、凶悪になった。

ブルーノが息を飲みこみ、口をとじた。

一方のジェイソンは、耳をかいていた。

「ふむ、ユキ、たしかにこの地域社会に関してはそうなるだろうが、私は主任科学者として――」

マイロが彼に肘鉄を食わせる。「それでかまわないよ。僕らは助けたいだけなので。何ヵ月か、こちらの里に客としてお世話になります。いいよね、みんな?」

全員が同意し、それで結論となった。

初日の夜遅く、クイックたちがテントを設置してキミッグたちが皆に食事を振る舞った後に、集会小屋から怒鳴り声が上がった。

ティモの声だった。そしてユキの。怒り狂っている。何かが割れる音。

ジウスの胃がぽっかりと空虚になる。まずい。ユキに知られたのだ、彼とティモのことを。つがいの味方をしようと小屋へ歩いていった。だが、カプンとヌーキが扉の前で立ちはだかった。

ヌーキが首を振る。

「駄目だ、ジウス。ふたりは兄弟だ。ユキはティモを殺したりしない」

それで安心できるわけがないが、ジウスは入るのを諦めた。ただ状況がまずくなってティモから呼び声が上がった場合にそなえ、近くに残る。

口論は続いていた。さらに、もっと。声が低くなっておさまりかかるたび、また怒鳴り合いが始まるのだ。

ついに扉が開いた。ティモが出てくる。全身に逆毛を立て、髪など頭の上に広がっている。そんなに目を怒りでギラつかせていなければ笑えたくらいだ。

ジウスのそばを抜けながら、小さく顎をしゃくった。行くぞ。ジウスは追った。

山道を十分ほど下って、谷を見下ろせる平べったい岩まで来た。ティモが座りこんで膝をかかえる。ジウスも隣で体を丸めて、落ちこんでいた。

「やっぱり、ユキは僕らのことで怒ったみたいだね？」

ティモは単にうなっただけだった。

「ごめんよ」

「ユキは大馬鹿だ！　こういう形のつがいの意味があいつにはわからないんだ。かまうもんか。お前を受け入れないならお前とマッドクリークに住む、と言ってやった。大体、俺はあれだけの新しい〈二枚皮〉たちを群れにつれてきたんだぞ！　感謝するべきじゃないのか。『ティモ、お前は素晴らしい！　何でも好きにしろ』って言うところだろ！」

ジウスはもつれ上がったティモの髪をなで付けた。

「きみはよくやったよ、ティモ。本当にがんばった」

「そうだろ!」

全身をゆすって、犬が雫を払い落とすように怒りを振り捨てている。

「ユキのことなんか気にすんな。俺のつがいはお前だ。そのうちユキだってそれがわかる」

二ヵ月経ったが、まだわかってはいないようだ。ユキは、ジウスに対しては冷然と目を細めたり、すげなくあしらったりするばかりだった。ただ少なくともジウスを追い出すことも、テイモの小さな家でふたりが暮らしはじめた時にジウスを責めることもしなかった。

マッドクリークの一行は、すぐさま作業にかかっていた。ロウニー・ビューフォートは元からある採掘拠点の小屋をいくつか修理し、新しく小さなキャビンを建てた。物資は、冬ごもりの食料とともに四輪バギーで運搬された。ブルーノが食糧貯蔵用に氷で冷やせる岩穴を作り、雨水を溜める樽を設置した。今は、山を下りていく道をどう安上がりに整備して普通の車で行き来できるようにするかを考えている。

ジェイソンは、大きなテントにほとんど引きこもっていた。そこに山ほどの装置を持ちこんでいる。ソーラーパネルで稼働できるパソコンや実験機器だ。里の全員から血液を採取すると、ヌーキとマイロを助手にしてわかる限りの群れの歴史を書き起こしていた。マイロはそれを〈親子図〉と呼んでいた。

すでに三つのつがいができた。ジシカとタピーサが男のクイックたちの中に相手を見つけ、ジシカは妊娠の兆候を見せている。そしてキミッグの、つがいを失った年かさの男性が、ゴー